Dominique Sylvain est née en 1957 en Lorraine. Elle débute en tant que journaliste, puis part vivre au Japon, où elle écrit son premier polar, *Baka !*, qui met en scène l'enquêtrice Louise Morvan. Elle a obtenu, en 2005, le Grand Prix des lectrices de « Elle », catégorie polar, pour son huitième roman *Passage du Désir*, qui signe l'acte de naissance d'un formidable et improbable duo d'enquêtrices, l'ex-commissaire Lola Jost, armée de sa gouaille et de ses kilos, et sa comparse Ingrid Diesel, l'Américaine amoureuse de Paris. Dominique Sylvain est également l'auteur de *Vox*, prix Sang d'encre 2000, et de *Strad*, prix polar Michel-Lebrun, 2001.

Retrouvez l'univers du polar sur le site
www.meilleurpolar.com

Dominique Sylvain

MANTA CORRIDOR

ROMAN

Viviane Hamy

TEXTE INTÉGRAL

ISBN 978-2-7578-1188-7
(ISBN 978-2-87858-226-0, 1re publication)

© Éditions Viviane Hamy, 2006

Aux mers du Sud

Ce matin déjà chaud d'avril, la Seine en crue et en rage comptait aspirer Charly dans sa vase et faire de lui un grand fossile. Mais il progressait vers le fond, agrippé à sa corde, imperturbable, et la folie du courant glissait sur lui. Encore un effort et il toucherait le lit du fleuve, quelques centimètres de plus et ses mains deviendraient des yeux.

« Tu les béniras, ces années de brouillard liquide, mon gars. Elles te fabriquent un toucher de sorcier. Retrouver un flingue à l'aise dans des milliers de mètres cubes de fange furibarde, c'est beau. » Charly entendait encore son coéquipier épater le dernier bleu de la Fluviale. Il fit une pause pour lui laisser le temps de repérer ses bulles d'air. Au pilote, la tâche de guider le plongeur avec la corde, pour qu'il quadrille la zone dans un mouvement de pendule. On tâte la superficie d'une brassée, on se décale à droite, puis à gauche, et on recommence. Un job de fourmi, de fourmi aquatique et aveugle.

Pour le moment, on cherchait une fille. Une fille disparue depuis samedi. Elle avait quitté seule le *Fuego*, une péniche night-club, vers trois heures du matin et depuis, plus rien. Avec Martin, ils avaient ausculté le parking, repéré une trace de pneu et partagé la même vision. Au lieu d'emprunter la rampe de sortie, une voiture file droit dans la Seine. Les éraflures sur le quai Panhard-et-Levassor leur avaient indiqué où plonger.

Charly tâta la surface d'un enjoliveur, celle d'un pneu, la perfection lisse d'une carrosserie. Il tira sur la corde pour prévenir Martin, ouvrit la portière, palpa les sièges avant et se glissa dans l'habitacle. Le flottement d'un vêtement, une chevelure ondulante, un torse rigide. Agenouillée sur la banquette arrière, la morte avait les mains plaquées sur le pare-brise du fond. Réflexe de survie, et de panique. Quand le véhicule sombre, la pression empêche de débloquer une issue, peu de gens pensent à laisser l'eau s'engouffrer pour pouvoir ouvrir une portière.

Du bout des doigts, il lut le visage. Nez fin, bouche pleine, menton délicat, le boulot de la mort n'en était qu'à son début. Il s'entendit répondre aux questions de Louis, la fois où le gamin lui avait demandé à quoi ressemblaient les noyés. « Le fleuve leur prend leur identité. Tu remontes des masques blancs, sans lèvres, sans yeux. Restent des plaques de cheveux, des morceaux de peau. Ou alors ils sont devenus des baudruches, qui n'ont plus rien d'humain. »

Le môme Louis comprenait mal qu'on se blinde au fil du temps. Et pourtant, ce n'était pas si étrange. À certaines périodes, il n'y avait pas de mort à repêcher pendant des semaines. D'autres fois, on en sortait trois dans la même journée, surtout après les fêtes ou les vacances, quand le taux des suicides s'affolait. Ces moissons noires, un plongeur les vivait comme n'importe quelle journée. Finalement, on ne portait que la cicatrice de la première fois. À dix-neuf ans, le premier cadavre, on se douche plusieurs fois, parce qu'on croit sentir l'odeur, partout sur soi. Mais le lendemain, c'est fini, on replonge. La compassion est là, mais roulée en soi. On y pense quelquefois pour se dire qu'on n'est pas devenu une bûche.

Il saisit la taille, tira, elle vint à lui sans difficultés. C'était si différent du cadavre précédent, cette femme restée des mois sous l'eau, coincée entre la banquette et le toit de sa voiture. Il avait fallu appeler Martin à la rescousse et ils s'étaient escrimés comme des fous. Le corps était rigide mais complètement pourri. Leurs mains gantées s'étaient enfoncées dans les chairs.

Il tira sur la corde jusqu'à ce qu'il se sente remonter avec le corps. La lumière acide du printemps l'enveloppa dans sa violence. Martin l'aida à hisser la noyée dans le Zodiac. Bras tendus vers le ciel, elle suppliait un dieu invisible. Sa peau avait la couleur d'un linge sale, ses cheveux en paquets cachaient sa figure, sa jupe et son chemisier avaient dû être blancs. La vase les avait souillés.

Martin demandait une grue par radio. Charly jeta son matériel dans le Zodiac, se hissa à bord. Ils déposèrent le corps sur le quai, dans l'ombre du *Fuego*. On avait oublié d'éteindre les guirlandes électriques de la péniche et leurs clignotements paraissaient aussi déplacés qu'un feu d'artifice à un enterrement. Les patrons de la péniche et les collègues du 13e s'approchèrent. Le capitaine Schmitt avait la tête de circonstance, celle du gars qui n'a pas fermé l'œil de la nuit mais s'en fiche parce qu'il flaire l'enquête goûteuse. Les gars du night-club avaient l'habitude des nuits blanches mais moins celle de voir leurs clientes se terminer dans la Seine. Ils affichaient des gueules de croque-morts. Mais de croque-morts attentifs. Le plus jeune avait déjà l'air de se demander comment faire redémarrer le business après un tel pépin.

Une troupe de badauds s'était formée, le capitaine Schmitt leur demanda de s'éloigner. La plupart obéirent. Deux trois têtus firent les malins. Au moins, chacun se taisait. Il n'y avait plus que le bourdonnement du trafic, le brassage des vagues, le cri de quelques mouettes. Charly commença à recouvrir la fille d'une bâche. Une sensation le fit s'arrêter aux épaules ; lui vint l'envie d'écarter les cheveux.

La cicatrice sur la joue. Les boucles claires devenues serpents gris. Ses yeux.

– Eh, oh ! Charly ! Ça va, vieux ?

La voix de Martin. Les vagues jaunes. Les nuages. Les guirlandes du *Fuego*. Tout s'agitait autour du brigadier Charly Borel.

– Qu'est-ce qui se passe ? demanda un des patrons du *Fuego*, et peut-être bien au capitaine Schmitt. Il a l'air mal en point, votre plongeur.

– Vous reconnaissez votre cliente ? demanda le capitaine Schmitt d'une voix de coupe-coupe.

– Pas facile comme question. En tout cas, je reconnais la cicatrice sur sa figure.

Charly entendait tous ces gens mais leurs voix miroitaient à la surface. Le visage d'Agathe le tirait vers le fond.

1

Ingrid Diesel connaissait Maxime Duchamp depuis longtemps, mais le patron et cuisinier des *Belles de jour comme de nuit* restait pour elle un magicien. Par quel enchantement transformait-il une simple queue de lotte et quelques épices en un ragoût d'été miraculeux ? Le mystère était au diapason de son visage de baroudeur, de ce regard gris qui souriait si bien avant sa bouche.

L'Américaine était arrivée dans le petit restaurant du passage Brady avec Lola Jost, et Maxime partageait avec elles une goutte de sauvignon. Sur les nappes à carreaux bleus, le couvert était déjà dressé. Chloé la serveuse tenait compagnie aux marmites en cuisine, attendant l'ouverture officielle et le coup de feu du déjeuner. L'ambiance aurait été parfaitement zen sans la présence de José et de ses ventilateurs récalcitrants. Lola suivait ses efforts d'un œil goguenard.

– Maxime, ça fait un bail que ton bricoleur de génie tente de nous rafraîchir les idées. À ce rythme, ce sera au point pour la canicule de l'an prochain.

– José est lent mais très capable. Et puis je t'avoue que je n'ai pas les moyens de faire appel à un professionnel. Sans ma clientèle d'habitués, ce serait difficile. Mais il ne faut pas se plaindre, c'est partout le même marasme.

– Les gens pique-niquent sur un bout de pelouse plutôt que de griller leurs économies au restau, intervint Ingrid.

– Morte-saison, confirma Lola.

Elle alla questionner Chloé en cuisine à propos des desserts. Elle récita la liste à la cantonade, et Ingrid opta pour la soupe aux fraises et à la menthe poivrée. Lola revint s'asseoir et fixa Maxime.

– C'est bizarre, reprit-il.

– Quoi donc ?

– On chôme dans la gastronomie mais pas dans l'investigation.

– Ah oui ?

– Il y a toujours une demande.

– Sûrement.

– Dans le fond, le mystère est difficile à supporter. Surtout quand il fait si chaud. Dans ces moments-là, on dort nettement moins bien, on est plus sensible…

– Nettement.

– M'sieur Duchamp, je rentre à la maison casser une petite graine avec ma moitié, intervint José enfin descendu de son échelle. On remet ça demain.

– Demain ?

– J'ai une urgence plomberie chez Lady Mba. Désolé.

Le repli du bricoleur coïncidait avec l'arrivée d'Antoine et Sigmund Léger. Le psychanalyste et son chien se dirigèrent vers leur table habituelle. Le dalmatien était le seul quadrupède toléré dans l'établissement, pour la bonne raison que ce bel animal se comportait comme un gentleman. Ingrid et Lola saluèrent Antoine alors que Chloé lui apportait la carte.

– Où en étais-je ? se demanda Maxime.

– Tu viens d'être lâché par un bricolo lent mais très capable. Tes premiers clients arrivent, et tu es sur le point de nous demander un service, résuma Lola. Si j'étais toi, je cesserais de tergiverser. L'heure s'agite, l'habitué se précise et ma curiosité se délite.

– Eh bien, justement, c'est au sujet de Lady Mba.

– Qui ça ?

– La patronne du salon de coiffure africain du bout du passage.

– Celui à la magnifique vitrine pleine de perruques toutes plus dingues les unes que les autres ? demanda Ingrid avec enthousiasme.

– Tout juste, et Lady Mba a perdu son shampouineur.

– Parti à la concurrence ? s'enquit Lola.

– Non, il s'est volatilisé. Il y a une dizaine de jours.

– On peut se lasser des bulles.

– Pas le genre de Louis de partir sans prévenir. Et puis il allait toucher sa paye.

– Tu le connaissais ?

– Un peu. Un jeune gars sympathique. Guère causant mais intéressant.

Chloé apporta le nougat glacé et la soupe aux fraises. Ingrid huma une cuillerée les yeux clos, sourit d'un air béat et l'engloutit avant de pousser un soupir de contentement.

– Lady Mba s'inquiète. Et comme vous donnez des coups de main aux gens du quartier…

– Je suis certes commissaire retraitée mais les personnes disparues, c'est plutôt le rayon des flics en activité. Qu'en penses-tu ? Et puis je me vois mal courir le pavé surchauffé de juillet derrière un shampouineur, à mon âge.

– Moi, je peux, intervint Ingrid les lèvres rougies par sa soupe. La chaleur ne me fait pas peur.

– Toi, tu n'as jamais peur de rien, surtout s'il s'agit de foncer tête baissée dans le mur, dit Lola en levant les yeux au ciel. Tu n'as pas répondu à ma question, Maxime. Lady Mba est allergique aux flics ou quoi ?

– Oui, elle emploie Louis Manta au noir.

– José le bricolo et Louis le figaro, même combat ?

– C'est à peu près ça. Allez, pour la peine, je vous offre le café.

– Si tu crois qu'on m'achète avec si peu.

– Un café et un calva ?

– Tu plaisantes, par cette chaleur. Non, va pour un café, et une soupe aux fraises. Regarder Ingrid l'ingurgiter est un spectacle qui dépasse le cirque du Soleil. Je veux vérifier moi-même ses effets.

– C'est dix sur dix ! s'exclama Ingrid. C'est mieux qu'un voyage, c'est troublant, c'est hallucinogène. C'est top, c'est trop.

– Eh bien, ça ne sera pas du luxe, dit Lola.

– Quoi donc ? demanda Maxime.

– La ventilation, nom d'une pipe ! Regarde dans quel état se trouve ma partenaire.

Elles quittèrent les *Belles* avec regret. De l'or fondait du ciel et se déversait sur les carrosseries des voitures garées serré dans la rue du Faubourg-Saint-Denis, exhalait l'odeur âcre du trafic et atomisait les auvents délavés des commerces, les façades poussiéreuses des immeubles aux volets clos. En guise de thermomètre, Lola tendit un bras à l'extérieur du passage Brady et fit la grimace.

– Je crois que c'est l'heure d'une bonne petite séance de puzzle bien fraîche derrière mes volets clos.

– Après ton puzzle et mes massages, on rend visite à Lady Mba ?

– Tout doux, chère hyperactive. Aujourd'hui, mon humeur est méditerranéenne. Je viens de me souvenir que mon grand-père était de Gardanne. Ta Lady Mba ne va pas fondre, on étudiera son cas demain.

– Mais si ce garçon a vraiment des ennuis ?

– Dans les affaires de disparition, ce sont les premières quarante-huit heures qui comptent. Ensuite, témoignages, indices, tout se dilue très vite. Alors dix jours ou un mois, quelle différence ?

Ingrid faillit répliquer puis haussa les épaules avant de se glisser dans la rue brûlante. On l'attendait pour un massage shiatsu.

2

Bouteille de scotch, muselière, menottes, gants et chemise de rechange dans un sac en plastique, il avançait sur le quai d'un pas tranquille. Au crépuscule, le bassin du port de l'Arsenal était une artère de velours, ondulant entre le pont Morland et la place de la Bastille. Droit devant, en équilibre sur un pied et sur sa colonne vert-de-gris, le corps doré du Génie de la Liberté brillait dans les derniers rayons du couchant. Les coques claires des bateaux irradiaient dans la lumière mauve. Il était urgent de foutre le boxon dans ce paysage de carte postale.

Il n'était plus qu'à quelques mètres du *Marsouin*. Il imagina Joachim Mounier sur son transat, sa casquette de capitaine d'opérette un rien de travers, et son biberon de gnôle à portée de main. Il monta à bord et trouva le spectacle auquel il s'attendait. Vautré dans son transat, le yachtman matait les étoiles, l'air béat.

Il lui restait le temps nécessaire pour régler l'affaire. La nuit tombait vers vingt-deux heures mais, à vingt-trois heures, le sas électronique se remettait en fonction et il fallait une carte pour sortir du port de plaisance.

– Eh ! Jojo, vise un peu, dit-il en sortant la bouteille du sac.

– Tu t'es pas foutu de moi. Du Balblair seize ans d'âge. Mon préféré. Viens ici que je t'embrasse.

Il se laissa faire. L'Arsenal était désert mais ça n'allait pas durer. Il dit qu'il en avait marre des moustiques et proposa d'aller se terminer tranquillement en cabine. Il joua quelques airs sur la guitare, se débrouilla pour verser les généreuses rasades dans l'évier de la cambuse, fit son cinéma pour paraître aussi bourré que le yachtman, et une demi-heure s'écoula.

– Et si on partait ? lâcha-t-il.

– Qu'est-ce tu racontes ? demanda le yachtman imbibé.

– On fait démarrer ce putain de bateau et on se casse. N'importe où.

– Bah, je me plais ici. C'est mon coin de paradis.

– Tu rêves pas assez large, mec. On part. On revient plus. Je veux voir le fleuve Amour, le Gange, le Mékong et tout ça. Je veux plonger dans les mers chaudes et baiser des danseuses sacrées. Et personne m'en empêchera.

– Pourquoi vouloir toujours plus que ce qu'on a ?

Il avait envie de lui répondre que son problème était justement son manque total d'imagination. Qu'il faudrait instaurer un permis pour devenir riche. Ne l'empocheraient que ceux qui auraient des tombereaux d'idées sous leur casquette de capitaine pour griller leur pognon. Au lieu de ça, il lui parla de sa voix de bon copain, celle du type relax qui avait su le divertir pendant des semaines, avec des histoires, et de la gnôle. Il se leva, alla chercher les clés du yacht et revint les agiter sous le nez de Mounier.

– Rapplique sur le pont. Faut que je te montre un truc.

Capitaine Jojo haussa les épaules et suivit le mouvement.

– Tu t'imagines que la liberté ça ressemble à ce petit merdeux qui frétille sur sa colonne avec ses ailes à la con ? Tu y crois vraiment ?

Capitaine Jojo souriait de toutes ses dents. Il avait sa tête du gars qui attend une nouvelle histoire.

– La liberté, mon Jojo, c'est pas un ange au cul doré.

– Non ?

– La liberté, c'est une clé métallique toute bête. Et c'est justement celle que tu vois au creux de ma main. Regarde-la bien. On met le contact et on se casse. On n'a de problème de fric ni l'un ni l'autre. Je m'appelle Zéphir et toi Alizé, et la vraie vie commence cette nuit. Qu'est-ce que t'en dis ?

Et il se mit à jongler avec la clé, et encore et encore, et à la lancer toujours plus haut. Il fit mine de trébucher et elle tomba dans le port de l'Arsenal.

– Mince alors, dit Mounier sans s'énerver.

C'était tout de même inimaginable la façon dont ce type se laissait danser sur le râble. Il prit une mine navrée. Le yachtman lui sourit et lui donna une tape dans le dos. Prodigieux.

– Je suis maladroit comme c'est pas permis, excuse-moi, Joachim. Ah, je suis nul.

– Mais non, c'est pas la mer à boire. D'ailleurs on va s'en jeter un nouveau derrière le col. Ça aide à réfléchir.

– C'est tout réfléchi. Tu appelles tes potes de la Fluviale. Ils vont nous la récupérer, la clé de ton rafiot. Et après ça, on s'arrache.

– C'est une bonne idée, ça, mon p'tit pote.

– Je trouve aussi. Bon, tu les appelles ?

– Je les appelle.

– Évite de leur dire que c'est de ma faute. Je me sens niais. J'aimerais autant que ça reste entre nous.

– Ça restera entre nous, mon p'tit pote.

Capitaine Jojo sortit son portable et chercha le numéro de son ami le plongeur dans sa liste électronique. Il dut s'y prendre à plusieurs fois. Son élocution pâteuse eut du mal à convaincre le planton de service. Mais il y arriva et put parler à son grand copain, le brigadier Charly. En parfait gentleman, il prit sur lui et dit qu'il avait fait voltiger sa clé dans la Seine. La Brigade fluviale était installée juste en face de l'Arsenal, sur la rive gauche, quai Saint-Bernard. Il ne fallut que quelques minutes au duo de plongeurs pour arriver en Zodiac. Il laissa le yachtman les accueillir et leur expliquer dans quelle zone était tombée la clé. Il descendit en cabine, enfila les gants, fourra la muselière et les menottes dans sa poche, détacha le Nosorog fixé à sa cheville et appela le yachtman sur son portable.

– Ah, c'est toi mon p'tit pote, mais pourquoi tu me téléphones ?

– On s'entend pas avec le Zodiac des deux grenouilles. Descends vite en cabine.

Mounier arriva avec son air bonasse.

– Qu'est-ce qui se passe ?

– Jojo, je viens de voir un rat ! Un gros.

– Où ça ?

– Là, sous le fauteuil.

Mounier se mit à quatre pattes. Alors il l'immobilisa, le menotta au fauteuil, lui ferma le clapet avec la muselière, une boule de mousse fixée à une lanière en cuir, un chouette outil acheté dans un sex-shop. Il remonta sur le pont, rampa jusqu'au bastingage. Le pilote avait la main sur la manette des gaz, le vieux était assis sur le bord du canot prêt à se laisser partir en arrière. Facile : il lui tira dans le dos. Le plongeur partit à la baille. Le pilote se redressa, ouvrit une bouche en O. Il tira dans le O sans hésiter.

Il redescendit en cabine.

Au tour du yachtman. Jojo Mounier écarquillait les yeux, on y lisait de la terreur pur jus. Et tout au fond, l'attente d'une explication miracle. Ah, capitaine Jojo, pour un peu, on te renverserait un pot de peinture dorée sur la gueule, et on te rebaptiserait Génie de la Naïveté.

Il le détacha, lui agrippa le bras. Jojo nourri aux crackers et au tord-boyaux se débattit ; ça ne ressemblait pas à grand-chose. Pression sur le sternum, l'autre lâcha du lest, il put lui refermer les doigts sur le revolver. Il l'aida à appuyer sur la détente.

Il enleva la muselière, se débarrassa de ses gants, de sa chemise, s'en servit pour se nettoyer, fourra le tout dans le sac en plastique. Il enfila la chemise propre, descendit sur le quai. En franchissant le sas électronique du port de l'Arsenal, il vérifia sa montre. Elle indiquait 22 h 48.

3

– Comme on est bien chez vous ! s'exclama Ingrid, la tête sous l'appareil d'air conditionné qui faisait danser sa courte chevelure blonde.

Lola ne semblait pas de cet avis. Elle faisait face à Lady Mba dans un fauteuil de coiffeur pivotant et en peau de zèbre synthétique. L'Africaine était un chouia plus mince, mais leur duo évoquait tout de même la confrontation titanesque, d'autant que Lola restait parfaitement immobile malgré l'excellente musique qui emplissait les lieux. Ingrid avait bien du mal à ne pas se dandiner sur Youssou N'Dour.

– Et voilà ce que je me suis dit : Lady Mba, si tu veux continuer de satisfaire tes clientes fidèles, il te faut ouvrir bien grand ton porte-monnaie, et investir dans la qualité. Alors j'ai fait climatiser sans marchander. Présentement, la concurrence est très méchante. Et demain, ce sera encore pire. On pourra parler de compétition cruelle ! Il faut se battre durement pour son quotidien.

– Sûrement.

– Voulez-vous un café ? Je me suis acheté un percolateur pour rendre mes clientes contentes. Cette belle machine fait exactement les mêmes cafés bien intéressants que ceux de Maxime Duchamp. Du velouté, du corsé, du vanillé, du long, du court, ou du décaféiné si on ne veut pas s'agacer. On choisit ce que l'on aime. Ah oui, vraiment, j'adore percoler de bons cafés.

– Merci bien, mais nous sortons d'un solide petit

déjeuner et nous sommes repues, dit Lola d'un ton où perçait l'impatience.

– Moi, sans mes cafés, je ne tiens pas debout toute la sainte journée. Avec ces milliers de piétinements, j'en ai la nuque et les reins tout meurtris, dis donc.

Lola jeta un coup d'œil aux sandales décorées de pierreries et équipées de hauts talons de la patronne des *Féeries de Dakar*.

– Je devine ce que vous pensez. Cette dame coiffeuse devrait déambuler avec des tongs bien plates, elle aurait moins mal partout. Mais moi, je sais que ça ne plairait pas à mon petit monde. Quand la cliente entre chez Lady Mba, elle réclame de l'élégance. Il lui faut une jolie lumière, un décor soigné et quelqu'un qui a mis de beaux habits et est solidement coiffé. Sans ça, ça ne marche pas, et alors autant fermer boutique. Oui, oui, le commerce de la beauté, c'est très impitoyable, je vous le dis.

En s'expliquant, Lady Mba faisait des vagues avec ses longues mains potelées, parées de magnifiques ongles carmin et de bagues en or jaune ciselé. La cinquantaine copieuse mais ferme, elle portait une coiffure tressée d'une rare complexité ainsi qu'une paire de faux cils si épais qu'on les aurait dits goudronnés. Ingrid la trouvait aussi belle que sympathique, et mourait d'envie d'essayer les perruques de déesse qui peuplaient ses étagères, tels des trophées impeccablement disposés sur leurs têtes en plastique doré.

– Je lui avais appris le travail de arbre jusqu'à zèbre et il faisait les shampooings avec une grande douceur, reprit la coiffeuse. Il s'appliquait en prenant bien son temps comme un artiste. Vous auriez dû voir l'ambiance ! Les clientes étaient contentes, et

23

tellement décontractées. Certaines réussissaient même à s'endormir.

– Malgré cette musique ? demanda Ingrid sous l'œil soudain noir de Lola.

– Oh, la musique ça se respire naturellement, et il y en a que ça n'empêche pas de se payer une jolie sieste de réparation.

– Bon, revenons à Louis Manta, dit Lola.

– Eh bien, un shampouineur, ça fait une présence masculine dans le salon. Et ça, ces dames apprécient autant que l'élégance des…

– Quand l'avez-vous embauché ?

– Il a poussé ma porte il y a à peu près deux mois, et je me suis dit : prudence, Lady Mba, encore un marchand de roses en tissu, de publicités menteuses, de maïs grillé ! Et comment que je vais te le mettre dehors, et vite fait. Il n'y a que ça dans le quartier, ils ont beaucoup d'imagination pour vendre leurs colifichets. Mais non, je m'étais trompée. Louis était sérieux et cherchait du travail. Et il était prêt à retrousser haut les manches de sa chemise, et à exécuter toutes les besognes. D'abord je l'ai mis au nettoyage, il ne se plaignait jamais, mais il cassait pas mal de flacons et autres jolies choses. Alors j'ai pensé : toi, mon Louis, tu es malhabile mais si je te mets au shampooing, ça va bien se passer. Il n'y aura que quelques éclaboussures, ça nous rafraîchira l'assistance, et puis, deux gouttes d'eau sur le boubou, ça n'est pas grave du tout. Ah, on a failli être heureuses, les clientes, mes coiffeuses et moi…

– Je ne voudrais pas vous attrister mais un gars qu'on emploie sans le déclarer est libre comme l'air. Louis a pu décider que l'herbe était plus verte ailleurs.

– Ici, l'herbe a la couleur du crocodile qui est

content parce qu'il a bien mangé. J'ai nourri Louis avec de bons plats et de la bonne humeur.

– Qu'est-ce qui vous le prouve ? « La fidélité n'excède pas la frontière de nos illusions. » Ce n'est pas moi qui le dis mais Adolfo de Gaillac.

– Chez nous, on dit : « Prête ta plus belle lance à un vrai guerrier et il reviendra te voir après la chasse. » J'ai donné un abri, une technique et mon amitié à Louis, et je suis sûre qu'il est parti parce qu'une affaire grave lui était tombée sur la tête.

Ingrid ne put s'empêcher de sourire. Pour une fois que Lola trouvait une rivale de son gabarit en matière de citations ! L'affaire devenait intéressante.

– Il a des ennuis, des dettes, des ennemis ? reprit Lola.

– Mais non, rien de tout ça. Il est très gentil, comme je vous le dis, madame Lola.

– Mais vous évoquez une affaire grave.

– C'est une façon de parler. Et je laisse mon instinct travailler, il ne se trompe pas trop souvent.

– Où logeait-il ?

– Chez José, rue des Vinaigriers. Enfin, c'est plutôt chez Yvette, l'amie de José, la marchande de journaux. Elle loue une chambre à Louis dans la continuité de son magasin.

– José, c'est le bricoleur qui tente d'équiper les *Belles* de ventilateurs, depuis des lustres, et s'occupe d'une fuite chez vous ?

– Eh bien, je suis contente de vous employer, madame Lola, vous êtes déjà au courant de tout ce qui se passe dans le quartier. C'est rassurant. Comme on dit chez nous : « Même si le vieil arbre a l'air d'avoir séché sous le soleil, il en sait plus que la pousse du matin, alors confie-lui ton destin. »

Lola s'apprêtait à répliquer qu'on ne l'engageait pas aussi facilement qu'un bricolo de service, mais Lady Mba reprenait déjà le fil de son idée et expliquait que, le cœur de José et d'Yvette étant gros comme un baobab, ils avaient pris Louis sous leur aile sans se poser de questions.

– Il a une famille, des copains, des papiers, une vie en dehors du shampooing ? reprit Lola.

– Il m'a raconté qu'il était né près de la Cité de la Musique. La famille n'avait pas beaucoup d'argent mais son père se débrouillait pour que sa sœur et lui ne manquent de rien.

– Et la mère ?

– Je crois qu'elle ne s'entendait pas avec la sœur et qu'il y avait des bagarres.

– Vous croyez. Vous voulez dire qu'il n'a rien expliqué ?

– Il était chaque jour à l'heure, et de bonne humeur, et ça me suffisait bien. De toutes les façons, il ne parlait pas beaucoup. Louis a plus le talent et la patience pour écouter. Même les clientes les plus bavardes comme Mme N'Diop, une vraie pie de village qui connaît plus d'histoires que douze marabouts en palabres.

– Vous connaissez ses endroits favoris à Paris ? intervint Ingrid.

– Il allait jouer de la guitare au bord du canal Saint-Martin. C'était sa méthode pour évacuer le stress.

Lola gardait son air grognon. Pour détendre l'atmosphère, Ingrid demanda si elle pouvait essayer une perruque. C'était une coupe longue et lisse à la Veronica Lake, mais dans une version rose à mèches argentées. Lady Mba acquiesça en riant. Ingrid profita de l'occasion pour faire quelques pas de danse sur un vieux tube de Mory Kanté et la coiffeuse la félicita pour son style.

– Mademoiselle Diesel, vous avez le rythme et le balancé de la hanche. Ouh là là, c'est très harmonieux ! Vous ne seriez pas une danseuse professionnelle, par hasard ?

Ingrid se contenta de sourire en se contorsionnant de plus belle.

– Si vous acceptez cette enquête, je vous offre un choix de perruques, et vous, madame Lola, je vous coiffe gratuitement, pendant un an ! Qu'est-ce que vous pensez de ma proposition ?

– On est partantes ! N'est-ce pas, Lola ?

4

– Partantes ! Non mais qu'est-ce qui t'a pris, nom d'une brouette en vison !

– Les amies de Maxime sont nos amies, et puis j'adore ses perruques, et ça te fera du bien de sortir de chez toi, et à moi encore plus. Voilà ce qui m'a pris, Lola.

L'ex-commissaire resta tranquille sur le bout de banc ombragé où elles venaient de s'installer, et réfléchit à la réaction de son amie. Lola s'en voulait de ne pas avoir compris son besoin de se changer les idées. Renvoyée de son cabaret préféré par son compatriote Timothy Harlen, Ingrid avait perdu son job de « danseuse », sa façon de désigner ses numéros de striptease fort bien rémunérés à Pigalle. Depuis, elle courait les auditions mais revenait toujours plus dépitée. Aucun établissement n'avait la classe et le sérieux du *Calypso*, lieu mythique où l'Américaine avait incarné Gabriella Tiger, dite la Flamboyante, avec une fougue et un brio insurpassables.

Ingrid vivait dans la nostalgie d'un âge d'or où elle avait pu exprimer son étrange talent avec la ferveur d'une artiste. Pour l'instant, elle dépensait son énergie en soulageant les muscles noués et les humeurs stressées de ses contemporains, dans son atelier de massage du passage du Désir. Le dévouement était intact mais son humeur un rien chancelante. L'ex-commissaire poussa un gros soupir et admit que la recherche de Louis Manta pouvait être, après tout, une saine occupation.

– Mais sache que ça ne va pas couler doux comme un voyage organisé à Paimpol, Ingrid. Ça risque même de chambarder sévère, dans le genre perte de temps, imbroglios et coups pour rien. Et tu sais pourquoi ?

– *No*.

– Pour la bonne raison que la plupart du temps, les gens recherchés n'ont pas la moindre envie d'être retrouvés.

– Tu crois que Lady Mba se raconte des palabres de marabout et que son Louis est parti parce qu'il en avait assez des *Féeries de Dakar* ? C'est pourtant agréable comme endroit.

– Tout le monde ne rêve pas de finir les mains dans la mousse, et le reste dans une basse-cour pleine de volatiles caquetants, même s'il s'agit de formidables perroquets.

– Il y a pire, je trouve.

– Cette Lady Mba aurait tendance à me saouler, si tu veux le fond de ma pensée.

– Bah, Lola, tu aimes trop tes petites habitudes.

– Et toi, donc ! Les tiennes sont plus fantasques que les miennes mais ça s'arrête là.

– Bon, on arrête de se chamailler et on se met sur la piste du shampouineur ?

La marchande de journaux rendait la monnaie à un client qui venait d'acheter un magazine, avec une vraie blonde au corps nu et huilé en couverture. Il faisait si chaud dans le minuscule magasin que Lola Jost enviait presque la playmate.

– Ah, bonjour, madame Lola ! dit la commerçante d'un air avenant.

– On se connaît ?

– Lady Mba vient de me téléphoner pour me prévenir de votre arrivée. C'est formidable ce que vous faites ! Merci d'avoir accepté de nous aider. On se fait un sang d'encre, vous savez.

Elle quitta sa caisse pour se diriger avec un air de conspiratrice vers la porte qu'elle verrouilla promptement, puis fit signe aux deux femmes de la suivre dans l'arrière-boutique. Ingrid sourit, Lola haussa les épaules, et le trio traversa une pièce bourrée de cartons et de piles de journaux. Elles débouchèrent dans une petite chambre. Un lit d'une personne, une armoire, une table de chevet supportant une lampe et un réveil, une porte basse qui cachait un cagibi ou un cabinet de toilette. Et un mur couvert d'une myriade de photos de plages.

Lola posa à Yvette Colin à peu près les mêmes questions qu'à Lady Mba. Et n'obtint pas plus de réponses sensées. Ces dames semblaient s'être entichées d'un garçon aussi mystérieux que son patronyme, qui n'avait ni passé ni avenir, et semblait avoir laissé malgré tout et malgré lui un vide quasi cosmique en prenant la poudre d'escampette.

– Vous avez une photo de lui ? demanda Lola.

– Non, mais vous en trouverez peut-être dans ses affaires. Je n'ai jamais touché à rien ici. Louis tenait à faire son ménage et sa lessive tout seul.

– Il vous payait un loyer ?

– C'est lui qui insistait pour ça. Moi, je l'aurais bien hébergé pour rien. Mais il avait sa fierté. Ah ça, oui.

– On m'a dit que c'était José qui vous avait amené Louis ?

– Oui, à la demande de Lady Mba. C'est chez elle qu'il a débarqué un jour, de nulle part, et sans prévenir.

– Et toutes ces photos, c'est lui qui les a faites ? demanda Ingrid d'un ton admiratif.

– Il a acheté cette cargaison aux puces de Saint-Ouen. Louis arrive à vous faire une ambiance avec rien. Vous ne trouvez pas ?

– Ça va être plus dur en ce qui nous concerne, soupira Lola. Vous êtes sûre de ne pas avoir sous le coude quelques infos plus consistantes ?

– Ah ! j'ai beau me creuser la cervelle et les souvenirs, je ne trouve rien. Louis était un garçon très discret.

– Comment était-il habillé, le dernier jour ?

– Jean, chemise et baskets noirs. Et puis il avait domestiqué ses frisettes brunes avec du gel. Lady Mba trouve que ça fait plus sophistiqué pour le salon…

– C'est déjà un début de description.

– Je peux vous dire aussi qu'il est de taille moyenne, qu'il a vingt-trois ans, des yeux bleus assez beaux et les dents de la chance.

– Ah ! ça commence à venir…

– Mais non, c'est tout ce que j'ai à raconter. Rayon caractère, Louis est sympa et normal. Et ça s'arrête là.

– Il prenait bien ses repas avec vous. On parle, dans ces moments-là.

– Il préférait manger avec Lady et ses coiffeuses. Les *Féeries de Dakar*, c'est comme à la maison. Une aubaine pour Louis qui adore la cuisine exotique. De mon côté, je suis plutôt tendance surgelés. José me taquine souvent avec ça !

– Louis a un portable ?

– Non, trop cher pour lui. Il utilisait le téléphone de la maison. Rarement, d'ailleurs.

– Qui appelait-il ?

– Je n'écoutais pas !

– On peut ne pas écouter mais il est plus difficile de ne pas entendre.

Yvette Colin prit le temps de répondre.

– Je crois bien qu'il appelait une fille.

– Vous avez un nom, un lieu de rendez-vous ?

– J'ai juste supposé que c'était une fille. Il lui parlait gentiment.

– Vos factures de téléphone sont détaillées ?

– Non.

– Rendez-nous un service. Allez en demander une à France Télécom.

– Moi, je veux bien, mais ça va être long.

– Racontez-leur que vous avez un pépin. Quelqu'un utilise votre téléphone à votre insu, vous ne voulez accuser personne avant d'être sûre, etc.

– Très bonne idée, madame Lola ! Bon, je m'en retourne à mes clients. Ne vous gênez pas pour mettre la chambre sens dessus dessous. Du moment que vous nous retrouvez notre Louis !

31

– Une seconde, dit Lola en s'avançant vers la petite porte qu'elle tenta d'ouvrir.

– Son placard est fermé, confirma Yvette. Et je crois bien qu'il est parti avec la clé.

– Vous accepteriez qu'on casse la serrure ?

– Il faut bien. Je fouille les outils de José et je reviens.

Lola attendit que la commerçante soit sortie avant de pousser un soupir plus poignant que le précédent, et de répéter que l'affaire était loin d'être gagnée. Pour toute réponse, Ingrid ouvrit l'armoire d'un geste énergique et jeta sur le lit les quelques vêtements qu'elle contenait, avant de s'empresser d'en faire les poches. Lola se décida à lui donner un coup de main. Elles inspectèrent les étagères et leur seule cargaison digne d'intérêt : un livre épais et flambant neuf intitulé *Faune des mers chaudes*. Ingrid retourna l'ouvrage et constata qu'il coûtait 42,50 euros. Elle repéra un marque-page et ouvrit le bel ouvrage sur le chapitre « Méduses, ces redoutables beautés ». Le marque-page se révéla carte de visite.

– « Sacha Klein, voyance. Trente euros les trente minutes. *Café du Canal*, quai de Valmy. Sans rendez-vous », lut Ingrid.

– Sans rendez-vous. Grave erreur. Il ne perd rien pour attendre, ce voyant, dit Lola en empochant la carte. Continuons notre mise à sac.

Ingrid glissa à quatre pattes pour étudier le dessous des meubles, puis entreprit de vérifier les lattes du parquet ainsi que les plinthes. Pendant ce temps, Lola s'attaquait au lit et scrutait la géographie du polochon puis du matelas.

– *Fuck !* Rien de rien ! lâcha Ingrid.

Elle vint s'asseoir à côté de Lola sur le lit ravagé, et elles fixèrent le mur aux photos paradisiaques.

– Il ne nous reste que les mers du Sud à explorer, dit Lola. C'est peut-être là qu'il est parti. Il en rêvait, il l'a fait.

– Du soleil, du ciel pur, des vagues émeraude, dorées, grises ou roses mais pas un être humain à des kilomètres à la ronde.

– Bizarre pour un garçon si sociable.

Yvette les interrompit en apportant la caisse à outils. Ingrid ne perdit pas une seconde et massacra la serrure au burin et au marteau.

– *Look !* dit-elle en récupérant une boîte et une guitare acoustique.

La boîte contenait un smoking, une chéchia rouge et une enveloppe en papier kraft.

– On dirait la tenue de Mandrake the magician. De temps en temps, il échange son haut-de-forme pour une chéchia.

– Oui, et on se demande bien ce que ça vient faire dans le décor, répliqua Lola.

Ingrid lut l'étiquette du smoking.

– « Les taupes joyeuses ». Rigolo. C'est une marque connue ?

– Pas que je sache. Et ça sonne plus farces et attrapes que défilé de couture.

– Il y a un loueur de vêtements de soirée dans le passage Brady, suggéra Yvette.

– Je peux lui demander son avis, proposa Ingrid.

Lola acquiesça et ouvrit l'enveloppe. Elle contenait quelques photos de deux hommes sur un fond de verdure tropicale.

– Yeux bleus, dents du bonheur, cheveux frisés, je parie que c'est lui ! s'enthousiasma Ingrid.

– Ah oui, c'est notre Louis, dit Yvette avec émotion.

– Et le vieux bronzé ? demanda Lola.

La marchande jura n'avoir jamais croisé le quinquagénaire buriné, souriant et torse nu qui tenait compagnie au shampouineur.

– Les photos sur le mur et celles-ci ont été faites au même endroit, ajouta-t-elle, dépitée. Cette histoire d'achat à Saint-Ouen, c'était un mensonge…

– Ça m'en a tout l'air.

– Je n'aurais jamais cru Louis capable de me raconter des histoires.

Lola ne fit pas de commentaires. Ingrid demanda la permission d'emprunter le smoking, la chéchia et le livre. Elles quittèrent le magasin avec une seule certitude : le shampouineur et le bronzé s'étaient trouvés en villégiature dans un pays chaud, et vert comme un crocodile bien nourri. Un pays d'Afrique ? Lola proposa une nouvelle visite à Lady Mba.

– Impossible, dit Ingrid en se coiffant de la chéchia. Je fais un détour par le loueur de fracs et smokings, ensuite je file à une audition. Au *Glamorama*, rue Blanche. Le patron sonnait assez professionnel et neutre au téléphone. On verra si ça correspond à la réalité.

Lola lui confia plusieurs photos de Louis et de son compagnon. Elle trouva quelques formules d'encouragement puis regarda l'Américaine s'éloigner de son pas vif habituel. « Professionnel », « neutre »… Le manque d'enthousiasme et de confiance était flagrant dans la voix d'Ingrid. Lola n'était guère plus optimiste. Il était clair que le *Calypso* était à des coudées au-dessus des bouis-bouis tentant d'appâter le chaland avec leurs numéros racoleurs, quand ils ne proposaient pas des gâteries dans l'arrière-boutique. Ingrid n'était pas une effeuilleuse lambda, il lui fallait un établissement avec du panache, et un patron qui ne mélange pas les genres. Qui plus est, dans ce contexte de marasme économique, elle ne pourrait subsister longtemps en comptant sur ses seuls revenus de masseuse. Comme partout, le client se raréfiait, préférant se concentrer sur les produits de première nécessité.

Plus Lola y réfléchissait, plus elle se persuadait qu'une seule solution redonnerait sa joie de vivre à Ingrid, et de substantiels émoluments : une réconciliation pure et simple avec Timothy Harlen. Certes, le patron du *Calypso* cultivait une réputation d'homme de fer mais chacun avait sa faille. Il suffisait de la découvrir pour pouvoir l'exploiter à bon escient.

Elle reprit le chemin des *Féeries de Dakar*, les précieuses photos bien au chaud dans une poche de sa robe saharienne. Aux abords du salon de coiffure, elle ralentit le pas. La boutique occupait le coin entre le boulevard de Strasbourg et le passage Brady. La vitrine donnant sur le boulevard était obstruée par les extravagantes perruques plaisant tant à Ingrid, mais celle qui bordait le passage offrait une vue dégagée sur l'intérieur du salon. On apercevait José accroupi sous une vasque. De part et d'autre du bricolo, trois clientes se faisaient shampouiner, têtes renversées, et on n'apercevait que leurs robes pimpantes et leurs jambes brunes. Une coiffeuse mettait des bigoudis à une vieille dame. Une autre s'occupait des ongles d'une jeune fille. Seule Lady Mba semblait désœuvrée.

Lola s'approcha. La patronne des *Féeries* fixait avec passion l'autre côté du passage occupé par un magasin. Lola découvrit un deuxième salon de coiffure africain, à la décoration aussi débordante que celle des *Féeries*,

Elle étudia mieux la devanture. Toujours des perruques, des présentoirs à faux ongles, des posters de déesses d'ébène teintes en rousses ou en blondes. Un fronton parsemé d'étoiles multicolores et pourvu d'un sobre *Salon Massa* en lettres blanches.

Lola reporta son attention sur Lady Mba. Elle n'avait pas bougé d'un cil, et son expression ne laissait place à aucune ambiguïté. C'était celle de la haine.

5

Lola sortit Lady Mba de sa transe. La coiffeuse vint vers elle avec le même visage philanthrope que lors de leur première rencontre. Lola lui montra les photos sans faire de commentaires.

– Oh, mais c'est mon Louis ! Il n'est pas trop beau avec ses cheveux abandonnés au paysage comme ça. Mais ça ne fait rien, j'ai bien du plaisir à retrouver sa bonne tête. Vous ne perdez vraiment pas de temps, madame Lola !

– Vous connaissez l'autre ?

– Je ne l'ai jamais croisé de toute ma vie et c'est dommage, parce que sinon, je le ferais parler comme une source. Et comment ! Chez nous, on dit souvent : « Quand le cœur est le guide, même le plus vieux des guerriers fait plier le géant, mais il lui faut charger sa pirogue d'une cargaison de patience. »

– Vous avez une idée de l'endroit où ça a été pris ?

– Pas du tout. Louis ne m'a jamais dit qu'il avait voyagé dans les îles.

– Vous pensez à une île en particulier ?

– Non, j'ai dit ça comme ça. Louis et son ami pourraient tout aussi bien bomber le torse de joie au Sénégal qu'au bout du bout du monde. En Californie ou en Thaïlande ou au Cap-Vert, à Haïti, à Madagascar ou en Afrique du Sud…

Lola alla faire le tour du personnel, et des clientes par la même occasion. Tout le monde reconnut Louis mais le quinquagénaire bronzé conserva son mystère. José sortit le nez de sous sa vasque, marqua un temps d'arrêt, fit non de la tête et retourna à son bricolage. Tandis que Lady Mba était accaparée par l'arrivée de deux clientes qu'elle accueillait comme des reines de Saba, Lola alla se poster à l'endroit où l'Africaine s'était tenue quelques minutes plus tôt. À travers les deux vitrines, elle vit l'intérieur du *Salon Massa*. Un grand Noir élégant, aux cheveux gris, discutait avec une jeune métisse à la volumineuse chevelure cuivrée. À l'arrière-plan, une dizaine de shampouineuses et de coiffeuses s'activait pour autant de clientes. Le compte était vite fait. Le *Salon Massa* attirait le double de chalands que les *Féeries* ; s'agissait-il de la compétition cruelle mentionnée par Lady Mba ?

Cette dernière se tenait derrière le fauteuil où avait pris place une cliente, et faisait bouffer ses cheveux d'un air concentré. La cliente avait l'air de savoir exactement ce qu'il lui fallait comme architecture capillaire, et ce pour un mariage. Lady Mba lui promettait qu'elle serait la plus belle de la fête, en dehors de la mariée bien sûr. Lola quitta le salon sur une musique aussi endiablée qu'inconnue et se dirigea vers les *Belles*. En passant devant le *Salon Massa*, elle constata que le couple continuait de discuter avec animation.

– Tu ne m'offrirais pas un petit quart d'heure en tête-à-tête, par hasard ?

– Ça peut se faire, répondit Maxime. Allons à la cave, il y fait toujours bon.

Elle retrouva avec le même plaisir les odeurs mêlées de jambons, fruits, épices et tonneaux. Elle en avait passé de bons moments avec Maxime à goûter des vins de pays, à refaire le monde.

– Pendant qu'on y est, tu veux tester ma dernière trouvaille, un rosé sans prétention, joyeux comme la joie même, et aussi frais que l'espérance ?

Elle était encore engourdie par les agapes du déjeuner mais ne put résister à son air malicieux et à sa générosité. Il ouvrit une armoire réfrigérée puis une bouteille à la robe avenante sous la lumière électrique. Dès la première gorgée, elle sut qu'il s'agissait d'un de ces petits vins dangereux qui se boivent sans soif et sans crainte, et qu'on a tant de mal à abandonner après le premier verre.

– Bon, maintenant qu'on est entre nous, dis-moi ce qui te tracasse.

– Je n'appellerais pas ça du tracas. C'est au sujet de ta Lady Mba. Elle n'est peut-être pas aussi débonnaire qu'elle en a l'air. Qu'est-ce qui se passe entre les *Féeries de Dakar* et le *Salon Massa*, au juste ?

– Eh bien c'est la guerre.

– Commerciale ?

– Oui, comme une conséquence.

– Oh, Maxime, tu es sibyllin. Je ne suis pas sûre d'aimer ça.

– Lady Mba était l'épouse de Gabin Massa, le patron du salon du même nom.

– Un grand et bel homme, d'un certain âge ?

– Tout juste. Né à Paris, de parents antillais. Gabin

a quitté Lady pour une jeune femme. Il a proposé à Lady de lui racheter son salon et de l'installer dans un autre quartier mais elle n'a rien voulu savoir. Depuis, elle se bat pied à pied, rêve de rafler sa clientèle à Gabin, et de l'obliger à fermer boutique. Alors, elle investit ses économies dans les *Féeries* pour faire dans la surenchère et dépasser le *Salon Massa*.

– Ça n'en prend pas le chemin. Le *Salon Massa* faisait le plein aujourd'hui.

– Eh oui. Lady Mba est efficace mais Massa est un suave et un malin. Il sait y faire avec sa clientèle largement féminine. Pour l'instant, ils sont au coude à coude, et ça peut durer longtemps.

– Je me demande si la disparition de Louis n'a pas un rapport avec cette rivalité. Qu'en penses-tu ?

– C'est une possibilité. Mais je connais Massa de réputation. Il porte beau et n'irait pas s'abaisser à débaucher le shampouineur favori de Lady Mba rien que pour l'ennuyer.

– Elle a pourtant l'air d'y tenir beaucoup. Il n'y aurait pas eu une histoire entre eux ?

– Entre Lady et Louis ! Je n'arrive pas à l'imaginer. Elle n'est pas du genre à s'offrir un petit jeune pour narguer Massa. Elle aussi est très fière. Non, je crois qu'elle a le cœur débordant, c'est tout. En bien comme en mal. Pour Louis, elle n'a que de l'affection tendre. Ses deux cousines et sa jeune nièce travaillent avec elle au salon et je crois bien qu'elle considère Louis comme un membre de sa famille.

– En attendant, elle l'a fait travailler illégalement.

– C'est lui que ça arrangeait, je crois. En fait, il ne lui a jamais montré de papiers d'identité.

– Tu penses que c'est un clandestin ? Il y en a tellement dans les ateliers cachés du quartier. Et puis

Manta, ça sonne comme un alias. Je le sais : je suis tombée dessus un jour, en faisant mes mots fléchés. Manta, ville de l'Équateur. Eh oui.

– Eh bien, si Louis est un immigré en situation irrégulière, il cache bien son jeu parce que son français est impeccable.

– Tu connais ce type ? demanda Lola en montrant la photo.

– Non, désolé.

– Maxime, tu te rends bien compte que tu nous as branchées, Ingrid et moi, sur une chronique particulièrement tordue ?

– Justement, il n'y a que vous deux pour pouvoir relever le défi. Encore un peu de rosé ?

– Évidemment ! Comment résister à une telle petite merveille, et à une telle colossale flatterie, je te le demande ?

6

Ingrid n'avait pas obtenu le succès escompté. Le loueur de costume avait apprécié le charme désuet du smoking mais jugé le tissu et la confection bas de gamme. Il avait tout de même proposé de le racheter, l'appellation « Taupes joyeuses » l'ayant réjoui, mais il avait été incapable d'indiquer sa provenance. Quant à la photo du shampouineur, elle ne l'avait pas plus inspiré.

Elle fit un détour par son appartement pour récupérer son book. Elle prit le métro à la gare de l'Est, smoking, chéchia et book sous le bras, et descendit à

Blanche. Un car de tourisme s'était aventuré dans la rue encombrée. Il bloquait la circulation sous un concert de klaxons, alourdissant encore l'air gorgé de vapeurs d'essence. Le porche du *Glamorama* était clos mais une quinzaine de candidates faisaient la queue sous le soleil de plomb. Remerciant le ciel d'avoir mis le couvre-chef de Louis Manta sur son chemin, Ingrid s'en coiffa et prit sa place dans la file et son mal en patience.

Pour tuer le temps, elle feuilleta *Faune des mers chaudes* et retrouva le chapitre qui intéressait Louis avant sa disparition. Les photos montraient des êtres translucides et évanescents, délicates ombrelles aux couleurs irisées, sans yeux et sans cerveau, à la limite de l'absence. Le texte racontait une autre chanson. Bien que méduse signifiât « celle qui protège » en grec, certains spécimens ne dérivaient pas au petit bonheur la chance mais attaquaient les nageurs s'aventurant dans leur périmètre. Ingrid apprit que les cubozoaires, seule espèce dotée d'yeux, étaient de véritables prédateurs. Habitantes des mers chaudes, reines de la métamorphose capables de passer de l'état d'innocent polype à celui de redoutable méduse, nageuses rapides autant qu'agiles, elles pouvaient trucider un être humain en trois minutes.

Ingrid releva la tête pour constater que la file s'était réduite de moitié. Et se demanda pourquoi Louis, lecteur poussif et shampouineur sous-payé, avait fait l'emplette d'un livre à plus de quarante euros consacré à ces tueuses tropicales.

Elle quitta le cabaret une heure plus tard, dépitée et se sentant poisseuse. Elle avait montré son book à un type suave, prénommé Ferdinand, qui connaissait tous les numéros de la capitale et notamment celui de

Gabriella Tiger, dite la Flamboyante. Il lui avait parlé de son tatouage dorsal, une pièce unique, réalisée par un maître japonais et qui immortalisait une geisha au bord d'un étang bordé d'iris où folâtraient quelques carpes, de l'air du gars qui connaît tous les secrets de Paris. Ferdinand s'exprimait d'une voix douce et prenait son temps, un peu comme un polype à l'air inoffensif, flottant mollement entre deux courants chauds et deux métamorphoses. Il lui avait expliqué que le *Glamorama* était spécialisé dans le table-dancing. Au point que la scène avait été supprimée pour gagner de la place et accueillir plus de monde, et notamment des groupes, bien décidés à faire flamber de la note de frais. Ingrid connaissait par cœur cette technique inventée dans son pays. Elle consistait à se trémousser sur une table équipée d'une barre verticale, à quelques centimètres du nez du client, en jouant au boa lascif s'enroulant autour de son arbre. Une approche qui, de son point de vue, manquait autant d'espace que d'envergure. Ferdinand lui avait désigné une mezzanine, des salons individuels délimités par des rideaux opaques.

– Les clients apprécient de plus en plus de pouvoir s'isoler avec la danseuse de leur choix.

Il avait étudié sa réaction puis, devant son visage fermé, avait ajouté d'une voix toujours plus crémeuse.

– Ici, personne ne force personne. Mais en général, nos filles en veulent. Le *Glamorama*, c'est pas le cours Florent mais une boîte de strip. On est tous là pour se faire du blé. Réfléchis et reviens discuter. Pas besoin de passer une audition, je sais ce que tu vaux.

Elle remonta la rue jusqu'au métro puis se glissa dans l'ombre d'un kiosque à journaux. Elle resta un moment immobile, à regarder les passants défiler dans la rue. Certains ralentissaient le pas, un moment intrigués par une grande blonde portant short et chéchia. Et encore, les enfants, vous ne m'avez pas vue m'enrouler autour d'une barre, avec cette calotte tronconique pour tout vêtement. Vous ne savez pas *ce que je vaux*. Elle revoyait le sourire de Ferdinand. Et le décor. Elle entendait encore la musique, un rythme lourdingue, ponctué de soupirs lascifs, le tutoiement progressif de Ferdinand le polype. *Réfléchis et reviens discuter*. C'était tout réfléchi. *What a fucking prick!*

Les meilleures places étaient prises d'assaut dans les cabarets sélects. Il ne fallait plus se faire d'illusions. La question était simple. Comment allait-elle gagner assez d'argent pour continuer de vivre à Paris? Elle serait toujours le costume de Mandrake et le gros livre contre elle, et réalisa qu'elle transpirait à grosses gouttes. Il était temps de se rendre chez Marie, la costumière du *Calypso*, une vraie professionnelle qui savait dénicher des tenues de sirène et des perruques presque aussi féeriques que celles de Lady Mba. Elle travaillait à domicile, à deux pas de la place d'Anvers.

Elles parlèrent du bon vieux temps. D'après Marie, l'ambiance au *Calypso* était moins drôle depuis le licenciement d'Ingrid, et les clients se languissaient de Gabriella Tiger et de son flamboyant numéro. On enregistrait même une légère baisse du chiffre d'affaires. Pas étonnant, le cabaret attirait une clientèle bigarrée. Il n'y avait pas seulement des touristes et des hommes d'affaires venus s'encanailler avec leurs clients; le cabaret attirait aussi pas mal de night-clubbers professionnels et d'artistes. Ingrid sourit d'un air philosophe puis tendit le smoking à son amie. Et lui raconta toute l'affaire.

— Ces taupes joyeuses ne me disent rien a priori

mais je vais me décarcasser pour te les déterrer, affirma Marie. Le bémol, c'est qu'il me faudra sûrement pas mal de temps.

– Il ne manquerait plus que je te demande d'accélérer ! s'exclama Ingrid. Tu me rends déjà un énorme service.

Dans la foulée, elle exhiba une photo de Louis. Si, après avoir débarqué de nulle part et travaillé au noir, le shampouineur se cachait à Paris, ce n'était sûrement pas dans les allées de la légalité. Marie connaissait le monde de la nuit. Elle pourrait agiter la physionomie de Louis Manta sous le nez de pas mal de gens.

La costumière restait concentrée sur le cliché.

– Attends une petite seconde…

Elle revint avec une loupe et étudia mieux la photo.

– Ça me rappelle le dos de Mandy, reprit-elle.

Ingrid se souvenait bien de la sculpturale Australienne. Timothy Harlen l'avait licenciée elle aussi, parce qu'elle sortait avec un client. Pourquoi atterrissait-elle dans le scénario ?

– Mandy s'est fait piquer par une sale bestiole, sur une plage australienne. Depuis, elle a une cicatrice en forme de patatoïde. Toutes les nuits, avant son show, je l'aidais à la camoufler avec du fond de teint.

À son tour, Ingrid étudia le vieux buriné à la loupe. Il avait bel et bien une cicatrice brunâtre sur l'avant-bras droit.

– Mandy t'a dit de quelle bestiole il s'agissait ?

– Une méduse.

– *Holy shit !* s'exclama Ingrid en imaginant son splendide tatouage saboté par une de ces indolentes mais terrifiantes créatures. Tu es sûre de ça ?

– Certaine. Il paraît que ça fait un mal de chien et

44

qu'il faut un temps fou pour que ça s'efface. À vrai dire, quelquefois, ça ne part pas.

Ingrid retrouva la place d'Anvers et sa chaleur d'étuve avec un plaisir inattendu. Il lui semblait que sa mésaventure au *Glamorama* s'était déjà diluée et que son moral était requinqué à bloc. Il n'y avait rien de tel qu'une bonne enquête bien obstinée pour vous remettre le moral en place. Elle serra *Faune des mers chaudes* contre son cœur puis fila en direction du métro. Dans la rue, quelques passants groggy rasaient les façades à la recherche d'un ruban d'ombre.

7

Lola se jugeait dans un état bigarré. Le rosé de Maxime lui ramollissait les membres mais lui dynamisait les neurones. Elle avait à la fois envie d'aller dormir et de continuer d'enquêter. Dommage que cette belle habitude de se déplacer dans les rues de Paris en lit-chariot tiré par des bœufs soit morte avec les rois fainéants. Elle alla donc avec courage jusqu'au supermarché le plus proche et fit l'achat d'un gros rouleau de bande adhésive, d'une réserve de mines en graphite, d'un récipient en inox, d'un pilon de cuisine et d'un gros pinceau de maquillage. Un effort plus important encore fut déployé pour retourner rue des Vinaigriers et pousser la porte d'Yvette Colin. L'accueil fut aussi enthousiaste que le précédent, et alors que la commerçante s'apprêtait à boucler sa porte de son style d'espionne internationale, Lola lui déclara qu'elle avait besoin d'une demi-heure, seule dans la chambre de Louis, pour s'« imprégner pleinement de l'ambiance ». Et elle connaissait le chemin, merci. Yvette Colin gonfla les joues d'un air admiratif et laissa l'ex-commissaire aller déployer large le mystère de sa méthode d'investigation.

Lola posa ses emplettes sur le lit et se mit au travail.

Plus tard, c'est avec un visage impénétrable et un vague geste de la main qu'elle quitta les lieux et prit la direction de la rue de l'Échiquier.

Elle gravit son escalier en soufflant, fut soulagée de retrouver une température supportable dans son appartement aux volets tirés et de pouvoir se débarrasser de ses sandales. Le contact du carrelage de la cuisine sur ses pieds nus lui fit un bien fou, et elle décida de s'y allonger. Une fissure commençait à se dessiner au plafond… Elle gloussa en imaginant José le bricolo lent mais très capable passant six mois à lui en confectionner un neuf, puis s'essaya à résumer la situation.

Un jeune homme sans attaches débarque un beau jour passage Brady. Il fait ami-ami avec une coiffeuse sur le retour équipée d'un chagrin d'amour, laquelle lui donne un travail et lui trouve un logis par l'entremise du bricolo du quartier. Devenu shampouineur, il se fait prestissimo une place dans la petite communauté, au point d'être bien perçu par Maxime Duchamp, qui a pourtant vu du pays et connaît le cœur des hommes et la texture du mensonge. Son caractère avenant lui permet de couler incognito des jours paisibles, jusqu'à ce que des circonstances inconnues l'obligent à briser ce bel équilibre, et à s'évacuer de la vie de la petite tribu qui l'avait si bien accueilli. La petite tribu a-t-elle bien senti le nouvel arrivant ou s'est-elle fourré le doigt dans l'œil comme un seul homme ? Mystère. Une fouille approfondie de sa chambre déterre une réalité indiscutable : le jeune homme a mis les voiles et abandonné ses maigres possessions derrière lui. Surnagent trois éléments incongrus : un smoking, le contact d'un voyant, les photos d'un inconnu sous des tropiques mystérieux. Le tout ne fait qu'épaissir le mystère au point d'en faire une béchamel de compétition.

– Nous voilà frais, dit Lola à son plafond fissuré. Si tu me permets cette métaphore osée par ces temps transpirants.

Il était grand temps de renouer avec Jérôme Barthélemy. L'ex-adjoint de Lola ne devait certes pas chômer par cette canicule, elle avait le pouvoir d'en ramollir certains et d'en énerver beaucoup d'autres mais la situation imposait d'utiliser la puissance de feu et de renseignement de la rue Louis-Blanc. L'artère abritait le commissariat de l'arrondissement, et l'équipe jadis dirigée par Lola, aujourd'hui placée sous la houlette du commissaire Jean-Pascal Grousset, dit JPG, ou le Nain de jardin, suivant l'humeur du moment. Évidemment, il était toujours délicat de solliciter l'aide de Barthélemy sans éveiller les soupçons du Nain, lequel avalerait de rage ses tiroirs-classeurs ou son taille-crayon électrique s'il avait vent de l'histoire.

Mais pour le moment, un problème plus formidable encore que l'étroitesse de vues du Nain de jardin obstruait l'horizon immédiat. Comment Lola Jost allait-elle réussir à renouer avec l'action et, par exemple, à décrocher son téléphone ?

Lola décréta qu'il était temps de dégriser. Elle se tourna sur le côté pour se relever, reprit une position verticale, lissa sa robe et alla composer le numéro du lieutenant Barthélemy.

– Jérôme, j'ai besoin d'un petit service.

– Patronne ! Comme ça me fait plaisir de vous entendre ! Vous ne souffrez pas trop de la chaleur ?

– Je ne suis pas encore une vieillarde sous perfusion, que je sache.

– Ce n'est pas ce que j'ai voulu dire…

– Bien, trêve de mondanités. J'ai un client dans la nature et j'aimerais que tu m'éclaircisses un peu le paysage. Il se fait appeler Louis Manta et c'est un jeunot.

– Dernier domicile connu ?

– Ça ne te servirait à rien.

– Dernier employeur ?

– Idem. Oublie.

– Comme je ne m'attends pas à ce que vous me confiiez des relevés de traces papillaires, ça va être un peu juste…

– C'est là que tu te trompes. Des empreintes, ça se relève aussi avec les moyens du bord. J'ai saupoudré sans pitié la carrée du client.

– Avec ?

– De la poudre de graphite et j'ai prélevé tout ça au rouleau de Scotch. Le résultat va t'inspirer.

– Moi, tout m'inspire, mais les collègues de l'IJ risquent de le trouver étrange, votre résultat.

– Eh bien, tu leur raconteras une de ces fables irrésistibles dont tu as le secret, mon garçon. Et puis voilà.

– Euh… et puis voilà… bon, entendu, patronne. Je passe récupérer vos empreintes et je fais mon possible.

– Non.

– Pourquoi « non » ?

– Tu me fais l'impossible, Jérôme. C'est bien mieux. Et d'ailleurs la race humaine est ainsi programmée.

– Ah oui ?

– Nous sommes faits pour donner le meilleur de nous-mêmes. Ne t'es-tu jamais senti dans un état proche de l'euphorie après avoir mené à bien une tâche considérable ? Moi, ça m'arrive même quand je passe l'aspirateur. C'est te dire.

– Euh… pas de problème, patronne. Je ferai le possible et l'impossible en même temps, et vous trierez ensuite.

Lola reposa son sans-fil sur son socle d'un air satisfait. Maintenant que la machine policière s'embrayait, une seule démarche restait à entreprendre : retrouver la table de la salle à manger sur laquelle était disposé un puzzle nouvelle génération d'un niveau de vice jamais atteint. C'était un cadeau de son fils, importé du Canada. Il n'était pas question de reconstituer pièce par pièce l'image reproduite sur le dessus de la boîte. Que nenni. L'enjeu consistait à restituer ce que voyaient les personnages représentés sur la boîte : en gros, l'équipage d'un avion et un groupe de touristes déambulant sur un tarmac, l'air affolé ou mécontent. Ou les deux à la fois.

En retrouvant le puzzle le plus sophistiqué de sa carrière, Lola ne put s'empêcher de penser à l'expression de Lady Mba, figée derrière sa vitrine, fixant Gabin Massa et sa belle compagne.

8

Elles marchaient côte à côte, absorbées dans leurs pensées respectives. Lola se disait que plutôt que de chasser des chimères, elle aurait préféré puzzler chez elle, et faire avancer cette diabolique plaisanterie canadienne. Jusqu'à présent, le puzzle avait été une pratique préservée des modes. Un hobby gentil comme le tricot, mais en moins niais. Or, depuis peu, ce brave passe-temps devenait un challenge, à l'instar de l'époque entière. Toujours du neuf parce qu'on avait appris à zapper dès la première sensation de lassitude. Plus fort, plus vite, plus dense, au diapason du téléphone portable, des effets spéciaux, de l'Internet, dans un étirement techno exponentiel qui donnait le tournis. Il ne fallait pas se voiler la face : l'innocence du puzzle avait volé en éclats. Et le pire, c'est que cette surenchère créait une accoutumance. Lola se sentait piégée. Désormais, elle voulait à tout prix découvrir ce qui troublait équipage et passagers sur leur tarmac, et il n'y avait guère que la recherche du shampouineur de Lady Mba pour la sortir de son état de dépendance.

Ingrid avait cru que son passage au *Glamorama* se ferait oublier tel un oiseau mort emporté par la marée nocturne. Mais non. Ferdinand le polype s'était invité dans sa tête et à la table du petit déjeuner. Elle avait eu une conversation imaginaire avec lui, en mangeant son muesli au yaourt bulgare, et c'était assez agaçant.

– À quoi penses-tu ? demanda Lola.

– À rien de spécial, et toi ?

– Pareil.

Ingrid aurait aimé enchaîner sur les méduses et leurs baisers toxiques mais les révélations de Marie la costumière n'avaient pas titillé l'ex-commissaire. Ingrid avait pourtant potassé son dossier, consacrant une partie de sa nuit à terminer le chapitre « Méduses, ces redoutables beautés » et à fouiller les ressources infinies du Net en quête d'informations complémentaires sur la vie et les mœurs de ces étranges terreurs des mers. Elle avait pu donner à Lola les détails les plus intéressants sur leurs piqûres. Il ne fallait pas se fier à la délicatesse de leur physionomie, à leurs filaments n'évoquant rien de plus inquiétant qu'une chevelure flottante. Dans le fond, Mandy et le vieux buriné l'avaient échappé belle. Si les méduses ne vous tuaient pas, elles vous torturaient. Certaines variétés provoquaient d'effroyables réactions. Sueurs, larmes, vertiges, vomissements, douleurs musculaires intenses, voire perte de conscience. Eh oui. Les blessures de certains rescapés avaient même évolué en escarres profondes, au point de nécessiter une greffe de peau. Avec son colmatage à coups de fond de teint, Mandy pouvait s'estimer heureuse.

Certes, les méduses posaient un problème particulier. Elles avaient colonisé les mers et il était impossible de savoir si le vieux bronzé s'était fait surprendre dans le Queensland, aux Caraïbes ou dans le détroit de Macassar. Dommage que Lola ne veuille pas s'empoigner avec le sujet. Ingrid avait la sensation qu'une partie de la solution flottait autour d'elle comme un voile transparent et gélatineux. Et qu'il fallait ouvrir son esprit au grand tout pour espérer renifler la vérité. Une réflexion qu'elle gardait pour elle. Lola aurait tôt fait de la classer dans la catégorie « délire New Age ».

Elles entrèrent au *Café du Canal* et repérèrent vite Sacha Klein. Lola était allée un peu vite en matière de divination : Sacha Klein était une femme. Elle avait disposé un jeu de tarot devant elle et s'entretenait avec une cliente. Elles s'installèrent à portée d'oreilles.

– Je vois un personnage solaire pénétrer dans votre vie. Enjoué, franc, un rien fantasque. Il est susceptible de beaucoup vous apporter. Capable de générosité, il reste cependant insaisissable. Votre première impression peut être négative, à tort. Un rien suffirait à vous faire passer à côté de cette rencontre.

Lola gonfla les joues et leva les yeux au ciel.

– Une bonne méthode pour dire à la fille qu'elle rencontrera du monde le jour où elle cessera d'espérer du taillé sur mesure, chuchota-t-elle. Autrement dit, le plombier, le boulanger, le prof de ses gamins ou l'inconnu du café a du potentiel, à condition de le regarder avec des yeux neufs. J'aurais pu lui dire tout ça en deux minutes, et vingt centimes d'euro.

Les deux amies écoutèrent la suite de la consultation d'un air dégagé. Lorsque la cliente de Sacha Klein s'en alla, Ingrid se glissa promptement à sa place sur la banquette. La voyante mélangeait ses cartes et lui souriait déjà. Lola hésita puis laissa son amie se débrouiller. Avec un naturel désarmant, Ingrid fit mine de vouloir connaître son avenir. Sacha Klein lui broda une histoire à sa mesure. Les cartes évoquèrent rencontres, opportunités, virages à négocier, pièges à éviter. Le vocabulaire était choisi, la voix charmeuse mais pas trop. La cadence excellente. Lola était bluffée. Cette fille avait du talent. En plus, avec son teint de porcelaine, ses courtes boucles noires et ses yeux bleus, elle avait un côté elfe celtique qui devait mettre la clientèle en condition.

– Je suis sans nouvelles d'un ami, lâcha Ingrid.

Elle décrivit Louis Manta, puis évoqua la carte trouvée dans la chambre de la rue des Vinaigriers.

– J'ai pensé qu'avec votre don, vous pourriez m'aider à le localiser.

– On peut toujours essayer, dit Klein sans se démonter.

Elle abattit une nouvelle carte. Elle représentait un

couple sur un chariot aux roues enflammées. Elle posa le bout de ses doigts sur ses tempes et fixa la carte un long moment.

– Votre ami est sur le point de changer d'existence. Des éléments de son passé le font encore hésiter mais il est tenté par une rupture avec son mode de vie. Il aspire à plus d'intensité, à une vie spirituelle plus riche.

– Je crois que Louis est venu vous consulter, insista Ingrid.

– Possible. Mais les visages se superposent. J'ai de plus en plus de clients.

– Louis vous a sans doute dit où il allait.

– Je ne peux vous apprendre que ce que les cartes me révèlent, dit-elle d'un ton où affleurait l'agacement.

Lola jugea le moment opportun pour faire émerger son ancienne carte de commissaire. Elle la posa sur la table et la fit glisser en direction de Sacha Klein. Agrémentée du buste imposant de la République, mais dépourvue du moindre coup de tampon oblitérateur, elle faisait parfaitement illusion.

– Et celle-là, elle te révèle quelque chose ? demanda-t-elle d'un ton sec.

Klein observa la carte, redressa la tête et fixa Lola d'un air interloqué. L'ex-commissaire constata que la voyante avait un regard étrange. Ou une énorme crise de conjonctivite. Ou un problème de poudre. Elle fit faire le même voyage à la photo de Louis Manta et de l'inconnu des mers du Sud.

– Un double portrait en prime. Je suis sûre que tu vas avoir une illumination.

– Je suis en règle ! Juré.

– Tu reconnais le type sur la photo, oui ou non ? Et

ne me sers pas des turlupinades, on a bel et bien retrouvé ta carte de visite dans ses affaires.

– Oui, d'accord, c'est Louis.

– Et l'autre ?

– Connais pas. Louis a fait une connerie ?

– Pourquoi, c'est son genre ?

– Non, je ne sais pas…

– C'est qui pour toi, Louis ?

– Juste un copain.

– Sans blague.

– Il me donnait un coup de main.

– C'est-à-dire ?

– Ici, au café.

– Où l'as-tu rencontré ?

– Au bord du canal.

– Comment ça s'est passé ?

– Je venais prendre l'air. Il jouait de la guitare.

– J'aimais mieux ton style lyrique et divinatoire de tantôt. Essaie un peu de rallonger tes révélations pour voir.

À partir de là, elle se tut et laissa venir. Le chaud-froid avait fait ses preuves avec les clients. On les secouait par les pieds, quelques bricoles tombaient de leurs poches, ensuite on endossait le rôle du muet obstiné et on les laissait se dépatouiller. Sacha Klein fit la grimace puis se lança.

– J'ai été chômeuse, pendant des années, et j'ai pas envie que ça recommence. Tout mais pas ça !

Lola se contenta de hocher la tête. Elle jeta un coup d'œil à Ingrid pour lui faire comprendre qu'une intervention n'était pas la bienvenue. Mais l'Américaine se tenait tranquille.

– En voyant comment le quartier changeait à toute allure, avec les boutiques de fringues déguisées en galeries d'art, les salons d'aromathérapie et les cafés de philosophie, je me suis dit que le bobo envahissait les lieux, et qu'il y avait moyen de se faire du blé.

Lola sentit une légère agitation sur sa droite. Ingrid allait à coup sûr demander une définition du bobo : elle balança un coup de pied dans la cheville de sa camarade, tandis que Klein continuait de dérouler sa vie et son œuvre. Même si la môme avait l'intention de leur offrir une leçon de sociologie, ce n'était pas le moment de l'interrompre.

– Au début, le pognon est tombé. Mais le bobo est capricieux. Il change d'idée plus vite que la mode arrive à fournir. Alors quand l'ambiance s'est refroidie au *Café du Canal*, Louis a fait monter la sauce. Il a joué le rôle du client. Pour créer de l'animation et de la confiance. C'est comme sur les marchés, les gens baguenaudent rarement autour des stands vides. Avec Louis, ça marchait gentiment. Je faisais mine de lui tirer les cartes, et lui de s'intéresser. Il faisait l'intéressé à merveille. Pendant ce temps, je me reposais. J'ai un problème aux yeux et Louis me permettait de souffler. Il y a deux mois environ, il m'a dit qu'il avait trouvé un job stable et il est parti. Sans me dire où. C'est tout ce que je sais.

– C'est lui qui avait eu l'idée de jouer les attrape-chalands ?

– C'est lui.

– Difficile de croire qu'il ne t'a pas raconté sa vie pendant vos séances de divination à la manque.

– Je suis tellement gavée par celle des autres que je préférais que Louis se taise et prenne l'air ébloui par mon talent divinatoire. C'est moi qui murmurais n'importe quoi, pour donner l'illusion.

– Tu le payais combien ?

– Vingt euros.

– Par jour ?

– Je ne pouvais pas faire mieux.

– Il passait ses journées ici pour si peu !

– Louis avait besoin de ce fric, et tout était bon à prendre. Et puis je ne le forçais pas. J'aurais pu me contenter de quelques heures, mais Louis restait, de son plein gré.

– Pourquoi, à ton avis ?

– Pour la chaleur humaine, je crois. Et Bernard, le patron, lui refilait un sandwich.

– Vingt euros, deux grammes de chaleur humaine et un sandwich, mince alors…

– Ne m'embarquez pas ! Je ne sais pas ce qui lui est arrivé. Ni s'il était embringué dans un trafic. On s'est rendu service mutuellement. Quand il en a eu marre, il s'est tiré. Et c'est tout.

– Tu ne veux pas qu'on t'embarque, vite dit ! Et surtout vite ordonné, parce qu'ici, c'est moi qui décide. Tu t'en doutes bien.

– J'ai eu un mal de chien à persuader Bernard de lancer ce business de voyance. Et avec ce que j'ai aux yeux, je ne trouverai jamais un autre boulot.

– Eh bien, raison de plus pour cracher le morceau.

La voyante hésita encore puis céda.

– Bon, d'accord. J'ai entendu dire qu'il s'était dégoté un job au BHV.

– Quel genre ? Caissier, vigile, directeur du personnel ? Il faut t'extraire les infos aux forceps !

– Vendeur.

– Tu vois, quand tu y mets du tien, ton débit se fluidifie sans souci.

Lola étudia mieux le regard albinos de la voyante. Ce n'était peut-être pas une histoire de poudre après tout. Et d'ailleurs cette fille avait un côté « filou bien réveillé ».

– Qu'est-ce qu'ils ont tes yeux, au juste ?

– Si je le savais ! J'ai eu un accident de scooter et depuis j'ai des problèmes.

– Comment ça ?

– Un drôle de bazar. Il paraît qu'au naturel notre vision nous montre la vie et les choses tête en bas, et que c'est le cerveau qui fait un gros boulot pour nous présenter tout ça dans le bon sens. Vous étiez au courant ?

– J'étais au courant.

– Eh bien, mon cerveau s'est mis en grève. Et je vois le monde… comment dire…

– À l'envers ?

– C'est possible des trucs pareils ? intervint Ingrid.

– Il faut croire que oui, puisque je vous vois renversée, mademoiselle. Eh oui, j'ai repéré vos tennis fluo avant vos cheveux blonds. Et puis même si les gens sourient, j'ai l'impression qu'ils font la gueule. Et inversement. À la longue, ça fatigue.

En se demandant comment faire le tri dans ce qu'elle venait d'entendre, Lola étudia un peu Ingrid. L'Américaine s'apitoyait déjà sur la prophétesse d'opérette. Elle se mit d'ailleurs à lui donner des conseils et lui proposa de consulter Antoine Léger, le meilleur psy du quartier, un homme qui combinait avec élégance l'art de la psychanalyse et celui de la psychiatrie. Elle expliqua même qu'il officiait accompagné de son dalmatien, et que Sigmund avait un effet délassant sur le moral des patients. Un peu comme un chat-chien ou un mégachat à pois ou un gentledog.

La voyante sembla captivée par ces détails fumeux, remercia Ingrid et prit note de l'adresse sur un bout de nappe en papier, qu'elle déchira et glissa dans son sac à main. Lola nota qu'elle avait tracé ses lettres avec lenteur et difficulté.

Elle se leva la première et demanda à Klein de ne pas trop s'éloigner du quartier dans les jours suivants.

– Où voulez-vous que j'aille avec mon handicap ! Je n'arrive même pas à marcher droit !

Ingrid en remit une petite couche avec ses histoires de dalmatien zen et de psychanalyste chic avant de se lever à son tour et de suivre Lola.

9

En route vers le canal, Ingrid se plaignit. Lola s'excusa vaguement pour le coup dans la cheville et lui expliqua qu'un bobo était un bourgeois bohème. Il avait plus de moyens que la moyenne, mais refusait de passer pour un ringard en vivant dans un confort trop manifeste et convenu.

– Je sais ce qu'est un bobo et je n'avais pas l'intention d'intervenir dans tes méthodes de questionnerie.

– Dans mes méthodes d'interrogatoire, tu veux dire ?

– Si tu veux.

– N'empêche qu'avec tes histoires de chien-chat à pois, on a failli y passer la Noël.

– J'ai insisté pour une bonne raison.

– Allons bon !

– Sacha Klein a vraiment l'air d'avoir un problème aux yeux. Et à la vérité.

– Comment ça ?

– Elle a fourni un gros effort d'explication. Trop gros pour qu'elle n'ait rien à nous cacher. Je l'ai accrochée avec Antoine Léger. Si elle le consulte, Antoine nous fera des révélations.

– On t'imagine gentille gosse altruiste et on te découvre plus roublarde qu'une vieille flic.

– Les deux, c'est mieux.

Lola poussa Ingrid du coude, lui désigna un couple qui s'embrassait sous un arbre.

– Gabin Massa, ex-mari de Lady Mba, et sa petite amie, expliqua Lola.

Elle évoqua la guerre psychologique entre les deux salons, et son rapport éventuel avec la disparition de l'employé des *Féeries de Dakar*. Elles continuèrent leur chemin, évaluant la foule qui prenait du bon temps dans les parages. Il n'était même pas midi mais les amateurs de farniente étaient déjà nombreux aux abords des quais de Jemmapes et de Valmy.

– On n'arrivera jamais à les interroger tous. Surtout sous ce cagnard, dit Lola. Mais qu'à cela ne tienne, on va s'y mettre…

– Cagnard ?

– Une grosse chaleur qui cogne comme une sourde, et nous tanne la peau et la raison.

– Tout ça dans un mot, c'est fou quand on y pense. Cagnard, ça me plaît plus que bobo.

– Tu sais ce qui est encore plus fou, Ingrid ? C'est que cette histoire de shampouineur évaporé commence à me ferrer pour de bon.

– Moi aussi ! Je compte bien le retrouver avec toi. Cagnard ou pas.

Au diapason de cette exubérance, le téléphone de Lola se mit à tintinnabuler. C'était Jérôme Barthélemy qui s'excusait d'une voix penaude. Les fichiers policiers ne recelaient aucun Louis Manta. Celui des personnes disparues n'était pas plus causant. Même silence épais du côté des services d'urgence, des cellules de dégrisement des commissariats, et des morgues. Quant aux relevés sur bande adhésive, ils n'avaient guère plu au technicien de l'Identité judiciaire, mais ce dernier ferait tout de même un effort. Et son possible impossible. Ou du moins c'est ce que Barthélemy supposait. Lola remercia son ex-adjoint pour sa persévérance et raccrocha avec un sourire amusé. Pour un gars *sympa et normal*, Louis Manta jouait assez finement à cache-cache. Tout ça allait de pair avec la révélation de Sacha la voyante confirmant que la petite arnaque du *Café du Canal* était une invention du shampouineur.

En se répartissant le travail, elles réussirent à interroger une cinquantaine de personnes. Elles se retrouvèrent sur le pont face à l'écluse des Récollets que franchissait un bateau de plaisance. L'eau libérait les sombres parois luisantes du canal. Des odeurs vivaces montaient des gerbes d'écume tourbillonnante. À bord, un couple de sexagénaires manœuvrait avec aisance. Droit devant, la portion de la rue de Lancry surplombant l'écluse se séparait lentement en deux tronçons.

– Il en faut de l'amour en cale pour naviguer à petite vitesse d'écluse en écluse, de ville en ville, dit Ingrid d'une voix rêveuse.

Lola acquiesça d'un hochement de tête. Elle se demandait si Louis n'était pas monté à bord d'un de ces bateaux. Passager incognito, en progression lente vers la mer. C'était difficile à imaginer. Qui pourrait se cacher bien longtemps sur un petit yacht ou une péniche ? Quant à convaincre un plaisancier ou un marinier accommodant de mettre les voiles, improbable quand on était sans le sou.

Elles firent le bilan. Parmi les habitués du canal, certains se souvenaient du jeune frisé aux dents de la chance mais personne n'avait rien de croustillant à raconter. Louis était jeune, agréable et jouait de la guitare. Une fille l'avait entendu chanter une chanson dans une langue étrangère. Elle n'avait aucune idée de son origine.

Quelques accords les firent se retourner. Adossé au parapet, un grand blond sans âge jouait un blues sur une guitare déglinguée.

– *Hey, les filles! Qu'est-ce que vous voulez à Louis? Yeah! Où se cache ce fils de pute, ce coyote en rut? Yeah...*

Elles attendirent qu'il ait fini son couplet, en quelques rimes aussi peu engageantes que les premières. Il s'approcha de Lola. Il sentait la sueur rance et les spiritueux en tous genres, ses dents avaient la couleur du canal. Elle fit un effort pour ne pas reculer.

– Vous le connaissez? demanda-t-elle.

– Peut-être bien, ça dépend du cadeau que tu comptes me faire.

Elle sortit un billet de vingt euros et l'agita sans rien dire. Il lui prit la taille.

– Il fait trop chaud pour un câlin, dit-elle en se dégageant. Dis-moi plutôt quelque chose de constructif.

– Dommage, j'aime les femmes comme toi. Et d'ailleurs, je vous aime toutes, parce que sans vous, les filles, on n'existerait pas, nous autres. Tu as de la largeur et de l'expérience. Tes rides me donnent envie d'écrire un couplet. Tes cheveux gris-mauve, c'est chouette. Tu t'appelles comment?

– Lola. Et toi ?

– Clovis.

– Tu connais Louis Manta ou tu me fais perdre mon temps ?

– Pourquoi tu t'énerves ? Regarde comme la vie est gentille aujourd'hui ! Elle nous a permis de nous rencontrer.

– Alors, Louis ?

– Ah, mais t'es une coriace, ma dame mauve. Eh bien, écoute, c'est d'accord, je vais te parler de lui. Il est un peu comme toi.

– C'est-à-dire ?

– Il aime regarder les bateaux passer l'écluse. Il est même pote avec l'éclusière.

– Quelle éclusière ?

– J'ai eu une hallucination bleutée ou c'était un vrai billet avec un 2 et un 0 que tes belles mains avaient sorti de ton sac y a pas deux minutes ?

Lola lui donna le billet et Clovis le fit disparaître dans la poche de son bermuda. Ingrid leva les yeux vers le ciel. Le soleil brillait toujours avec ferveur mais une bande grise était apparue à l'horizon et l'air s'était soudain chargé d'une touffeur électrique.

– La petite rondelette en uniforme, tu la vois là-bas ? Louis lui causait souvent. Faut croire que la technique de l'écluse, ça n'intéresse pas que les touristes.

Elles ne purent se débarrasser du grand blond qu'après quelques couplets troussés pour Lola et sa mauve chevelure. L'improvisation fut appréciée par une famille de badauds et un couple d'amoureux qui se délestèrent de quelques pièces. Elles marchèrent vers l'écluse et une barre de nuages qui avait réussi à durcir l'ombre des arbres.

L'éclusière était en conversation avec un collègue.

Ingrid et Lola attendirent avant d'attirer son attention. Elle s'approcha en souriant.

– Nous cherchons Louis Manta.

– Qui ça ?

Lola lui montra la photo.

– Ah oui, le petit gars à la guitare. Moi, je le connais seulement par son prénom. On le voyait souvent à un moment donné. Je me demande ce qu'il est devenu.

– Oui, nous aussi. C'est sa patronne qui nous envoie. Il est parti sans prévenir.

– J'espère qu'il ne lui est rien arrivé. C'est un gentil gars. Il aimait bien jouer tranquille de la guitare et tailler une petite bavette de temps en temps.

– De quoi parliez-vous ?

– Oh, de tout et de rien.

– Il ne vous aurait pas parlé d'un séjour dans un pays étranger ? demanda Ingrid.

– Aucun souvenir de ça. Mais ce que je peux vous dire, c'est que malgré son bon sourire, il en avait gros sur le cœur.

– Comment ça ? reprit Lola.

– Disons que je sentais son malaise. Je suis comme ça. Je sens les tristesses et les peurs des autres. C'est pas marrant tous les jours.

– Cherchez mieux, vous devez bien vous souvenir de quelques-unes de ses réflexions.

L'éclusière regardait l'eau assombrie du canal, le vol devenu rasant d'une poignée d'hirondelles.

– En l'écoutant, je pensais…

– À quoi ?

– Oh c'est idiot…

– Mais non, allez-y.

– Je pensais à un bateau… habité par des fantômes. Une barge revenant naviguer dans sa tête, les mauvais jours. Mais tout ça, c'est de la songerie gratuite. Juste des impressions noires qui ne servent à rien.

Ingrid leva un sourcil interrogatif. Lola sut qu'elle se demandait pourquoi il existait des songeries mais pas de questionneries et eut peur d'une interruption. Elle changea d'orientation en vitesse. De toute manière, ces histoires de barge fantôme lui semblaient sans issue.

– Il ne vous a jamais parlé de sa famille ?

– Non, jamais.

Lola se dit qu'elle ne voyait pas comment retrouver l'acte de naissance d'un garçon doté d'un faux patronyme, et sans doute d'un faux prénom, même en se limitant à une portion du 19e arrondissement. Il fallait compter sur la patience et sur la bonne volonté d'un technicien de l'Identité judiciaire qui avait, hélas, du dossier en attente. Mais on connaissait l'obstination de Barthélemy, il arriverait à ses fins. Par acquit de conscience, elle évoqua le smoking, la chéchia, le beau livre sur la faune marine, n'obtint que des regards étonnés.

– Il y a peut-être quelque chose, reprit l'éclusière. Oh non, en fait…

– Dites toujours, dit Lola en cachant son agacement. On ne sait jamais quel détail a de l'importance.

– Un jour, j'étais venue partager mes sandwiches avec lui. On causait, assis au bord du quai. Et voilà qu'il s'endort. Je le laisse tranquille, bien sûr. Et au bout d'un moment, il se met à parler dans son sommeil. Et il dit : « Attends-moi, ma belle, je veux voler avec toi. Tes ailes sont blanches. Emmène-moi ! » Ou quelque chose d'approchant. Et j'ai imaginé une belle fille qui aimerait s'habiller de blanc.

– Et c'est tout ? questionna Lola en retenant un soupir.

– Oui. Quand il s'est réveillé j'ai voulu savoir s'il avait une mignonne dans sa vie mais Louis s'est mis à me chahuter et m'a juré qu'il ne se souvenait pas de son rêve.

Mon emballante dame mauve / Pourquoi faut-y qu'tu t'sauves / T'es belle comme une promesse, ronde dame / Si tu faisais pas tant ta bégueule / Ô Ô Ô à toi toute seule / Tu vaudrais dix reines du macadam...

Quand elles rebroussèrent chemin, le grand Clovis régalait le canal avec son dernier tube. Ingrid fut seule à trouver ça drôle. Entre-temps, le front nuageux s'était effiloché vers l'ouest. Lola était déçue. Elle aurait voulu que le ciel se fende en deux et déverse sa fraîcheur sur la ville épuisée.

10

Passage du Désir, elles s'offrirent un en-cas, en puisant dans les réserves d'Ingrid.

– C'est bon ? demanda l'Américaine.

– Moui, pas mal, pour un sandwich.

Ingrid roula des yeux et alla préparer un pichet de thé glacé. Lola minauda un moment mais finit par accepter d'en boire. Elle ne put s'empêcher de grommeler que tout ça ne valait pas le glorieux rosé de Maxime mais qu'on s'en contenterait.

– Du rosé, par trente degrés à l'ombre ! gémit Ingrid.

– Et alors ? Il suffit de rester à l'ombre, justement. D'ailleurs, à ce propos, je te suggère l'organisation suivante. Tu te rends seule au BHV, de mon côté je rase les murs en quête d'opacité, et j'essaie de mettre la main sur José. Il connaissait Louis. J'espère qu'il saura nous raconter autre chose que des histoires de barges hantées et d'anges immaculés.

– Moi, j'aimais bien son côté poétique. Et c'était la première fois que je m'entretenais avec une éclusière.

– Si tu veux mon avis, la chaleur s'amuse un peu trop avec la calebasse des Parisiens. Et comme une éclusière, ça vit à l'air libre…

Ingrid haussa les épaules d'un air philosophe avant de préciser qu'elle partirait après le balinais d'Antoine Léger puis le californien de Mme Marceau.

– Qui est-ce ? demanda Lola.

– La fleuriste de la rue de Nancy. Elle vient à seize heures. Et en ce moment, bobo ou pas, le client se fait trop rare pour qu'on ne lui donne pas toute satisfaction.

– Pardonne-moi, ce sacré Louis et ses fréquentations bizarroïdes nous feraient oublier nos vies si l'on n'y prenait garde. Au fait, comment s'est passée ton audition au *Glamorama* ?

– Rebaptisons cette boîte *Catastropha* et n'en parlons plus.

– À ce point ?

– Pire. Mais, grâce à ça, j'ai eu l'idée de montrer le smoking à Marie. Je suis sûre qu'elle arrivera à nous dénicher le tailleur.

– Bien joué, Ingrid !

Lola se força à sourire. Elle aida son amie à débarrasser tout en repensant à son projet de réconciliation avec l'intransigeant Timothy Harlen. Elle se promit de consacrer sa soirée à y réfléchir.

Ingrid travaillait les deltoïdes d'Antoine Léger avec détermination, mais les ventilateurs en action de chaque côté de sa table de massage n'empêchaient pas la sueur de dégouliner dans son dos en agaçantes rigoles. Elle avait profité de son rendez-vous hebdomadaire avec son ami psychanalyste pour le prévenir de la visite imminente d'une voyante à la vision retournée. Comme de bien entendu, le praticien avait trouvé cette information intrigante et désiré plus de renseignements. Ingrid lui avait narré l'affaire Manta en détails, tout en le libérant de sa tension musculaire. Comme le psychanalyste avait le talent de faire accoucher les âmes en quelques discrets effets de relance, Ingrid lui avait même raconté les aspects les plus exotiques de son enquête. La barge peuplée de spectres qui flottait dans l'imagination d'une éclusière, les méduses qui laissaient leur empreinte sur la peau d'un mystérieux compagnon et leur danse entre les pages du livre favori du shampouineur évanoui.

– Je comprends que Louis Manta soit fasciné par les méduses, dit Antoine. Tu sais d'où vient leur nom ?

– Je n'y connais pas grand-chose parce qu'en anglais, on appelle ces animaux des *jellyfish*.

– Des poissons-gelée ?

– Oui, pas de quoi rêver. Mais j'ai lu dans le bouquin de Louis que la Méduse était un monstre inventé par les Grecs.

– Tout juste. Elle était la fille de Phorcys et de sa sœur Céto, deux divinités marines des Hespérides. Sa laideur était effrayante et son regard avait le pouvoir de pétrifier le premier passant venu.

– *Fucking shit !*

– Mais avant de devenir monstrueuse, elle avait été une très belle fille. Sa malchance a été de déplaire à Athéna.

– Qu'avait-elle fait de mal ?

67

– Oh, pas grand-chose. Elle était trop fière de ses cheveux blonds. Et avait séduit Poséidon grâce à ce casque d'or. Athéna l'a punie en transformant sa chevelure en un paquet de serpents grouillants. Plus tard, ses affaires ne se sont pas arrangées parce que, contrairement à ses deux Gorgones de sœurs, Méduse était mortelle. C'est comme ça que Persée a pu la décapiter. Il a pris soin de ne pas réveiller ses sœurs endormies et a utilisé son bouclier de bronze comme miroir pour détourner son regard. Mais la tête monstrueuse a continué de faire des ravages. Pour le coup, Atlas s'est retrouvé changé en montagne.

– J'ai lu aussi que Méduse signifie « celle qui protège ».

– En fonction de la veine dont il provient, son sang fait mourir ou ressusciter. Mais, avec les méduses des mers du Sud, on penche plutôt du côté fatal.

– Oui, certaines peuvent tuer un homme en quelques minutes ou laisser sur sa peau d'atroces cicatrices.

– Eh bien, tu vois, il y a toujours un lien entre le mythe et la réalité. Un nageur égaré peut se retrouver changé en pierre s'il s'approche des îles des Hespérides.

– Elles ont existé ?

– Non, ce sont des îles de légende mais, en cherchant bien, on peut leur trouver une ressemblance avec les Canaries.

– Tu connais ce sujet sur le bout des doigts. Une méduse, ça fascine donc les psys autant que les autres ?

– Bien sûr. Qui voyait Méduse en restait pétrifié. Pourquoi, à ton avis ?

– Aucune idée.

– À cause de la culpabilité. Méduse symbolise une image déformée de soi. On réalise l'étendue de ses fautes, on est pétrifié d'horreur. On reste sans voix ou on prend la fuite.

– Au lieu d'entamer une psychanalyse ?

– Par exemple. Quelquefois, on exagère sa faute. On lui donne des proportions exceptionnelles. On s'exalte. Alors qu'il faudrait prendre les choses avec plus d'objectivité. C'est une forme de vanité. On se sent horriblement exceptionnel.

Ingrid termina son massage dans un silence confortable, rythmé par la *Habanera* de Ravel, le musicien préféré du psychanalyste. Alors qu'Antoine se rhabillait, l'air détendu, elle lui demanda ce qu'il pensait de la personnalité de Louis Manta.

– Difficile de dresser le portrait d'un jeune homme qui a laissé si peu de traces derrière lui. Mais sur la base de ce que tu m'as appris, je dirais que c'est quelqu'un qui a fui un traumatisme. Il erre avant de s'arrêter dans notre quartier. Il y mène une existence quasi monacale, plutôt contemplative. Une chambre sans confort, un petit boulot pour la survie. On peut se demander s'il ne cherchait pas à expier quelque chose.

– Si j'ai bien compris, il a été pétrifié par une méduse miroir…

– Peut-être bien. En tout cas, c'est certainement quelqu'un qui est en phase de transformation. En transit.

– Mais pourquoi avoir caché son passé et même menti alors qu'il s'était trouvé une famille chaleureuse et pas compliquée ?

– Qui te dit qu'il ne s'est pas justement attaché à des gens n'étant pas du genre à poser des questions ? Je connais Lady Mba. Sous la faconde, c'est une femme qui respecte les secrets.

L'air pensif, Ingrid raccompagna Antoine Léger

jusqu'à la porte de l'atelier et accueillit sa nouvelle cliente. Tout en la massant avec énergie, elle ne put s'empêcher de visualiser Louis nageant dans une onde grise, peuplée de créatures à chevelure de serpents, et tentant de fuir sans les réveiller.

11

Lola attendait qu'Yvette Colin ait servi sa clientèle avant de lui demander des nouvelles de son relevé téléphonique.

– Mission accomplie ! lui annonça la marchande de journaux en extirpant une facture à l'en-tête de France Télécom d'un dossier posé sur une pile de *Paris Match*.

La majorité des appels avaient été donnés sur Paris et sa banlieue. On en recensait une dizaine vers la province, mais aucun à destination d'un paradis tropical ou fiscal ou d'une quelconque combinaison des deux. Lola demanda à Yvette de bien vouloir pointer les appels inconnus. De nouveaux clients arrivaient. Yvette lui proposa le dernier *Voici* ainsi qu'un siège pliant.

Il y eut un creux dans la vague des achats de gazettes. Yvette en profita pour se concentrer sur leur recensement. Un quart d'heure plus tard, elle offrait fièrement une liste noircie à Lola. Elle ne comportait plus que trois numéros de téléphone parisiens, et ce trio avait fait l'objet d'une douzaine d'appels.

– Ces coups de fil-là sont de Louis, affirma-t-elle.

– Et pourquoi pas de votre ami José ?

– Pour le travail, José se sert de son portable. À la maison, il n'utilise jamais la ligne fixe. Si vous saviez le nombre de gens qui veulent le faire courir à droite et à gauche, et à n'importe quelle heure, pour leurs réparations ! Il faut bien qu'on ait une vie privée. Alors c'est moi qui gère le téléphone et qui écrème.

– Au fait, il est là ? J'aimerais qu'il me parle de Louis.

– José est encore chez Lady Mba. Les histoires de fuite, quand c'est colmaté d'un côté, ça dégouline de l'autre.

Lola garda un air placide, demanda un annuaire et commença ses vérifications. Elle n'eut guère de mal à identifier le numéro du *Café du Canal* et celui des *Féeries de Dakar*. Le dernier numéro restait un mystère. Louis Manta ne l'avait composé qu'une fois, la veille de sa disparition, et la communication avait duré une minute et quatorze secondes. Lola utilisa le téléphone d'Yvette. Elle écouta, dit qu'elle venait de composer un faux numéro et raccrocha.

– Alors ? demanda Yvette d'un air inquiet.

– Louis Manta a appelé le *Salon Massa*.

– Mince !

– Apparemment, ça a été son dernier coup de fil avant de disparaître dans la nature.

– Je n'y comprends rien ! Lady et Gabin sont fâchés à mort. Pourquoi Louis aurait-il téléphoné là-bas ?

– Question intéressante. Il n'en pinçait pas pour l'une des coiffeuses, par hasard ?

– Lady Mba s'en serait aperçue.

– Ou pour la belle amie de Gabin Massa ? pensa Lola à haute voix.

– Clarisse Rengwa ? Encore moins !

– Cette fille est une bombe.

– Louis n'est pas du genre à l'intéresser. Elle est avec Gabin pour l'argent. Il la couvre de cadeaux. Et elle n'est jamais contente. Elle lui fait même des scènes. Gabin reste imperturbable et signe les chèques. Clarisse tient vaguement le standard du salon tout en se gavant de magazines de mode et de cinéma. Je le sais, je lui en vends des tonnes chaque semaine. Il pourrait avoir toutes les filles mais c'est celle-là qui lui plaît ! Du moins, c'est ce qu'on dit dans le quartier.

Lola quitta son siège. Elle se sentait moite et épuisée.

– Voici votre *Voilà*, dit-elle d'un air vague.

– Voilà mon *Voici*, vous voulez dire ?

– Si vous voulez.

– Un verre d'eau vous ferait plaisir ? Je me demande si vous pensez à vous hydrater suffisamment, madame Lola…

Elle refusa d'un air digne et sortit du magasin. Elle fit une pause sur un banc public, une dizaine de mètres avant le *Salon Massa*, en se demandant comment elle allait se mêler de la vie de Gabin Massa et de Clarisse Rengwa sans mettre le feu aux poudres. Elle s'enfonça dans le banc, laissa sa tête partir en arrière. De rares nuages semblaient figés dans l'huile du ciel. Tout était en attente.

– Pas bon, tout ça, marmonna-t-elle.

12

Rue de Rivoli, les silhouettes des passants vibraient dans les colonnes de chaleur montant du macadam. Le Sud gagne du terrain, se dit Ingrid. Était-il possible que d'ici quelques années, il fasse aussi chaud à Paris qu'à Marrakech et qu'orangers et oliviers s'épanouissent le long des boulevards des Maréchaux et lorgnent vers la Normandie ? Ce serait dommage. Elle aimait tant les douces variations climatiques de l'Île-de-France. Les ciels francs de ses printemps, les vents énergiques de ses automnes, et les averses de neige qui, de temps à autre, mariaient leur toile éphémère à la blondeur des façades haussmanniennes, au gris profond du zinc humide des toitures.

En pénétrant dans le grand magasin, la fraîcheur de l'atmosphère conditionnée sur sa peau humide lui fit l'effet d'un linge froid. Elle s'essuya la nuque du plat de la main et étudia les alentours. Les soldes battaient leur plein ; malgré les assauts du thermomètre, la foule était de sortie et déambulait dans les rayons du rez-de-chaussée. L'odeur des stands de parfums étant trop lourde à son goût, Ingrid ne s'attarda pas et descendit au rayon bricolage.

Moins nombreux, les chalands furetaient tout de même en bon nombre entre les stands, tentés par les perceuses, visseuses, tronçonneuses, et autres tondeuses proposées à des prix alléchants. Le régiment de vendeurs en vestes vertes semblait accaparé. Ingrid essaya d'imaginer Louis dans cet uniforme pimpant et se demanda auprès de qui elle pourrait se renseigner.

Elle acheta un tournevis et fit la queue à la caisse. Derrière elle, deux clients discutaient de leurs trouvailles et semblaient ravis de leur perceuse-visseuse à moins 40 %.

– Avec cet outil, Jean-Mi, on va se monter nos nouvelles étagères en un clin d'œil.

– Oui, mais qu'est-ce qu'on va avoir chaud !

– On passe à la caisse et ensuite je te paye un verre sur le toit. Qu'en dis-tu ?

La file d'attente était dense. Ingrid décida de tenter sa chance avec ces deux clients. En tant que piliers du BHV, ils connaissaient peut-être Louis. Elle avait fait photocopier sa photo en plusieurs exemplaires mais elle leur montra l'original. Ils restèrent un temps interloqués, puis le plus petit, un blond avec une coiffure à la Tintin, réagit.

– C'est votre fiancé ?

– Non, sa patronne est sans nouvelles de lui et s'inquiète.

– Vous êtes détective ?

– Amateur, seulement.

– Pas mal du tout, votre égaré, dit le dénommé Jean-Mi, mais je ne l'ai jamais rencontré. Même en rêve. Et toi, Ludovic ?

– Non, sinon je m'en souviendrais. C'est vrai qu'il est pas mal. Une bonne bouille, un regard tragique. Beau contraste. Elle a été prise à Bali, cette photo ?

– Aucune idée. Vous reconnaissez Bali ?

– Non, c'est simplement parce que Bali, c'est le paradis.

– Il y a des méduses ?

– Euh… pas plus qu'ailleurs. Mais les gens sourient tout le temps là-bas, comme vos deux amis sur la photo. On aurait dû y retourner cet été, mais Jean-Mi préfère refaire l'appartement ! Alors voilà, entre déco et vacances, il a voté pour le prosaïque.

– Tu changeras d'avis quand ce sera fini, Ludovic ! Tu ne voudras plus sortir de l'appartement tellement ce sera beau. Tu me béniras. À genoux.

– Des clous, oui.

Ingrid les remercia puis paya son tournevis tout en montrant la photo au caissier. Il déclara que Louis Manta était inconnu au bataillon. Louis avait-il menti à Sacha Klein comme à sa logeuse ? Ingrid décida d'en avoir le cœur net en se renseignant auprès du service du personnel.

Elle enfila une série de couloirs blêmes et labyrinthiques, se trompa plusieurs fois avant de dénicher le bureau « Service du personnel, secrétariat ». Une jeune femme travaillait devant un ordinateur. Un ventilateur sur pied aurait fait s'envoler les piles de documents s'ils n'avaient été retenus par des galets gris. Ingrid décida de dire la vérité ; sans la carte sésame de Lola, elle n'avait aucune chance d'être prise au sérieux en montant un scénario biscornu. La secrétaire eut l'air d'hésiter. Ingrid lui proposa d'appeler les *Féeries de Dakar,* de demander à Mme Mba de confirmer la disparition de son shampouineur.

– Louis Manta n'est sans doute pas son vrai nom. Et je suppose qu'on n'a guère de chance de le retrouver dans vos listings. Mais ça vaut le coup d'essayer. Louis est peut-être en danger.

Elle coinça l'extrémité de sa photo sous un galet, expliqua que Louis était le plus jeune des deux hommes.

– Le visage de ce garçon ne me dit rien, dit la secrétaire. Mais deux clics me prendront moins de temps qu'un coup de fil à votre Mme Mba, alors pourquoi pas…

Elle consulta son ordinateur et confirma qu'aucun Louis Manta n'avait fait partie des effectifs.

– Navrée de ne pas pouvoir vous aider. Mais voyez donc Olivier, à l'entrée Rivoli. C'est un de nos gardiens. Dites-lui que vous venez de la part de Monique du Personnel. Beaucoup viennent ici pour l'atmosphère. Ou pour imaginer comment ils arrangeraient leur intérieur s'ils avaient de l'argent. Les temps sont durs mais on peut toujours rêver. Votre Louis est peut-être un de ces rêveurs.

Ingrid la remercia chaleureusement.

– Qu'est-ce qu'une fille avec un accent et un physique de surfeuse californienne vient faire dans pareille histoire ?

– Donner un coup de main à Mme Mba.

– Pour rien ?

– Peut-être pour quelques belles perruques de sa collection. J'adore me travestir.

– Je n'aurais jamais cru que ça existait encore…

– Quoi donc ?

– Les gens qui aident les autres pour rien.

– Oh, dans mon quartier, si.

– Il est où votre quartier ?

– Entre le canal Saint-Martin et le faubourg Saint-Denis.

– Il faudra que je vienne y faire un tour. L'endroit me paraît exotique.

Ingrid lui tendit sa carte.

– Quand je ne piste pas de shampouineur, je suis masseuse. Je fais tous les styles, balinais, shiatsu, californien, thaï. Si ça vous tente, je vous offre la séance de votre choix.

– Méfiez-vous, je risque d'accepter !

Olivier se frotta la nuque un moment en étudiant la photo.

– Le vieux, je l'ai jamais vu.

– Et l'autre ? demanda Ingrid alors qu'un frémissement s'amusait avec son plexus solaire.

– Je crois bien que c'est un des gars du toit.

– Les gars du toit ?

– Deux types qui campaient là-haut, dit-il en désignant le plafond. Ils se faisaient enfermer chaque soir sur la terrasse. Il y a un petit salon de thé, une vue formidable sur Paris. Je les ai délogés, il y a environ quatre mois. Le plus vieux s'est barré tout de suite. Et j'ai à peine vu sa trombine. J'ai alpagué le plus jeune, le gars sur votre photo. Il m'a juré que son copain et lui voulaient juste dormir à l'abri. C'était dur à croire.

– Pourquoi ?

– Il avait un couteau fixé à la cheville. Il m'a juré que c'était pour se défendre. J'ai été obligé d'appeler la police. Avant que les flics rappliquent, il m'a faussé compagnie. On s'est coursés comme des dératés. Jamais vu un gars courir aussi vite.

– Vous avez gardé le couteau ?

– Non, je ne lui avais pas enlevé. Pas fou. C'était une arme pleine de dents, dans le genre couteau de para ou de plongée. Je comptais refiler le bonhomme tel quel aux flics.

– Il vous a paru prêt à se servir de son arme ?

– On en voit de toutes les couleurs dans mon métier. Couteau de protection, couteau d'attaque. Allez savoir.

Ingrid se retrouva sur le toit du magasin. Quelques clients prenaient le thé, d'autres se contentaient d'admirer la vue. Elle étudia un moment la toiture baroque de l'Hôtel de Ville, admira la silhouette gracile de Notre-Dame, le ruban clair de la Seine. Plus loin, la tour Montparnasse faisait figure de sombre géante dans son parterre de petits immeubles blonds. Le shampouineur se baladait avec une arme mais savait choisir son décor. Elle l'imagina, pelotonné dans un sac de couchage, scrutant les étoiles. Quand la pollution n'était pas trop sévère, on en discernait quelques-unes dans le ciel de Paris. Louis, le clochard céleste ? Il lui rappelait un personnage de Kerouac, un de ces hommes partant où les poussait le vent. Louis Manta, clochard céleste ou vagabond déjanté ? Et qui était donc l'homme qui squattait la terrasse en sa compagnie ? Un compagnon de hasard et d'infortune ?

Louis avait dormi quelques semaines dans ces hauteurs, juste avant de débarquer chez Lady Mba et Yvette Colin. Avait-il une idée derrière la tête ou s'était-il fié à la chance, laquelle lui avait désigné le faubourg Saint-Denis ? Elle ferma les yeux, s'imagina dans la peau de Louis Manta. *Couteau de protection, couteau d'attaque… Bonne bouille, regard tragique… Beau contraste.*

13

Lola se demandait comment aborder le sujet du shampouineur de Lady Mba avec Gabin Massa. Cette fois, une carte de police périmée ne ferait pas l'affaire. Dans le quartier, les gens attentifs et sensés n'ignoraient pas qu'elle avait raccroché les gants, et que l'homme de la situation était désormais le commissaire

Grousset. Elle repéra le coiffeur à travers sa vitrine, occupé avec une cliente. De l'autre côté du passage Brady, Lady était en grande discussion avec José. Lola songea un instant faire appel à Maxime pour lui demander d'arranger un entretien autour d'un verre puis y renonça. Pour l'ami restaurateur, les temps étaient difficiles, ce n'était pas le moment de risquer une scène et de faire fuir ses précieux clients.

Au-delà du boulevard, elle repéra deux grossistes en produits de beauté. *La Gloire de Marie* et *Jésus Cosmétiques*. Vivaient-ils une guerre commerciale eux aussi ? Pourquoi pas. Certains jours, on se demandait si les gens ne cherchaient pas à se compliquer la vie par tous les moyens. Louis Manta était-il parti par lassitude des tensions, ou bien avait-il mis son nez dans des histoires qui n'auraient pas dû le concerner de si près ?

Deux ramoneurs traversaient le boulevard, portant le même costume que celui qu'on voyait à leurs confrères en automne, en hiver. Leurs dents brillaient dans leurs visages de suie. Ils riaient. Au moins, ces deux-là avaient l'air de bien s'entendre. Au fronton d'une pharmacie, un écran digital donnait l'heure et la température en alternance : 16 h 47, 30 °C. Un homme attendait le chaland, penché sur un Caddie transportant un brasero sur lequel grillaient des épis de maïs. Mais qui avait envie de manipuler et de croquer des épis brûlants, un jour comme aujourd'hui ?

Ingrid appela, pour raconter le résultat de ses investigations rue de Rivoli. Lola fut étonnée d'apprendre que Louis avait dormi à la belle étoile, et avec un inconnu, avant de trouver refuge chez Yvette Colin. L'histoire du couteau ne l'étonna pas plus que ça. Pour qui choisissait de vivre dans la rue, une arme de ce type restait aussi discrète que dissuasive. Mais pourquoi diable avait-il menti à Sacha Klein en prétendant travailler au BHV ? Lola expliqua à son tour que le dernier appel téléphonique du shampouineur avait été pour le *Salon Massa*, une coïncidence bien étrange.

– Mais à qui parlez-vous de nos affaires ?

Lola se retourna. Et se retrouva face à Clarisse Rengwa. Poings aux hanches, la jeune femme la fixait l'air furieux.

– À qui ? Je veux savoir.

Lola rangea prestement son mobile. Un mauvais mouvement était vite arrivé, et le frêle engin pouvait se retrouver propulsé dans les airs avant de finir sa carrière dans un brasero à maïs.

– Je vais vous expliquer, commença-t-elle d'un ton apaisant. J'étais d'ailleurs sur le point de passer chez vous.

– C'EST ELLE QUI VOUS ENVOIE ! C'EST ÇA ? cria Clarisse Rengwa en désignant les *Féeries de Dakar*.

– Attendez…

– Cette vieille toquée ne sait plus quoi faire pour créer des ennuis à Gabin. Elle veut sa ruine. Je vous ai repérée ce matin, au bord du canal. Vous croyez que je suis stupide ? ELLE VOUS PAYE POUR QUOI AU JUSTE ?

– Un peu de calme, mademoiselle. Ce n'est pas ce que vous croyez.

– Ce boudin sénégalais m'en veut à mort, tout ça parce que je lui ai piqué sa retraite dorée !

– Mais écoutez cette fille insolente ! Il vaut mieux être sourde et aveugle que de supporter des vulgarités comme ça. On dirait une possédée du diable. Tu t'adresses avec respect à madame Lola ou je vais te chauffer ton derrière de mon cul-boutique à mains nues ! À mains nues, je te le jure !

Lady Mba venait d'entrer dans la danse et tranchait l'air d'une main menaçante. La réplique de Clarisse ne se fit pas attendre.

– C'est moi qui vais te chauffer, vieille dinde !

Lady Mba voulut agripper Clarisse au cou mais celle-ci fut plus agile. Elle fonça sur le Caddie au brasero, arracha son débardeur, et s'en servit comme d'une manique pour saisir un épi brûlant. Elle le fourra dans la chevelure de Lady Mba qui se mit à hurler mais eut le réflexe de s'arrimer aux cuisses de sa rivale. Entre deux ruades, Lola tenta de s'interposer.

– Mise en plis dernier cri ! Ça te plaît comme bigoudi, grosse tourte ?

La tirade de Clarisse mourut dans un cri. Elle lâcha l'épi, le débardeur, et regarda sa cuisse droite d'un air effaré. Lady Mba l'avait mordue au sang et profitait de la confusion pour détaler vers les *Féeries*. Lola ne put s'empêcher de penser que pour une femme de sa corpulence, qui plus est juchée sur des talons de quinze centimètres, elle sprintait telle l'antilope. Mais Clarisse reprenait déjà du poil de la bête et se lançait à sa poursuite. Il y eut une lutte intense de chaque côté de la porte en verre. Lola s'était approchée et essayait de raisonner les deux adversaires mais Clarisse réussit à forcer son chemin tout en poussant des hurlements en continu. Malgré le vacarme, on entendit le marchand de maïs faire monter les enchères avec un collègue.

– Deux euros sur la poupée aux nichons en obus ! Deux !

– Trois sur la dodue en robe à fleurs !

– Tenu !

Une petite foule se pressait déjà près de la vitrine. Deux gamins, une vieille dame et trois serveurs indiens cherchaient un poste d'observation entre les étagères. Lola pénétra dans le salon. José le bricolo était figé au milieu de l'arène, une clé anglaise dans la main droite. Trois coiffeuses tiraient les fauteuils des clientes à l'abri. Une perruque orange avait voltigé sur les genoux de Mme N'Diop et celle-ci glapissait, bras en l'air, comme si un renard enragé avait atterri dans son giron. Clarisse Rengwa envisageait d'assommer Lady Mba avec un présentoir.

Lola essaya de s'interposer par des appels au calme et à la raison, mais, les coiffeuses s'essayant au même exercice, la cacophonie fut vite à son comble. José était pétrifié au milieu de toute cette fureur, et sa clé anglaise restait parallèle à sa jambe droite. Lady Mba en profita pour la lui arracher d'un coup, et se mit à trancher le vide avec énergie en direction de Clarisse. Elle évitait les assauts de la jeune furie avec une souplesse inattendue mais Lola voyait bien qu'elle s'essoufflait. Clarisse poussa un cri strident et balança le présentoir vers Lady. Celle-ci baissa la tête, au dernier moment, et le projectile fila droit dans la glace occupant toute la largeur du salon. Le fracas désola l'assistance. Une affreuse étoile prit naissance dans le beau miroir et se propagea en même temps qu'un silence de mort. Puis les cris reprirent de plus belle. Ceux de Lady Mba notamment, qui clamait qu'on lui détruisait son bien.

Lola s'apprêtait à prendre son portable pour appeler la police lorsqu'une averse providentielle se déclencha. L'ex-commissaire se surprit à bénir le ciel et le système anti-incendie défaillant. Mais elle se rendit compte que José était enfin sorti de sa catalepsie. Il utilisait les douchettes des vasques et aspergeait les protagonistes.

Un flexible dans chaque main, il visait simultanément Lady et Clarisse et s'en sortait assez correctement, tout en arrosant d'innocentes victimes. Lola agrippa une Clarisse désarçonnée par cette douche aussi inopinée que froide. De son côté, une coiffeuse râblée saisit Lady à bras-le-corps et réussit à l'immobiliser dans un fauteuil zèbre. La patronne des *Féeries* lutta encore un peu avant d'éclater en sanglots.

– Qu'est-ce qui se passe, ici ?

La question avait été posée d'une voix calme mais impérieuse. Lola essuya les verres de ses lunettes avec la première serviette à peu près sèche qui lui tomba sous la main, et réalisa qu'elle faisait face à Gabin Massa. Il portait une chemise en denim et gardait les mains dans les poches d'un pantalon blanc. De près, il était encore plus grand qu'elle ne l'avait imaginé. Avant qu'elle ait eu le temps de répondre, Clarisse Rengwa se coulait déjà contre son homme et lui déclarait que Lady Mba l'avait agressée.

– Rentre à la maison, Clarisse !

– Mais Gabin, c'est elle qui…

– Fais ce que je te dis.

Ingrid rappela. Lola lui expliqua que la situation était désormais sous contrôle et qu'elle lui donnerait des détails dans la soirée.

Gabin Massa parlait doucement à Lady Mba. Lola comprit qu'il s'excusait et proposait d'assumer les frais de réparation. La coiffeuse faisait un gros effort pour ravaler ses sanglots. Elle se redressa, quitta son siège, alla contrôler l'état de son maquillage et de sa coiffure dans la partie épargnée du miroir. Elle ne put s'empêcher de marquer le coup en découvrant son état, s'épongea le visage avec une serviette, noua celle-ci autour de ses cheveux cn un turban élégant, prit une grande inspiration et revint se planter devant son ex-mari. Il avait une expression peinée que Lola jugea sincère.

– Lady, il faut vraiment qu'on arrive à faire la paix…

– Je ne veux ni ton argent ni ta présence. Lady Mba s'est toujours débrouillée seule et c'est très bien ainsi. Et dis à ta tigresse malade qu'elle garde ses distances.

Sur ce, elle partit vers son arrière-boutique d'un pas royal.

Gabin Massa contempla un instant l'ampleur des dégâts, se frotta la nuque en soupirant et questionna les trois coiffeuses du regard. Elles se détournèrent et rejoignirent Lady Mba.

– J'aimerais vous parler, dit Lola.

Il parut réaliser sa présence. Elle lui proposa de faire quelques pas sur le boulevard. Ils marchèrent en silence jusqu'à un café turc. Massa franchit le seuil, salua le patron et proposa de s'installer dans un coin tranquille.

– Vous êtes une amie de Lady ?

Il avait prononcé son prénom avec une certaine tendresse, et Lola voyait bien qu'il était contrarié. C'était un homme encore musculeux bien qu'il ait atteint la soixantaine, un homme calme aussi dont les yeux sombres vous considéraient sans agressivité.

– Je suis détective amateur. J'ai quitté la police et je donne un coup de main aux gens du quartier. Au fait, je m'appelle Lola Jost.

– Enchanté, Lola, dit-il en lui tendant la main.

Elle répondit à son geste. Il commanda deux thés à la menthe.

– Lady Mba veut que je lui retrouve son shampouineur.

– Louis Manta ?

– Vous le connaissez ?

– Pas plus que ça. Je sais qu'il travaille pour elle. Pourquoi s'inquiète-t-elle comme ça ?

– Elle a peur qu'il lui soit arrivé quelque chose.

– Lady a toujours peur pour tout le monde. Je la connais par cœur. On est restés trente ans ensemble. C'est une femme bien.

Lola sentait qu'elle pouvait le pousser dans ses retranchements. Cet homme respectait les autres mais ne se formalisait pas trop quant aux convenances.

– Et Clarisse ?

Il se mit à rire.

– Vous enquêtez sur Louis, ou sur Clarisse ?

Elle se confectionna un visage sans expression. Il leva un sourcil, s'amusa de son silence.

– Clarisse a quelque chose à voir avec la disparition de ce Louis, vous croyez ça…

Elle garda le silence. Le patron vint servir le thé, demanda à Massa des nouvelles de ses affaires. Lola patienta. Après le départ du patron, le coiffeur huma son thé et but une gorgée d'un air satisfait.

– On a tort de boire du liquide glacé quand il fait si chaud, reprit-il. Le thé est bien plus désaltérant. Vous le saviez ?

– Il y a tant de choses que j'ignore.

– Ah, comment vous parler de Clarisse ? Elle est belle et pleine de vie. Elle s'énerve pas mal et je sais la calmer. Mais…

– Mais ?

– Je ne suis pas sûr d'avoir envie de raconter ma vie à une détective. Même amateur.

– Le dernier coup de fil de Louis Manta a été pour le *Salon Massa*. C'était au creux de l'après-midi, un jour ouvré. La conversation a duré une minute et quatorze secondes. Mine de rien, c'est long. Louis s'est entretenu avec l'une de vos coiffeuses, avec vous ou avec Clarisse. Je n'oublie pas que c'est elle qui tient le standard. Qu'est-ce que vous en pensez ?

– C'est parce que vous lui avez posé la question qu'elle s'est bagarrée avec Lady ?

– Clarisse croit que Lady Mba m'a engagée pour vous créer des ennuis.

– Clarisse réfléchit rarement avant d'agir, répondit-il en souriant. Elle plaît aux hommes. Il est possible que Louis ait tenté de lui faire du charme. Il ne serait pas le premier.

– Possible, seulement ?

– Je peux vous faire confiance ?

– Sur quel plan ?

– Eh bien, j'aimerais autant que Lady n'apprenne pas que son shampouineur trouvait ma Clarisse à son goût et s'était imaginé que c'était réciproque. Clarisse aime les robes moulantes, les hauts talons. Elle aime aussi narguer Lady à travers nos deux vitrines, bien que je lui aie interdit de le faire.

– Vous êtes en train de me dire que Louis a cru que les simagrées de Clarisse lui étaient destinées ?

– Comment expliquer autrement qu'il lui ait téléphoné pour l'inviter à aller danser ?

– Elle a refusé ?

Gabin Massa lui offrit un grand sourire avant de répliquer.

– Oui, Clarisse a refusé. Ça vous étonne ?

– Peu de choses m'étonnent. Bien, merci pour votre collaboration.

– Vous ne buvez pas votre thé ?

– J'allais le faire.

– Vous êtes une femme d'expérience, Lola. Vous pourriez nous rendre à tous un grand service en essayant de raisonner Lady. Elle s'est mise en tête que je voulais la chasser, ou lui prendre son salon. À l'époque, je lui avais simplement suggéré de vendre son affaire, et d'aller s'installer ailleurs en prenant son temps. J'étais prêt à la dédommager honnêtement. Chacun pourrait vivre sa vie sans faire de mal à l'autre.

– Vous auriez pu partir à sa place.

– Nous avons un appartement agréable au-dessus du *Salon Massa* et Clarisse s'y sent bien.

– Vous préférez la guerre ?

– Bien sûr que non. Dans quelques années, Lady prendra sa retraite. En attendant, j'aimerais qu'elle comprenne que la guerre et les affaires ne font pas bon ménage.

– Elle ne vous pardonnera jamais pour Clarisse.

– Je le sais bien. Mais si on pouvait éviter les drames, ce serait déjà ça.

Il sortit un chéquier de sa poche, remplit un chèque, le signa et le tendit à Lola.

– Faites-le-lui endosser et je serai un homme heureux. Avec de la patience, c'est jouable. Vous me semblez persuasive.

Lola jeta un coup d'œil au montant et constata que Gabin Massa n'était pas un pingre. Elle glissa le chèque dans son sac et promit de faire son possible. Lola le laissa repartir vers le passage Brady et décida de rentrer chez elle en faisant un détour. Elle ne souhaitait pas que Clarisse Rengwa la voie en compagnie de son amant. Dans le même temps, elle réfléchissait au lien entre la jeune femme et Louis. Elle ne connaissait ce gamin que par ouï-dire, mais avait du mal à l'imaginer dépité par le refus de Clarisse au point de partir noyer son chagrin dans l'inconnu. Bon, évidemment, la standardiste était glamour. Mais elle avait la gentillesse d'une méduse. Et voilà qu'Ingrid a réussi à m'embrouiller avec ses histoires gélatineuses, pensa-t-elle en accélérant le pas.

14

Au téléphone, le lieutenant Barthélemy ne semblait pas dans son assiette. Le technicien de l'IJ n'avait pas fait parler les empreintes digitales de Louis Manta. En revanche, il avait passé un coup de fil fatidique à la hiérarchie. Et sous le caillou noir de la hiérarchie se recroquevillait un Nain de jardin. Un gnome qui n'attendait que l'occasion d'exécuter un bond menaçant. Pas plus tard que ce matin, il avait déboulé dans le bureau de l'ex-adjoint de Lola en exigeant des explications.

– Et tu lui as avoué que je t'avais commandé la recherche d'empreintes.

– Euh, oui, patronne. Il me menaçait de mise à pied immédiate…

– Pas de problème, Jérôme. Je prends sur moi. Et j'admets que mon idée de relevé d'empreintes était bancale, et inspirée par un rosé hallucinogène. Grousset ne va pas rater l'occasion de me demander des comptes. Que veux-tu, je suis sa Némésis. C'est ainsi.

– Jamais je n'aurais dû confier le boulot à ce nouveau. Il est réglo comme l'horloge parlante. À cause de ces fichues vacances, je n'avais pas mes potes habituels sous la main. Ah, quel gâchis ! Mais qu'est-ce que vous allez bien trouver à raconter à Grousset ? Ça va être horrible.

– Je prétendrai que tu m'utilises comme indic. Parce que je connais le quartier comme ma poche et que les gens me racontent leurs petites histoires.

– Vous êtes au-dessus de ça, patronne ! Et votre réputation, vous y pensez ?

– Tut-tut ! Ma réputation est une grande fille et le Nain un petit bonhomme qui n'a qu'à bien se tenir. Et puis, ta mise à pied, c'est menaces en l'air et compagnie. Grousset n'ignore pas que tu es l'un de ses meilleurs éléments.

– Oh, patronne, pas vraiment…

Lola calma Barthélemy du mieux qu'elle put et raccrocha avec un sentiment de soulagement. Quand une marmite pleine de crises devait éclater, inutile de la comprimer d'un coup de couvercle. Clarisse et Lady s'étaient offert un beau baston et n'allaient sans doute pas en rester là. Le Nain ne tarderait pas à monter au créneau. Admettre la réalité était toujours la meilleure attitude. Elle décida de s'offrir un petit porto en l'honneur de la lucidité. Elle se débarrassa de ses sandales, enfila un peignoir léger, se servit une généreuse rasade et s'approcha de sa table de salon. La plaisanterie canadienne prenait tournure. Les contours de ce qui effrayait les passagers sur le tarmac se dessinaient avec une lenteur perverse. C'était comme le projet de réconciliation entre Timothy Harlen et Ingrid Diesel. On y arriverait. *Avec de la patience… vous me semblez persuasive… femme d'expérience… nous rendre un grand service à tous…*

Ingrid buvait une boisson énergétique pour l'effort sportif, tout juste sortie de son réfrigérateur rose vif, et à même le goulot. Elle avait décidé de lutter contre l'apathie et le blues en forçant sur le sport. En général, la méthode lui réussissait. Elle prépara son sac à la vitesse de l'éclair, et prit le chemin de la rue des Petites-Écuries et du *SupraGym*. Elle décida de commencer par un jogging sur tapis mécanique. Elle poursuivit par un cours de body combat suivi d'une séance de stretch et alla soulever de la fonte en salle de musculation. Elle termina par un tombereau d'abdominaux et partit vers le sauna. L'heure étant creuse et le sportif fatigué par la méchanceté de l'été, elle s'y retrouva seule. Et resta enfin immobile alors que son corps se couvrait petit à petit d'un millier de gouttelettes.

Elle saisit la louche, la plongea dans le seau et renversa l'eau sur le brasero. La vapeur parfumée emplit l'espace. Son imagination joua un nouveau tour à Ingrid : Ferdinand le polype suave se matérialisa, une de ses jambes pendait dans le vide, l'autre était repliée sur le bord du banc, ses mains reposaient à moitié sur son ventre, à moitié sur la serviette blanche qui lui ceignait les hanches. Il la fixait d'un air amusé. Il ne parlait pas. Ce n'était pas nécessaire. L'échange était télépathique.

« Toi et moi savons ce que tu vaux, Ingrid. Et tu te doutes bien que tu n'as pas le choix.

– Ah oui, pourquoi ?

– C'est le *Glamorama* ou le retour en Amérique. Tu as envie d'abandonner Paris ? »

Elle quitta le sauna et prit une longue douche glacée. Elle en sortit rouge écrevisse et se rhabilla dans les vestiaires déserts. Elle alla s'installer dans le café qui faisait face au *SupraGym* et commanda une eau minérale gazeuse et glacée à Ludo, son serveur préféré. Il lui fit un bout de conversation. Quand il repartit s'occuper des autres clients, elle réfléchit. Elle n'avait pas plus envie d'abandonner Paris que de se pendre.

Elle consulta la messagerie de son portable. Lola avait laissé deux messages. Ingrid remercia le ciel et son amie de lui occuper l'esprit.

– Tout va bien, Lola ?

– On ne peut mieux. « Je savoure à mon aise toutes les voluptés du nonchaloir et le bien-être du chez-soi. »

– C'est de Jojo les Belles Pantoufles ?

– Plutôt de Théophile Gautier.

Comme d'habitude, l'ex-commissaire sirotait un porto. C'était un rituel lorsqu'elle s'attaquait à ses puzzles. Ingrid avait depuis bien longtemps cessé de vouloir remettre en cause les manies d'une retraitée de la Police nationale reconvertie dans l'investigation locale. Une vie dans les forces de l'ordre devait forcément vous rigidifier un tantinet le mental. Certes, Lola avait connu un épisode dans l'enseignement, en tant que professeur de lettres, mais la vie policière l'avait tout de même occupée quelques décennies. Quoi qu'il en soit, force de l'ordre ou du désordre, on s'en moquait bien, Lola était parfaite comme elle était. Elle proposa un porto, en vantant l'âge avancé de ce breuvage qu'Ingrid jugeait plus sirupeux qu'un loukoum noyé dans un pot de miel.

– Je préférerais un gin. Ou un scotch. Ou n'importe quel liquide bien solide.

– Depuis quand bois-tu des alcools forts, Ingrid ?

– J'ai fait tellement de sport que ça ne peut pas me défoncer plus.

– Alors pourquoi boire ?

– Est-ce que je sais ? Une envie, voilà.

Lola haussa les épaules, servit un gin à Ingrid et alla s'asseoir devant son puzzle. Elle mit une pièce en place, étudia le résultat, soupesa le poids considérable du mystère subsistant puis quitta sa chaise pour son canapé. Elle proposa qu'on se raconte ses journée et progrès respectifs. L'exercice pouvait prendre un certain temps mais peu importait, cette nuit était plus douce que celle de la veille.

– On a appris que Louis avait dormi quelque temps à la belle étoile comme un garçon perdu, résuma Ingrid d'un air songeur.

– Garçon perdu mais cependant prudent, et pourvu d'un couteau.

– Qui préférait s'abriter sur une terrasse dominant Paris plutôt que de vivre la rude vie des SDF dans la rue.

– Qui cherchait, après cette période de purgatoire, à se reconstruire une vie.

– Alors pourquoi a-t-il pulvérisé tout ça, juste après un coup de fil à une fille qui n'était pas du tout son genre ? Tu peux me le dire, Lola ?

– Non, moi non. Mais Marcel Proust, peut-être.

– Qu'est-ce que Proust vient faire dans cette histoire ?

– À la fin d'*Un amour de Swann*, Proust écrit cette phrase : « Dire que j'ai gâché des années de ma vie… » Euh… zut, j'ai un trou. Ah, dans le temps, j'avais des cargaisons de citations à portée de main. Et je te les restituais à la virgule près. Quelle vilenie que la vieillesse ! Ne bouge pas, je vais te retrouver ça !

Lola revint avec un livre de poche écorné.

– « Et avec cette muflerie intermittente qui reparaissait chez lui dès qu'il n'était plus malheureux et que baissait du même coup le niveau de sa moralité, il s'écria en lui-même : Dire que j'ai gâché des années de ma vie, que j'ai voulu mourir, que j'ai eu mon plus grand amour, pour une femme qui ne me plaisait pas, qui n'était pas mon genre ! »

– C'est beau.

– Un peu !

– Mais pour autant, ça ne nous fait pas avancer d'un iota.

– Il ne faut jamais hésiter à citer. C'est très bon pour le moral.

– Lola, je me demande…

– Oui ?

– J'ai comme l'impression que les proverbes africains de Lady Mba sont inventés de toutes pièces. Je me trompe, tu crois ?

– Il est fort possible qu'ils soient bidon. Mais ce n'est pas ça qui compte.

– Ah non ?

– Ce qui compte, c'est que Lady Mba ait encore envie de jouer avec la langue. Quand on joue comme ça, on est vivant. Gabin Massa est un bel homme. Elle a dû en baver des ronds de chapeau. Mais elle a vécu trente ans avec lui. C'est déjà ça de pris.

Ingrid redemanda une goutte de gin. Lola aurait pu profiter de sa fatigue pour lui poser des questions sur son air de vague à l'âme mais n'en fit rien.

15

Entre deux séances de massage, Ingrid réfléchissait à la disparition du shampouineur. Pour le moment, elle fixait son réfrigérateur rose vif. Il avait la même couleur que la minijupe de Clarisse, la fois où elle roucoulait avec Gabin Massa au bord du canal Saint-Martin. Ingrid n'arrivait pas à croire que Louis soit parti à cause de la belle métisse. Marcel Proust avait beau dire ce qu'il voulait, il n'y avait aucune raison que Louis tombe amoureux d'une fille aussi aimable qu'un pitbull et aussi désintéressée qu'une héritière Rockefeller. La pendule accrochée non loin du réfrigérateur annonçait l'arrivée imminente de Maurice Bonin, le prof de théâtre de la MJC du quartier. Ingrid sélectionna un CD d'opéra. Maurice était lassé des carillons balinais et voulait être malaxé sur de la grande musique. Elle glissa *Carmen* dans le lecteur, puis écouta, plantée au milieu de sa salle d'attente.

L'amour est enfant de bohème / Il n'a jamais, jamais connu de loi / Si tu ne m'aimes pas, je t'aime / Si je t'aime prends garde à toi !

Elle imagina Clarisse Rengwa vêtue d'un jupon de gitane en peau de méduse, un cigare entre les lèvres, et hocha la tête d'un air peu convaincu. Non, décidément un détail clochait et, dans ce cas, quelqu'un mentait comme un arracheur de dents. Clarisse, Gabin ? Le téléphone coupa court à ses interrogations. Elle reconnut la voix d'Antoine Léger.

– Ta voyante est enfin venue me consulter. Elle a bel et bien un problème de vue. À mon avis, lié à un traumatisme.

– Oui, elle a eu un accident de scooter.

– Je pencherais plutôt pour une agression. Et j'ai l'impression que ça a eu lieu la nuit, au bord de l'eau. Enfin, si j'interprète bien les symboles.

– Au bord de l'eau, c'est-à-dire du canal Saint-Martin ?

– Possible mais pas sûr. Peu importe. En gros, sa vision se remettra le jour où elle décidera de dompter sa peur.

– Elle nous a donc menti, elle aussi. Et si cette histoire de bagarre était liée à Louis ? Un garçon qui atterrit dans la vie d'une voyante comme un ange. C'est impossible. Les gens ne tombent pas du ciel.

– Là, je ne peux plus t'aider. Je me suis engagé à guérir cette femme et ne suis pas censé faire des supputations à partir d'informations extérieures.

Ingrid promit de ne pas mentionner leur discussion à Sacha Klein et remercia le psy avant de raccrocher. Le problème était massif. Comment faire parler la voyante sans trahir la confiance d'Antoine ? Elle songea un moment à interroger Clovis. Le bluesman semblait bien connaître les habitués du canal. Peut-être dormait-il sur ses berges et avait-il entendu parler de l'agression de la voyante ? Elle décida plutôt de passer un coup de fil à Lola et lui expliqua la situation. Guère plus tentée qu'Ingrid par une nouvelle discussion avec l'imprévisible Clovis, Lola proposa de missionner Lady Mba.

– Reprenez du poulet et du riz, madame Lola. Je vois que vous avez déjà fini votre assiette ! Comme ça me flatte, un appétit de cette dimension !

Elles étaient installées dans les fauteuils zèbre, et une des cousines faisait le service. José venait de rafistoler le miroir et, pour une fois, il avait fait vite. Cette réparation provisoire n'était pas si laide, les bandes adhésives du bricolo dessinaient même un ardent soleil de savane, aux rayons aventureux. Lady Mba avait retrouvé une partie de sa gaieté, ravie que Lola apprécie tant sa cuisine. Une grande première pour l'ex-commissaire qui avait tendance, comme le lui reprochait souvent Ingrid, à être chauvine en matière de gastronomie. Mais ce poulet moelleux, cette goûteuse sauce à l'arachide, ces bananes peu sucrées mais fondantes et copieuses et mitonnées comme des légumes, tout cela était une découverte, et une bénédiction.

Elle n'avait même pas à feindre la bonne humeur, histoire de mettre Lady Mba dans sa poche et de créer l'ambiance adéquate pour lui faire endosser le chèque de Gabin Massa. L'affaire viendrait en son heure. Pour le moment, on en était à l'entrevue avec Sacha Klein.

– Comme elle cause bien, cette jolie brunette ! Je me suis dit, Lady, méfie-toi de sa voix envoûtante, elle pourrait te marabouter la cervelle et tu en oublierais que tu es là pour ton Louis. Mais j'ai tenu bon, j'ai écouté ses histoires, de bout en bout. Et ça n'en finissait pas, j'en avais le tournis, dis donc. Tout à la fin, j'ai fixé ses yeux rouges de sorcière, et je lui ai dit avec ma voix du dimanche : aussi sûr que je suis Lady Mba, patronne des *Féeries de Dakar*, je veux savoir ce qui est arrivé à mon shampouineur. Est-ce qu'il y a eu bagarre ou quoi ? Parce que, attention, petite fille, on ne joue pas avec mon Louis. Il est plus que mon shampouineur, il est ma famille. Ou alors, si tu ne veux rien me livrer, voyante, je fais venir mes frères, et avec eux, ce sera sans pitié. Ils n'ont pas ma patience et ma gentillesse et ma faiblesse. Et là, j'ai compris que cette fille n'était pas plus extralucide que moi je suis l'épouse de Stevie Wonder, parce que, n'importe comment, elle m'a tout révélé. Vous voulez une autre banane plantain et un peu de sauce, madame Lola ?

— Oui, merci, c'est délicieux.

— Il faut faire mijoter longtemps, c'est ça le secret ancestral.

— Vous parliez des révélations de Sacha Klein.

— Alors oui, je reprends mon récit. Cette jeune palabreuse a donc mis ses cartes de charlatan de côté et a avoué. Et présentement ce n'est pas du tout ce que vous pensez. De toutes les façons, j'étais sûre que la moralité de mon Louis était propre. Il y a eu une bagarre. Un homme costaud et malintentionné a attaqué la voyante, un soir, près du canal, pour la voler. Il l'avait sûrement bien repérée, quittant son *Café du Canal* avec ses euros fourrés négligés comme ça dans sa poche. Ce voleur a tout pris mais ça ne lui a pas suffi. Il a continué à frapper la pauvre fille, comme un sauvage, dans le ventre et à la tête. Et encore, et encore. Alors, Louis est arrivé. Il n'est ni haut ni large, mon Louis, mais ça ne fait rien. Il a chargé en criant comme un guerrier, et le voleur frappeur n'a pas attendu de savoir à qui il avait affaire. Il a pris la fuite avec l'argent, mais sans tuer la voyante. Et c'est comme ça que cette Sacha s'est mise à voir à l'envers. Et c'est comme ça qu'elle est devenue amie avec Louis. Et qu'elle lui a proposé de partager son temps et son argent en attendant de me rencontrer. Parce que Louis n'avait nulle part où aller, et pas de travail pour manger. Et pour tout vous dire, madame Lola, eh bien, le temps aidant, mon Louis et cette petite maligne sont tombés dans les bras l'un de l'autre.

– Ah bon ?

– Eh oui. Dans mon pays, on dit : « Il est au monde trois paradis : Couscous à viande grasse, Riz beurré au lait, Jeune fille et jeune homme au lit. » C'est pour ça qu'elle vous a menti. Au sujet du travail de vendeur au BHV. Louis lui avait parlé de la beauté de la vue sur la terrasse. Ça l'a inspirée. Elle a décidé de vous envoyer sur une fausse piste pour protéger son amoureux.

– Si elle voulait le protéger, c'est qu'il avait évoqué un danger ?

– Louis lui a simplement dit qu'il fallait qu'il se mette un peu au vert.

– Sans explications ?

– Malheureusement. C'était sans doute pour ne pas l'effrayer.

– Il y a quelque chose qui ne colle pas dans cette histoire.

– Oh, pourquoi ? Moi je trouve que Louis et cette petite futée vont très bien ensemble.

– Peut-être, mais Massa m'a appris que le dernier coup de fil de Louis a été pour Clarisse Rengwa. Elle lui plaisait, paraît-il.

Lady Mba encaissa le coup en silence. Puis elle se redressa, tâta un moment l'architecture de sa coiffure et produisit une grimace de dédain.

– Massa est un menteur. Mais il n'a pas le talent de la jolie petite voyante. Louis n'a rien à faire avec la fainéante du *Salon Massa*. Il a dû se tromper de numéro.

– Bon ou faux numéro, nous revoilà à la case départ. Évidemment, on a appris que Louis ne manquait pas de courage. C'est intéressant de cerner la personnalité de celui que l'on recherche. Mais à part ça…

– Moi, j'ai toujours su qu'il était très courageux. Ah, c'est tellement dommage que vous ne l'ayez pas rencontré, madame Lola, parce que, je vous le jure, n'importe comment, vous l'auriez aimé tout de suite. Vous voulez que je vous percole un bon café ?

– Riche idée, Lady.

Lola suivit Lady Mba dans l'arrière-salle alors que deux coiffeuses continuaient leur repas et que la troisième accueillait déjà une cliente.

– Lady, j'ai autre chose à vous dire mais je ne voudrais pas que vous vous fâchiez.

– Je peux tout entendre de vous, madame Lola. Ma confiance, je vous l'ai donnée dès que vous avez franchi mon seuil. Et c'est cadeau. Vous gardez.

– C'est encore au sujet de Gabin Massa.

Lady était tournée vers le percolateur et Lola fut soulagée de ne pas surprendre son expression. La coiffeuse vint poser deux tasses fumantes sur la table. Toute trace de gaieté avait disparu de son visage. Lola se dit que jamais le bon moment n'arriverait pour le chèque. Alors maintenant ou plus tard… Elle le sortit de son sac et le posa devant elle.

– Gabin Massa est navré de ce qui est arrivé et juge normal de vous dédommager. Il m'a demandé d'intervenir. Je ne veux pas me mêler de vos affaires, Lady, mais je pense que vous devriez accepter. José a fait ce qu'il a pu mais il va falloir faire appel à un artisan miroitier.

– Lola, il ne faut jamais écouter cet homme. Il parle et pense comme le serpent. Son chèque, je n'en veux pas. De lui, je ne veux rien.

Lola attendit un peu, reprit le chèque, le déchira et

posa les morceaux sur la table. Lady Mba hocha la tête et lui tapota la main.

– Merci, Lola. On se comprend bien toutes les deux.

16

Installée dans la salle d'attente, Lola fixait la porte derrière laquelle Ingrid soulageait le pauvre monde de son stress, en l'occurrence Mme Gendre, la teinturière de la rue de Marseille qui avait un faible pour le massage thaï. En ce moment, l'amie américaine déployait des trésors d'énergie pour appâter le chaland. Elle avait même confectionné des affichettes publicitaires destinées aux vitrines du quartier. Et l'imprimeur du coin lui avait fourni des cartes de visite qu'elle n'hésitait pas à placer dans la première poche sympathique venue. Elle faisait preuve de la même détermination dans l'affaire Louis Manta.

Elle avait été fière d'annoncer à Lola l'identification des taupes joyeuses. Grâce à son amie Marie, costumière au *Calypso*, on avait retrouvé le tailleur chinois ayant confectionné le smoking, à la demande de Stario, une agence d'organisation de concerts. Ces histoires de taupes et de méduses plaisaient à Ingrid mais moins à Lola. Elle se surprenait à penser qu'aucun danger ne menaçait Louis Manta, et qu'il était bien parti sur un coup de tête, plus ou moins à cause de Clarisse, jeune homme versatile qui n'aimait plus le poulet à la pâte d'arachide et aux bananes plantains.

Ses pensées s'effilochant, elle songea même, et par extension, aux hommes changeants en général. Les capricieux compulsifs comme son ex-mari qui était parti pour une autre. Et puis Gabin Massa qui était parti pour sa belle et jeune métisse. Parti mais toujours là, à deux encablures des *Féeries de Dakar*. Dans toute cette histoire, le plus délicat n'était pas tant d'admettre que l'on coursait du vent, mais de réaliser qu'il faudrait bientôt déclarer à Lady Mba qu'on était arrivé en bout de piste.

Une dame Gendre ragaillardie sortit du salon de massage. On échangea quelques politesses puis Ingrid raccompagna la teinturière. L'amie américaine arborait l'œil vif du fox-terrier sur la piste d'un gros gibier. Elle quitta sa blouse de masseuse comme si sa vie en dépendait, enfila un jean rapiécé et un de ces vieux débardeurs dont elle avait le secret, se coiffa de la chéchia qu'elle ne quittait plus et qui devait sans doute l'aider à réfléchir, et elles partirent à leur rendez-vous avec un certain Jean Minot, gérant de Stario.

En association avec la Ratp, Stario avait monté quelques mois auparavant un radio-crochet destiné aux musiciens du métro. Les quelques lauréats plébiscités par le public avaient eu le droit de conserver le costume de scène prêté pour l'occasion. Détail qui avait son importance : Stario était dans les ennuis financiers et n'avait pas encore réglé sa facture. Le malchanceux tailleur chinois certifiait que plusieurs mairies d'arrondissement se trouvaient, elles aussi, grugées. Des bruits couraient sur Stario. On disait que l'agence avait le talent pour monter des événements artistiques de seconde zone en récoltant des subventions dont elle empochait la plus grosse part. Un des derniers radio-crochets organisés par l'agence avait fini en bagarre généralisée. Ingrid était optimiste. Elle espérait beaucoup de Jean Minot. En cas de refus d'obtempérer, elles avaient mis au point un plan B assez retors.

Elles furent reçues rue de l'Assomption par un homme courtois mais sur la défensive. Inspirée par le nom de l'artère, Lola trouvait Jean Minot très bien rasé mais coiffé comme un premier communiant des années cinquante. Ses yeux n'étaient pas mal, et c'était une aubaine pour lui, car le reste de sa physionomie et de ses manières n'évoquait en rien la bamboula sénégalaise. En gros, pour un imprésario, le sieur Minot manquait de couleur et de chaleur. Il faut dire que l'ex-commissaire avait déjeuné plusieurs fois cette semaine chez Lady Mba et qu'elle avait la mémoire gavée de senteurs et d'effusions. Elle se souvenait notamment de la soupe kandja, une merveille à base d'huile de palme et de gombo, un légume gélatineux mais enchanteur.

Minot n'arrangeait pas son cas. Il se tortillait sur sa chaise, répétait un discours prémâché déjà dispensé au téléphone. La démarche de Stario découvreur de talents, la reconnaissance des artistes, le costume de scène cadeau et marque de respect. Les musiciens du métro et des rues étaient des artistes comme les autres. La mission de Stario consistait à les mettre en rapport avec des sponsors qu'ils n'auraient jamais osé solliciter eux-mêmes. Minot avait jeté un coup d'œil à la photo de Louis et l'avait rendue d'un geste vif comme s'il avait peur qu'elle ne le griffe.

Lorsque Lola voulut obtenir des informations précises, Jean Minot se bloqua et demanda des « accréditations ». Lola avait convenu avec Ingrid qu'il serait malhabile d'exhiber une fois de plus sa vieille carte de police, surtout à l'employé d'une société guettée par ses créanciers. Elle raconta Lady Mba, la voyante du

Café du Canal, Yvette, José et leur accueil désinté-
ressé. Tous s'inquiétaient pour leur ami, et elles étaient
deux habitantes du même quartier qui donnaient un
coup de main. Elles voulaient savoir si Louis Manta
s'était trouvé à l'affiche d'un concert Stario et si Jean
Minot détenait une adresse ou un contact quelconque.

— Navré, il m'est impossible de vous aider.

Le ton était net et sans appel.

— Pour quelle raison ? demanda Lola.

— Qu'est-ce qui me prouve que vous agissez au nom
des amis de ce M. Manta ?

— Que craignez-vous ?

— Rien de particulier, mais je n'ai pas pour habitude
d'ouvrir mes dossiers au petit bonheur la chance.

— Vous trouvez vraiment que j'ai une tête de petit
bonheur la chance ? rugit Lola.

— Nous cherchons des nouvelles de Louis depuis
longtemps déjà, tempéra Ingrid. Et s'il lui était arrivé
quelque chose ? Vous y avez pensé ?

— Oui, vous y avez pensé ? ajouta Lola.

L'effet de répétition était le signal convenu pour le
lancement du plan B. Du point de vue de Lola, l'offen-
sive arrivait à point nommé. Ce Minot lui pétrissait les
nerfs avec ses mines de chanoine et ses dossiers aussi
impénétrables que les voies du Seigneur. Pas étonnant
qu'il officie dans une rue qui sentait l'encens et la
myrrhe éventés. Elle se leva et prit la porte sans un
mot.

— Mais que se passe-t-il ? demanda Minot l'air ahuri.
Elle ne va pas déposer une plainte, tout de même ?

— Ma partenaire est sujette aux sautes d'humeur. De
plus, elle a sans doute trouvé un autre angle d'attaque.
Nous n'avons guère de temps devant nous. C'est de la
vie d'un homme qu'il s'agit.

– Mais pourquoi ne pas faire appel à la police au lieu de vous investir de cette manière ?

– Bon, il est vrai que Mme Jost est une ancienne commissaire et qu'elle fréquente plusieurs maires parisiens, mais je suppose qu'elle va se calmer. Adieu, monsieur Minot.

– Mademoiselle Diesel, attendez…

– Oui ?

– Vous me promettez que vous ne me créerez pas de problèmes ?

– Avec qui ?

– Les clients, les artistes… ou quelque important fonctionnaire parisien…

– Si ça vous arrange, une fois cette porte franchie, j'oublierai avoir jamais mis les pieds ici. Ça vous va ?

– Bon, d'accord, dit-il en desserrant sa cravate. Le jeune sur la photo, celui que vous appelez Manta, il participait au radio-crochet. Je me souviens bien de sa prestation. Pour la bonne raison qu'il a interprété une chanson dans une langue que personne n'a comprise mais qui a plu à tout le monde. Et c'est pour cette raison qu'il a gagné un smoking. Et une chéchia, exactement comme la vôtre. Il semblait copain avec un autre musicien du métro, le grand Majorel.

– Le grand Majorel ?

– Un guitariste, comme lui, mais qui joue du blues.

– Vous avez une adresse ?

Minot hésita, poussa un gros soupir et consulta son ordinateur.

– Ni adresse, ni téléphone. Une grande partie de ces artistes n'en a pas, ou alors c'est du provisoire. On les comprend. Il y a vraiment des moments où l'envie de rompre les amarres est forte…

– Merci, je vous promets de vous oublier.

– Pas moi, marmonna Jean Minot en s'épongeant le front.

Elle partit vers la porte, puis fit demi-tour. Minot la considéra d'un air effaré.

– Vous avez changé d'avis… vous ne voulez plus m'oublier ?

– Si, si, je vais vous oublier d'ici une minute, mais prenez tout de même ma carte de visite. Il y a mon portable et mon e-mail. Au cas où un bout d'adresse ou un prénom vous reviendrait en mémoire, à propos de ce grand M. Majorel. Les ordinateurs, c'est bien joli, mais rien ne vaut le pouvoir de la matière grise, non ?

– Si je la prends, vous me promettez de disparaître ? Tout de suite ?

Lorsque Ingrid donna à Lola le nom du grand Majorel, guitariste de son état et musicien du métro, l'ex-commissaire lui tapota la main d'un air satisfait. Elle continuait de regarder droit devant elle, il n'y avait pourtant qu'une pharmacie dans sa ligne de mire.

– Tu ne crois pas que nous pourrions nous offrir une grande eau minérale, Lola ? Ou un brumisateur ?

– Je suis aussi bien hydratée qu'on peut l'être. Et j'ai mieux à te proposer. Les arcanes du métro. Ça ne manque pas de courants d'air. Il y a même des distributeurs de boissons. Ô confort, ô beauté de la modernité.

– Tu veux y chercher le grand Majorel ?

– Tout juste.

– J'ai une tendance naturelle à l'optimisme mais le métro, tout de même, c'est vaste…

– Ingrid, je ne te cacherai pas la vérité. On n'a rien

sur Louis Manta. De vagues histoires de méduse, de bagarre en bord de canal, d'amourette avec une voyante et de sérénade en smoking de Mandrake, une fois par an, et encore. Alors, on a le choix. On oublie toute l'affaire et on s'en retourne à notre quotidien. Ou on plonge dans l'inconnu.

Ingrid n'était qu'à moitié déçue par leur entrevue avec l'imprésario. Une enquête dans le métro ne la dérangeait pas plus que ça. Il lui semblait que l'essentiel était de rester en mouvement. Et que de l'ébullition jaillirait forcément un début de piste. Pour autant, elle s'inquiétait pour Lola. Son amie n'était plus de toute première jeunesse. Était-ce bien raisonnable de quadriller les couloirs et les rames d'un métro dépourvu d'un système d'air conditionné ? Certes, Lola semblait avoir repris du poil de la bête. Mais peut-être faisait-elle semblant, parce qu'elle considérait cette enquête comme un bon moyen d'oublier les ennuis. Les miens, surtout, se dit Ingrid en suivant son amie qui se dirigeait d'un pas décidé vers le métro Ranelagh.

17

Elles entamaient leur troisième journée d'investigation métropolitaine. Leur contact initial avec les saltimbanques souterrains, comme aimait les désigner Ingrid, avait été un franc fiasco. Elles n'avaient pourtant pas ménagé leurs efforts et interrogé toutes sortes d'artistes, chanteurs, musiciens, mimes et même quelques quêteurs sans talent particulier si ce n'était celui du bagout. Ingrid avait même interpellé un orchestre de Péruviens. Ils se promenaient avec un lama, en chair et en os, et elle s'était entretenue avec eux dans un espagnol de cuisine qui les avait bien divertis.

Dans cette foule anonyme, leur quête du grand Majorel ne provoquait aucune réaction si ce n'était de la méfiance. Lola avait décrété que, pour une fois qu'elles ne voulaient pas passer pour des flics, chacun les imaginait légataires d'une carte de police en bonne et due forme. C'était bien leur chance. Ingrid en concluait que pour extraire de ce microcosme une once de vérité, le mieux était peut-être de s'immerger. C'est-à-dire de devenir une paire de saltimbanques souterrains.

Lola avait accueilli cette suggestion avec un lever de sourcil circonspect puis avait convenu que, faute de mieux, on ferait avec les propositions du bord. Ingrid se promenait depuis avec la guitare de Louis sous le bras, et Lola s'était équipée d'un tambourin. Il arrivait qu'on les interroge sur leur différence d'âge, car aussi étrange duo, on n'avait jamais vu dans les couloirs du métro. Lola avait tôt fait de « rabattre le caquet » des impudents en clamant qu'elle avait été cette jeune femme nue, et nourrie aux champignons hallucino-gènes, portée par ses compagnons aux cheveux de lion et aux pattes d'éléphant, telle une vestale du *Flower Power*, et immortalisée par un photographe ayant eu la chance de connaître Woodstock et toute cette ambiance. À l'écouter, Ingrid avait du mal à ne pas la croire tellement elle y mettait de conviction.

Le métro venait de quitter La Motte-Piquet-Grenelle et filait joyeusement vers l'ouest. Joyeusement, c'est ainsi qu'Ingrid voyait les choses parce que dans cette portion de métro aérien le ciel bleu, un soleil radieux et la tour Eiffel rutilante étaient bien visibles et régalaient un wagon bourré de touristes. Il y avait des Américains, et Ingrid se tailla un franc succès avec une de ces ballades yankees dont Lola n'avait jamais soupçonné l'existence. Il y était question d'un brave garçon, un rien amnésique, se perdant dans le désert sur un cheval qui n'avait pas de nom. C'était fort entraînant. D'ailleurs la bande d'Américains reprit le refrain en chœur avec Ingrid, et même les passagers les plus blasés ne purent s'empêcher de lever un œil de leurs gazettes, ou de leurs pensées intimes, et de sourire d'un air guilleret. Pendant quelques minutes, on se crut dans une comédie musicale à la Jacques Demy financée par Hollywood, puis tout retomba comme un soufflé à la station Étoile alors que les compatriotes d'Ingrid se ruaient vers la sortie dans l'espoir de visiter l'Arc de triomphe.

Lola tambourina trois fois à l'oreille d'Ingrid.

– Plein les basques !

– Déjà !

– Deux jours, Ingrid ! Deux jours de transports en commun, de huit heures du matin à dix heures du soir. C'est à mille fuseaux horaires des trente-cinq heures ! Les odeurs, la chaleur, les têtes des voyageurs, je dis « suffit ! ».

– Mais c'est toi qui…

– J'ai eu tort. On ne retrouvera jamais le grand Majorel dans ce labyrinthe plein de trognes de minotaures. C'était l'idée la plus stupide de ma carrière. Et pourtant, elle fut longue et sinueuse. Les taupes joyeuses, quelle farce ! Saltimbanques souterrains, ça va bien !

– J'ai une idée.

– Oh, je n'aime pas ça.

– On remonte, on s'accorde une longue journée de repos.

– Et ?

– Et on y retourne ! Je suis sûre qu'on va y arriver, Lola. Je le sens. Le grand Majorel est quelque part, par là, et il va nous mener à Louis.

– Tu fais comme bon te semble, Bob Dylan, mais, moi, je remonte. Cinq minutes de plus et j'en mords un, un gros, au hasard. Et je lui dis que c'est toi qui m'as forcée. De quoi se faire crucifier.

Elles retrouvèrent la surface à la station Trocadéro. Lola fila droit vers l'esplanade du palais de Chaillot. Son allure de tankiste fit s'écarter quelques touristes japonais. Ingrid la rejoignit. Devant elles, les jardins du Trocadéro, l'immensité des Invalides, encore la tour Eiffel, et les silhouettes minuscules des passants, en milliers de taches pointillistes.

– Le ciel ne m'a jamais paru aussi large, dit Lola.

– J'ai fait un drôle de rêve la nuit dernière. Je pense que c'est la conséquence de ma rencontre avec le tailleur des Taupes joyeuses.

– Ah oui ?

– Une palanquée de Chinois débarquait à Paris incognito. Ils étaient tous équipés de bérets, pour avoir l'air français, et d'une boîte à outils pour démonter la tour Eiffel.

– Et ça a marché ?

– Impeccable. Ils l'ont remontée, pièce par pièce, à Shanghai. Après ça, leur chef a lâché un proverbe à la cantonade : « Et maintenant, tu peux te cacher derrière la porte et rire silencieusement. »

– C'est marrant. Ce proverbe a l'air plus chinois que les dictons de Lady ont l'air sénégalais.

– Je trouve aussi.

Le signal de message de son mobile interrompit Ingrid. Elle composa le 888, écouta sa messagerie.

– C'était de Jean Minot. Il date de deux jours.

– C'est qui, ce Minot ?

– Le gérant de Stario.

– Ah, oui, je l'avais oublié. Qu'est-ce qu'il voulait ?

– Me rappeler qu'il fallait que je l'oublie moi aussi, et me dire qu'il s'était souvenu d'un détail ayant peut-être son importance. Il dit que le grand Majorel a un prénom de roi.

– Il n'est pas le seul. Louis aussi. Et puis le grand Majorel, on a dit qu'on le laissait à son cher public.

– Oui mais…

– Mais quoi à la fin ?

– Minot affirme que le grand Majorel s'appelle Clovis. Clovis Majorel.

– Nom d'une cornemuse en peau de zébu ! Ingrid !

– *What ?*

– Ne me dis pas que tu m'as fait perdre deux jours pleins à zigzaguer sous terre et à tambouriner sur des musiques de décervelés, alors que le type qu'on cherche fatigue sa guitare et son quidam à trois pas de chez nous ? Ne me le dis pas !

– Euh, je ne le dis pas. Enfin, plus.

18

– Tu es revenue, ma dame mauve, hosanna au plus haut des cieux ! Mais pourquoi bois-tu de la flotte ? Offre-nous plutôt un bon cru des familles, à la robe de sang. Le sang, au moins, c'est revigorant.

Lola avait enfin accepté d'acheter une bouteille d'eau minérale. Assise au bord du canal, elle buvait à même le goulot en écoutant le grand Clovis Majorel. Elle reposa la bouteille à ses côtés, sortit deux billets de vingt euros de son porte-monnaie et les tendit au musicien.

– Tu iras faire tes courses toi-même. Et tu te revigoreras avec ce qui te plaira.

Le bluesman les empocha en vitesse et plaqua deux accords sur sa guitare.

– Pour la peine, je t'improvise une nouvelle chanson. Tu m'inspires. Je te l'ai déjà dit ? Et pourtant, aujourd'hui, ta voix est moins gaie. Mais ça fait rien, même dans la tristesse, je vois toutes tes grâces.

– Cette fois, tu as intérêt à vider l'intégralité de ta besace au sujet de Louis Manta. Je veux voir le fond, tu m'entends ? Et qu'il n'en reste pas une miette.

– Pour deux billets bleutés ? C'est peu, à notre époque, votre Grâce.

– Ça suffira pour t'embarquer au poste. Je dirai à mes collègues que tu me les as volés. Et ma partenaire sera témoin.

Lola désigna Ingrid du doigt. L'Américaine souleva son débardeur et fit voir au grand Majorel un Smith & Wesson, calibre 357 Magnum. Lola porta l'estocade en montrant sa carte de police à la volée. Le musicien plaqua un dernier accord et fit le signe de la paix, avant de s'asseoir en tailleur sur le bord du canal. Cette fois, il garda une distance respectueuse.

– J'abdique, Votre Seigneurie. Vu ton âge respectable, j'aurais jamais imaginé que t'étais flic… Faut croire que je décline.

– Tu nous racontes Louis. Depuis le début. En avant la musique !

Le grand Majorel expliqua qu'il avait rencontré Manta l'hiver dernier, en faisant la manche dans le métro. Louis ne touchant pas à l'alcool, avec ses chansonnettes et sa guitare, il gagnait de quoi manger un peu chaque jour. Ils avaient tourné en duo un moment, et avaient choisi le BHV comme QG, histoire de dormir dans les hauteurs et en sécurité. Clovis Majorel avait branché Louis sur la « Fête des talents » de Stario et son buffet garni, une occasion de rigoler un coup et de manger à sa faim. Ils avaient récupéré chacun un costume. Clovis avait vendu le sien. Louis avait déclaré qu'il le garderait en souvenir. Normal, il avait fini par se dénicher un placard où le ranger. Louis s'était retrouvé une famille dans le quartier. C'était d'ailleurs lui qui avait entraîné leur duo, aux beaux jours, vers le canal Saint-Martin.

– Et c'est comme ça que Louis a rencontré sa voyante. Après, ça a été une autre chanson. Il s'est mis à chercher un vrai boulot. On s'est moins vus.

– Tu n'as jamais eu l'impression qu'il avait des ennuis ?

– Personne nous a embêtés. Dès que Louis était arrêté par un flic, il sortait sa carte d'identité, bien gentiment.

– Il avait des papiers !

– Pour sûr, Votre Mauveté. C'est un citoyen français, le Louis.

– Il y avait écrit Manta sur ses papiers ?

– Pourquoi, il s'appelle pas Manta ? Dommage, c'est tellement chouette qu'on pourrait en faire une chanson. Louis avait peut-être un faux blaze et de vrais ennuis, qui sait ? En tout cas, il trimbalait une vraie tristesse. Elle paraissait légère, un nuage. Faut pas s'y fier. C'est les pires. Elles sont minces, gluantes comme des soles. On n'arrive pas à les choper. Je le sais, je suis bluesman.

– Et pendant tout ce temps, tu ne lui as pas demandé ce qui le tracassait ?

– Si je demandais ce qui les tracasse à tous les mecs que je croise dans la manche, je serais rempli de goudron. Et ça me couperait l'inspiration, Votre Sagacité.

– À d'autres.

– Bon, d'accord, je lui ai demandé.

– Et alors ?

– Eh ben, y m'a pas répondu. Faut dire que j'avais pas un flingue et une carte de poulet pour le faire causer. Et puis Louis c'était un prince du silence. Il pouvait rester des heures sans ouvrir le bec. À force, ça devenait beau.

– Il avait un couteau aussi. Tu l'as vu ?

– Bien sûr. Un chouette surin attaché à sa cheville.

– Il s'en est servi ?

– Pour couper du pain et du fromage.

– Et c'est tout ?

– Bien sûr que c'est tout. Un beau surin, ça coupe le pain et ça dissuade l'agressif et le sournois. Y se trouve qu'avec sa gueule baignée de tranquillité, Louis a jamais eu à dissuader. T'es sûre que tu veux pas qu'on s'offre une pinte de fortifiant ? Je parie que vous picolez, dans vos commissariats. Pas de raison que les soles ne viennent pas vous engluer, vous autres. Avec toutes les algues noires que vous charriez.

– À propos, Louis t'a parlé de sa vie dans les îles ?

– Quelquefois, il chantait une chanson dans une langue de pirate avec plein de voyelles. C'était de l'indonésien.

– Il a vécu là-bas ?

– Oui, au bord de la mer.

– Où ça ?

– Aucune idée. Paraît que c'est immense, l'Indonésie. Et beau comme le paradis des pirates. Ils sont plusieurs centaines de millions à y vivre. C'est une preuve. Quand Louis a lu dans le journal que le tsunami lui avait ravagé son Indonésie, il a eu le bourdon pendant une semaine.

– Qu'est-ce qu'il faisait là-bas ?

– Il a jamais voulu me le dire. Pourtant ça m'intéressait bien. Malgré le risque de goudronnage. Pourquoi on quitte tout ce bleu et ce vert pour faire le rat chantant à Paris ? Hein, pourquoi ? C'est plus coton que le suaire de Turin, ça, Votre Altesse mauvissime.

Ingrid et Lola prirent le chemin des *Belles* en échangeant leurs impressions. Elles avaient rendez-vous avec Lady Mba. Lola voulait remercier l'Africaine pour ses petits plats, en l'invitant à déjeuner dans leur cantine favorite. Ingrid se débarrassa de son revolver en le glissant dans le sac à main de Lola. Un jouet en plastique coincé dans la ceinture d'un short démangeait trop par pareille température.

– Tu connais l'Indonésie, Ingrid ?

– J'ai un peu baroudé là-bas.

– C'est beau ?

– Très.

– Alors pourquoi est-il revenu ?

– Surtout pour vivre à Paris en clandestin alors qu'il avait des papiers en règle. Oui, pourquoi ?

Aux *Belles*, Lady Mba accueillit leurs révélations d'un air navré.

– Mais pourquoi ne nous a-t-il pas raconté toutes les belles histoires qu'il a dû récolter là-bas ? Les clientes auraient apprécié. Au lieu de ça, il a tout fourré caché dans un gros sac tressé de silences. Et je commence à me demander si les mensonges silencieux ne sont pas pires que ceux qui font du bruit. Pas vous, madame Lola ?

Maxime arriva à temps pour secouer les algues noires, et distraire son monde avec l'ardoise annonçant le menu du jour. Une émouvante brandade de morue, accompagnée d'une pétillante salade panachée. Et des îles flottantes pour finir dans la légèreté. Lola y lut comme un symbole. Dans un grain de vanille, elle imagina Louis, tout lilliputien, grattant sa guitare sous un palmier, à Java, Sumatra ou sur les îles Komodo. Qu'avait-il bien pu fabriquer là-bas, nom d'un sarong à carreaux ?

19

Lola venait de terminer une instructive conversation téléphonique avec le lieutenant Barthélemy à qui elle avait demandé d'interroger une nouvelle fois ses fichiers. Maintes questions tournicotaient autour de Louis Manta telles des particules autour d'un noyau invisible. L'une d'elles concernait le sieur Clovis Majorel. Par quel miracle un homme vivant au bord du canal, en compagnie d'une bouteille sans fond et d'une guitare éreintée, avait-il acquis un vocabulaire aussi riche qu'évocateur ? Votre Sagacité, Perspicacité, Mauveté et ainsi de suite. Le sang revigorant et celui séché du suaire de Turin. Les soles gluantes et les algues noires. La réponse ne s'était pas fait attendre. En la personne du bluesman, Barthélemy venait d'identifier un habitué de la rue Louis Blanc. Ses régulières arrestations pour manifestations d'ébriété sur la voie publique révélaient un goût prononcé pour le tapage nocturne.

« C'est un ancien prof d'histoire géographie, avait annoncé Barthélemy comme si la révélation expliquait tout.

– Excellent, et alors ?

– Un jour, sa femme l'a plaqué. Il buvait.

– Et c'est pour ça qu'il s'est retrouvé à la rue ?

– Non, sa femme a fini par revenir. Mais elle a eu tort. Ils ont eu un accident de voiture. Il tenait le volant.

– Et elle est morte, c'est ça ?

– C'est ça, patronne. Mais le pire c'est que son fils unique est mort lui aussi, peu de temps après. »

Lola se repassait mentalement la suite de la conversation. Le sieur Clovis s'était peut-être trouvé un fils de substitution en la personne de Louis. Quant à ce dernier, il n'avait pas sélectionné n'importe quel compagnon. Il l'avait choisi dense. Aussi chargé en tristesse que lui-même. Pour qu'il le comprenne et respecte ses silences ? De même qu'il avait choisi de vivre un temps dans la rue, mais pas n'importe comment. Il lui avait fallu le vide mais ni la violence, ni le danger. Ses pensées furent une nouvelle fois volatilisées par la sonnerie du téléphone.

– Allô ! Madame Lola !

La voix de Lady. Et, en arrière-fond, des gémissements, qui se transformèrent en sanglots.

– Il faut que vous veniez tout de suite chez Yvette ! Vous m'entendez, madame Lola ?

– Qu'est-ce qui se passe ?

– Elle pleure comme un torrent. Je ne sais plus quoi faire !

– Calmez-vous, Lady. Et dites-moi ce qui se passe.

– C'est José. C'est fini.

– Quoi ?

– Il est mort.

– Où ça ?

– Chez lui. L'appartement est dans le même immeuble que le magasin. Il faut venir, pour l'amour de Dieu !

– Comment est-ce arrivé ?

– Tout ce que je sais, c'est qu'il est menotté à la baignoire.

– J'appelle Barthélemy et j'arrive. Surtout, ne touchez à rien.

Lady allait répliquer mais Lola raccrocha. Pour récupérer sa robe sur le dossier de sa chaise, elle passa devant son puzzle et ne put s'empêcher de jeter un coup d'œil sur la boîte. Un voyageur, pâle comme un linceul, fixait son mystérieux destin yeux exorbités.

Immergé, le corps de José n'était qu'une silhouette. Seuls ses avant-bras dépassaient de l'eau souillée. Ses poignets étaient menottés au robinet mélangeur. Un fil électrique partait de la prise au-dessus du lavabo et disparaissait dans la baignoire. Ayant reconnu Lola, le photographe de l'Identité judiciaire l'avait saluée d'un « bonjour, commissaire » respectueux. À présent, il se contorsionnait dans l'étroite salle de bains pour photographier la scène dans tous ses détails. Dans le salon, Jérôme Barthélemy prenait la déposition d'Yvette et de Lady Mba. On entendait leurs sanglots et murmures mêlés.

Le photographe céda la place à un technicien que Lola ne connaissait pas. Il commença son relevé d'empreintes et elle s'écarta pour le laisser travailler. Elle alla à la cuisine, repéra une cocotte sur la gazinière, deux oignons pelés et un bouquet de persil sur le plan de travail. Yvette avait ouvert le magasin à sept heures comme d'habitude, était rentrée vers midi pour préparer le déjeuner. Lola l'imagina mitonnant un petit plat pour son homme, juste avant de le découvrir électrocuté dans la salle de bains. Elle ouvrit la fenêtre et fuma une cigarette. Puis elle appela Ingrid et lui raconta ce qui venait de se passer, confirma qu'il n'y avait aucune trace d'effraction. Un scénario se dessinait. José était en train de prendre son bain quand on avait sonné à la porte. Il avait ouvert revêtu de son peignoir. Son agresseur l'avait assommé d'un coup très ajusté à la tempe, traîné jusqu'à la salle de bains, remis dans la baignoire et menotté. Il avait ensuite attendu qu'il se réveille avant de l'électrocuter avec le sèche-cheveux de la maison.

– On est sûr qu'il était réveillé au moment de l'électrocution ?

– On est sûr de rien. Mais il y a des traces sur ses poignets et de l'eau plein la salle de bains. Ce qui prouve qu'il s'est débattu pour tenter de sortir de la baignoire. On imagine que son agresseur le menaçait avec le séchoir.

– Mais pourquoi faire une chose si cruelle ?

– Bonne question. Réponse possible : pour le faire parler. Barthélemy pense comme moi. Soit José ne savait rien et on l'a électrocuté, soit il a avoué et est mort tout de même.

– Oui, parce qu'il en savait trop.

– Par exemple.

– Mais que pouvait-il bien savoir qui justifie une fin aussi horrible ?

Quelqu'un appela Barthélemy. Lola suivit le mouvement. On avait sectionné les menottes. Deux techniciens en combinaison plastifiée se tenaient de part et d'autre du corps, déjà rigide. Ils l'avaient allongé sur un brancard. L'un d'eux désigna le mollet gauche du mort.

– Sacrée cicatrice, lieutenant. Elle date un peu mais fait son effet.

– Quel genre ?

– Urticaire très vicelard. Caractéristique du contact avec un certain type de cnidaire qu'on trouve, notamment, dans les océans de l'hémisphère Sud.

– Et en bon français ?

– Une méduse, lieutenant.

Barthélemy se tourna vers Lola. Dans le geste, elle lut un automatisme, hérité du temps où ils travaillaient ensemble, et se parlaient souvent en silence. Cette fois-ci, il n'était plus question de se taire. Il lui fallait révéler à Jérôme Barthélemy tout ce qu'elle avait appris sur Louis Manta. Ingrid n'avait pas eu tort de s'enthousiasmer pour ces histoires de méduses finalement. Elle avait mentionné une blessure sur l'avant-bras droit du vieux buriné inconnu, en forme de patatoïde brunâtre. José portait une cicatrice similaire, mais sur le mollet gauche. Deux hommes, deux amis de Louis Manta, deux blessures, une même race de méduse. Et encore et toujours les mers du Sud. Trop de coïncidences.

En ce qui concernait le protégé de Lady Mba, la somme des connaissances était inférieure à celle des données inconnues. Elle s'en rendait plus que jamais compte. Elle n'avait pas encore rattrapé le shampouineur que déjà il sortait du cadre de sa battue pour passer dans celle de la police. Louis Manta et son alias improbable allaient se retrouver dans un procès-verbal. Noir sur blanc, et en plusieurs exemplaires. Et ces documents atterriraient sur le bureau du commissaire Jean-

Pascal Grousset. Un commissaire déjà fort remonté. Lola chercha une petite citation pour dynamiter le goudron mais ne trouva rien d'approprié.

20

Lady Mba n'en croyait pas ses oreilles. La musique des Touré Kunda et son rythme de la Casamance venaient généralement à bout de tous les tempéraments énervés, mais ce petit homme au maigre collier de barbe jappait comme un roquet, et se moquait pas mal de savoir s'il effrayait ou non les fidèles clientes souhaitant se faire une beauté et une tranquillité par ce temps trop fiévreux de juillet. Ce petit homme jappait, mais il avait aussi la méchante habitude de répéter ses questions, en changeant juste quelques mots par-ci par-là. Et c'était très fatigant de l'écouter longtemps.

Elle jeta un coup d'œil en direction du *Salon Massa* et réalisa avec horreur que la tigresse malade était revêtue d'une robe neuve, et scintillante, et qui la moulait trop, et qu'elle suivait toute la scène, à travers la vitrine, avec l'air de s'amuser comme une sorcière à un sabbat funky. Lady Mba sentit ses jambes flageoler, elle alla s'asseoir dans un fauteuil zèbre, hors de portée de vue de la maudite diablesse. Elle eut soudain la larme à l'œil en pensant que José l'avait réparé deux semaines auparavant, tout ça parce que Mme N'Diop s'était plainte qu'il ne roulait pas bien. Elle se mit à pleurer.

– Ah, madame, les simagrées ne marchent pas avec moi ! On dit que vous avez employé un clandestin. Il était même votre shampouineur. Un certain Louis Manta. Ne niez pas, j'ai mes sources.

– Mais, monsieur le commissaire, Lady Mba n'a rien fait de mal, intervint une des coiffeuses. Elle voulait juste dépanner ce garçon. Louis n'était pas un illégal. Juste un provisoire.

– Provisoire, mon œil ! Mademoiselle, ce n'est pas vous que j'interroge, mais votre patronne. Merci. Reprenons, madame Mba. Vos petites histoires de trafic de main-d'œuvre ne m'intéressent que parce qu'elles ont un rapport avec un meurtre. Vous connaissez la victime. Je me suis laissé dire que vous exploitiez aussi José Borel. C'est beaucoup pour un seul employeur. Vous allez m'avouer tout de suite où se planque ce Manta. J'ai appris que José Borel et lui avaient été cachés un temps par la même personne. Une certaine Yvette Colin. La petite amie de Borel, justement.

Lady Mba n'arrivait pas à s'arrêter de pleurer. En même temps, elle craignait que l'épouvantable tigresse n'entre dans le salon pour jouir du spectacle. Elle essaya de penser à une saynète amusante mais, les dernières émissions vues à la télé ne lui ayant pas laissé une impression indélébile, elle se trouva sans munitions. Elle le sentait, ses larmes allaient se transformer en sanglots, des sanglots aussi gros que ceux de cette malheureuse Yvette, le jour du drame.

Elle se tourna vers Mme N'Diop en espérant que la pie de village entrerait dans la danse et dirait sa vérité à ce vilain policier de petit format, en n'économisant pas ses phrases (pour une fois qu'on avait besoin de ses talents de griotte), mais la vieille cliente lisait *Amina* avec application, sa vieille tête pleine de bigoudis sous le casque.

Lady Mba réalisa que sa cousine Céline s'était agenouillée près d'elle et lui tapotait le bras. Cette marque
d'affection était toute belle mais Lady Mba pensa
qu'elle aurait un effet contraire, en ramollissant encore
son pauvre cœur et en ouvrant plus grand les vannes
de la tristesse. La patronne des *Féeries* releva la tête
dans un effort surhumain et redressa le buste pour
prendre quelques profondes goulées d'air. Pendant ce
temps, le policier continuait de parler comme l'inven-
teur du salamalec. Grâce à ce redressement inopiné,
elle eut dans sa ligne de mire une perruque bleue. Une
des plus belles de sa collection. Une de celles dont elle
comptait faire cadeau à Ingrid Diesel. Et elle trouva
enfin l'idée qui allait sauver son honneur.

Elle imagina que ses coiffeuses lui prêtaient main-
forte pour saisir le petit roquet policier et le ficeler sur
un fauteuil zèbre. Et lui teindre la barbe en bleu. Avec
une de ces teintures de première qualité qui tiennent
au moins six mois, hormis aux racines, bien entendu.
Le pouvoir de l'imagination lui permit d'esquisser un
sourire.

– Madame, à votre expression, je constate que vous
comptez vous payer ma tête ! Je vous préviens qu'elle
n'est pas dans vos moyens.

Lola marchait en direction des *Féeries de Dakar*
perdue dans ses pensées. Plusieurs jours s'étaient
écoulés depuis la mort de José mais son corps était
toujours à l'Institut médico-légal. Ce matin, elle avait
été réveillée fort tôt par Barthélemy. On avait relevé
les empreintes de Louis Manta dans la salle de bains
d'Yvette Colin, et notamment sur la prise du sèche-
cheveux. Bien que Louis portât un nom d'emprunt et

ne fût fiché nulle part, son alias était remonté à la surface : le technicien concerné était le même que celui qui avait tiqué sur les bandes au scotch et au graphite. En cette période estivale, ce jeune homme zélé continuait de remplacer plusieurs collègues en vacances, et récupérait tous les dossiers chauds. « Il nous en aura causé du tort, cet arriviste ! Ah, si j'avais su, patronne », avait soupiré Barthélemy.

Évidemment, bien qu'ayant constaté que Louis n'avait pas de salle de bains personnelle et utilisait tout naturellement celle de ses logeurs ainsi que leur sèche-cheveux, le Nain de jardin y était allé de ses supputations éclairs. Il avait notamment argué du fait qu'un meurtre au sèche-cheveux était tout à fait dans les cordes d'un shampouineur. Et l'employé de Lady Mba s'était retrouvé suspect numéro un dans l'affaire José Borel. Lola réalisa qu'il avait fallu la mort du bricoleur pour qu'elle mette enfin un nom de famille derrière son prénom. Barthélemy certifiait que José Borel n'avait jamais été fiché.

Lola n'eut pas le réflexe de regarder à travers la vitrine avant de pénétrer aux *Féeries*. Elle tomba nez à nez avec un Grousset au visage convulsé.

– Il ne manquait plus que vous !

– Bonjour, commissaire. On n'a plus le droit de se faire coiffer ?

– À d'autres, madame !

– Lady Mba est ma styliste. Et nous sommes lundi.

– Et alors ?

– Eh bien, lundi, c'est mise en plis.

– Eh bien, non, madame Jost. Lundi, c'est mise en garde à vue.

– Vous voulez m'embarquer ?

– L'occasion de nous faire un scandale ne vous sera

pas donnée. Je sais que vous avez encore des appuis, aussi mystérieux que bizarres, à l'Intérieur.

– Nous divaguons, commissaire. Alors, je réitère ma question : Vous voulez m'embarquer rue Louis-Blanc ?

– Vous, vous rentrez chez vous. C'est votre coiffeuse que j'embarque. Enfin, Mme Mba, je veux dire.

– Vous voyez, vous admettez qu'elle est ma styliste.

– Entre vous et moi, ce n'est que partie remise. Je sais, de source sûre, que cette coiffeuse vous a embauchée au sujet de son shampouineur. Eh bien, cette pitrerie est terminée ! Si je vous retrouve le nez fourré dans mon enquête, ce sera votre Berezina, Lola.

– Une party avec vous ? Non merci. Et je préférerais que vous laissiez Napoléon et mon prénom tranquilles, commissaire Grousset.

Lady Mba sortit tête droite des *Féeries*. Elle fit mine de ne pas remarquer Clarisse Rengwa qui la narguait, plantée devant le *Salon Massa*. L'Africaine esquissa même un sourire et Lola lui fit le V de la victoire. Les coiffeuses et les clientes étaient dans la rue elles aussi, et criaient des paroles réconfortantes à leur amie et patronne. Lola les rassura en leur disant qu'elle avait un lieutenant dans la place. Il veillerait à ce que le séjour de Lady rue Louis-Blanc se passe dans les meilleures conditions. La cousine Céline lui fit un compte-rendu de l'entretien de Lady avec Grousset. En résumé, le commissaire savait qu'elle avait employé Louis Manta et José Borel au noir.

– Pas la peine de deviner qui lui a appris ! ajouta Céline en fixant Clarisse Rengwa.

Lola se tourna à son tour vers la fiancée de Massa. Celle-ci portait une robe minimale et invraisemblable qui scintilla lorsqu'elle leur tourna le dos pour rentrer dans le *Salon Massa*. Lola se surprit à rêver d'une baguette magique qui expédierait la harpie funky au cœur de l'hiver des Inuits.

21

Le lendemain, en fin d'après-midi, Ingrid, Lola et Maxime accompagnèrent Yvette Colin à l'enterrement au cimetière d'Issy-les-Moulineaux. De retour à Paris, Maxime annonça que son restaurant était fermé au public, mais ouvert aux amis. On allait prendre un repas ensemble, en souvenir de José. Khadidja, l'épouse de Maxime, assista au début du dîner puis monta à l'appartement pour s'occuper de leur bébé.

Lola servait du vin à une Yvette pâle mais calme, lui conseillait de manger un peu, lui expliquait que Lady Mba était aux *Belles* en pensée. D'après Jérôme Barthélemy, la coiffeuse supportait sa garde à vue avec courage. Yvette se sentait très reconnaissante vis-à-vis du jeune lieutenant et espérait qu'il ne prenait pas trop de risques. Interrogée au commissariat par Grousset en personne, elle l'avait trouvé pète-sec, n'avait aucune confiance en lui pour faire avancer l'enquête sur la mort de José. Lola la rassura. Lors de leur altercation, le commissaire n'avait pas mentionné les empreintes prises dans la chambre de Louis. Trop content d'avoir un suspect à se mettre sous la dent, il ne souhaitait pas qu'on apprenne en haut lieu que l'ex-commissaire Jost avait mis son grain de sel dans l'affaire. Il comptait, comme à son habitude, tirer la couverture à lui. Dans ce contexte, il se garderait bien de faire des vagues au sujet de l'insubordination de Barthélemy. Grousset n'était pas le roi de l'investigation, mais, en matière d'avancement de carrière, il possédait une étrange intelligence naturelle.

On parla du quartier et de la façon dont José Borel s'y était vite créé des attaches. Yvette dit qu'elle regrettait d'autant plus que Louis ne participe pas à leur réunion. José et lui avaient été de vrais amis, malgré la différence d'âge. Pas étonnant, ils étaient aussi insaisissables l'un que l'autre. Lola nota une pointe d'amertume mêlée au chagrin. La marchande de journaux lui tendit une enveloppe, expliqua qu'elle contenait un article de presse. José avait dû le découper sans qu'elle s'en aperçoive. Elle l'avait trouvée dans la remise, coincée entre ses boîtes à outils.

– Vous lirez, Lola. Moi, je n'y comprends rien. J'ai d'ailleurs l'impression de n'avoir rien compris à José en général.

– Comment vous êtes-vous rencontrés ?

– J'avais besoin d'étagères pour la remise. J'en ai parlé à Gabin Massa, en me disant qu'avec la rénovation de son salon, il devait connaître un bon bricoleur. Le lendemain, José est arrivé.

La discussion reprit un cours moins personnel. Ingrid fit de son mieux pour mettre un peu de soleil dans l'eau froide. Elle offrit à Yvette une série de massages relaxants. Lola se demandait ce que racontait la coupure de presse. Elle avait posé l'enveloppe sur la banquette et n'osait pas l'ouvrir maintenant qu'Ingrid avait éclairé l'horizon. Quand Maxime raccompagna Yvette, il proposa à Ingrid et Lola de s'attarder le temps qu'il leur plairait.

Lola découvrit un court article du *Parisien*. Il relatait un drame survenu le 5 juillet, dans le port de plaisance de l'Arsenal. Le PDG retraité d'une fabrique de matériel de jardin, propriétaire d'un yacht, s'était suicidé après avoir tiré sur deux officiers de la Brigade fluviale. Le pilote du Zodiac était décédé, son coéquipier, gravement blessé, était dans le coma à l'hôpital militaire du Val-de-Grâce. D'après le témoignage d'un autre plaisancier, le yachtman était en état d'ébriété au moment des faits. Elle fit le calcul. Ce fait divers datait d'une quinzaine de jours. Et peut-être même du jour où Maxime leur avait demandé leur aide pour retrouver Louis. Elle se resservit une goutte de calva.

– Une coïncidence me travaille, Lola. C'est encore au sujet des méduses. Je sais qu'elles ont l'air de m'obséder mais…

– Raconte. Moi aussi, elles commencent à me tourner autour.

– Parmi les gens susceptibles de se faire piquer, les plongeurs sont bien placés. Surtout s'ils portent ces combinaisons qui laissent les avant-bras et les mollets nus. Chez moi, on appelle ça des *shorties*. Pour autant, le fil est ténu.

– Eh oui, la Seine ne charrie pas de méduses. Et si José Borel avait été flic à la Fluviale, on l'aurait su.

– Ça vaut peut-être le coup de la visiter, cette brigade.

– Méduses ou pas, ça vaut le coup de savoir pourquoi José gardait ce fait divers au chaud. Mais ça va être coton.

– *Why ?*

– Dans son délire paranoïde, le Nain de jardin me voit des « appuis aussi mystérieux que bizarres à l'Intérieur ». Il me reste certes quelques copains dans la place mais aucun à la Fluviale.

L'instinct de Lola ne l'avait pas trompée. Elles avaient confié leurs papiers à un planton, avaient été fouillées et, en attendant que le commandant Jacques Brière veuille bien les recevoir, patientaient depuis plus d'une heure dans le couloir d'un des baraquements flottants de la Fluviale. Ce corridor n'était pas dépourvu de charme. Il abritait une vitrine contenant quelques poétiques objets arrachés à la Seine. Entre autres, un médaillon enchâssant le portrait d'une jolie femme aux faux airs de Casque d'Or, des armes rouillées dont une mitraillette, un casque de la Wehrmacht, quelques dentiers, deux fers à repasser en fonte, un cor de chasse et un cheval à bascule aux beaux yeux de verre. Ingrid tuait le temps en consultant les tableaux affichés qui recensaient les tournées des équipes. Un jeune officier apparut enfin et les conduisit dans un bureau dont les larges baies vitrées donnaient sur la trouée verte du port de plaisance.

Un homme aux cheveux gris était penché sur des documents. Quand il releva la tête, Lola pensa qu'il avait un visage étonnant mais que ses zygomatiques ne s'étaient pas étirés depuis le dernier Max Linder.

– Commandant Jacques Brière. Bonjour, mesdames. Je n'ai hélas que quelques minutes à vous accorder. Dites-moi ce qui vous amène.

Lola avait pourtant passé un long moment au téléphone avec le secrétaire du commandant, et lui avait expliqué sa requête en détail. Placide, elle s'exécuta une seconde fois sous le regard de l'officier.

– Madame Jost, vous avez fait partie des effectifs de la Police nationale. J'ai l'esprit de corps, j'ai donc accepté de vous recevoir. Malheureusement, et vous ne l'ignorez pas, nous sommes en mode Vigipirate. La période ne vous est donc guère favorable. Mais il y a plus embêtant.

Sur ce, le chef des hommes-grenouilles replongea dans son silence d'océan Arctique.

– Embêtant ?

– Mon secrétaire s'est renseigné auprès de l'officier qui vous a succédé, à la tête du Ciat du 10e. Le commissaire Jean-Pascal Grousset n'apprécie pas qu'une ex-collègue enquête sur ses terres. Je me mets à sa place.

– Je ne compte manquer de respect à personne, commandant. Mon seul but est d'aider un jeune homme de mon entourage, sans doute en danger. Depuis le meurtre de José Borel, je suis certaine que Louis Manta ne s'est pas volatilisé sur un coup de tête. Nous ne sommes pas de trop pour lutter contre le temps. Et pour l'aider.

– Je pense le contraire. Vos rapprochements acrobatiques ne feront qu'embrouiller l'enquête. Laissez la police travailler, madame. C'est plus raisonnable.

– Rapprochements acrobatiques ? Je ne suis pas sûre de saisir votre allusion, commandant.

– À la Brigade, les accidents sont très rares mais ils arrivent. Le brigadier Charly Borel a été blessé dans l'exercice de ses fonctions et par la main d'un civil en crise de démence. Pour autant, rien ne vous permet d'envisager le moindre lien avec la mort, criminelle ou pas, de son frère.

Lola sentit Ingrid frémir à ses côtés. De toute évidence, l'amie américaine faisait un gros effort pour ne pas pousser un cri de victoire. Le commandant Brière n'avait aucune idée de la révélation qu'il venait de leur offrir. Lola n'insista plus. Elle laissa l'austère officier lui faire la leçon et préciser, en termes choisis, qu'il fallait savoir décrocher, même après plusieurs décennies au service de l'État. On leur rendit leurs papiers et elles se retrouvèrent à remonter le quai Saint-Bernard sous le soleil brûlant de midi. Un vent torride apportait tout de même quelques bouffées vertes en provenance du Jardin des Plantes. Elles échangèrent un sourire complice. Fendant les vagues longues et blondes de la Seine, un Batobus s'approchait du pont d'Austerlitz. Un Zodiac de la Brigade le dépassa, filant vers Bercy avec trois hommes à son bord. Lola désigna le port de l'Arsenal.

– Le plongeur de la Fluviale, blessé dans l'accident qui a interloqué un port de plaisance au grand complet, s'appelle Charly Borel !

– Et le bricoleur du canal Saint-Martin, mort dans sa baignoire, s'appelait José Borel !

– Et ce brave commandant Brière qui croyait que nous étions au courant de leur lien de famille. C'est pas beau la vie, Ingrid ?

– Magnifique, Lola. Quand va-t-on au port de plaisance ?

– Pas plus tard que tout de suite.

22

Elles traversèrent le pont d'Austerlitz et coupèrent par le pont Morland pour atteindre la capitainerie de l'Arsenal. Le maître de port, un quadragénaire moustachu, s'entretenait plaisamment en anglais avec un plaisancier qui voulait louer un emplacement au mois. La radio maritime grésillait dans leur dos. Assise devant le tableau de commande de l'écluse séparant la Seine du port, une blonde en uniforme surveillait le passage d'une péniche aménagée en bateau de plaisance. Lola remarqua le circuit vidéo, se demanda si les caméras avaient enregistré l'agression des officiers de la Fluviale.

Après le départ du plaisancier, le maître de port leur accorda toute son attention. Il portait un badge mentionnant son nom, Pierre Dujardin. Lola trouvait le patronyme au diapason du personnage, sympathique et décontracté. Un agréable changement par rapport au commandant Brière. Elle n'hésita pas à lui raconter la vérité. Elle commença par la disparition de Louis, puis enchaîna sur la mort de José Borel et enfin sur leur découverte, via un entretien avec l'austère commandant de la Fluviale, de l'agression de Charly Borel, frère de José. Au bout d'un moment, elle réalisa que l'assistante du maître de port en oubliait presque ses écrans et l'écoutait avec intérêt.

— C'est bien la première fois qu'on rend service à deux détectives amateurs, dit Pierre Dujardin avec un sourire ravi. N'est-ce pas, Lucette ? Et pourtant, on voit défiler du monde.

— Et du cosmopolite, ajouta Lucette. Mais quel rapport entre votre shampouineur perdu et des gars de la Fluviale ?

— Peut-être aucun, répliqua Lola. Mais on ne le saura pas avant d'avoir vérifié.

Ingrid jugea que le moment était venu de sortir la photo de Louis et de son compagnon.

— Je ne connais pas le jeune, mais l'autre, c'est Charly, affirma le maître de port. Bon Dieu, ça fait drôle de le voir tout souriant. Pauvre vieux. Dire qu'il est dans le coma et que le môme Xavier est mort.

Lola sentit la main d'Ingrid en serre d'aigle sur son avant-bras. Elle faillit crier de douleur mais préféra lui balancer une discrète ruade suivie d'un coup d'œil. Ingrid faisait une fois de plus un effort surhumain pour se contrôler. Dujardin n'avait pas remarqué leur manège et tendait la photo à sa collaboratrice.

– On connaît Charly depuis toujours. Un gars chaleureux sous ses airs bourrus.

Lucette rendit la photo à Ingrid et échangea un regard avec son patron.

– Si on vous suit bien, le jeune que vous recherchez connaissait à la fois Charly et son frère ? demanda-t-il. Et ils ont été agressés tous les deux. À quelques jours de distance.

– C'est ça ! répondit Ingrid d'une voix trop enthousiaste.

Lola lui balança un nouveau coup de pied, et se lança dans un solo mesuré. Avant la mort de José, la disparition d'un jeune shampouineur ne passionnait pas grand monde. Depuis l'assassinat, la police s'intéressait enfin à Louis mais ne lui laisserait sans doute pas la chance de s'expliquer. Comprendre ce qui était arrivé à Charly Borel, même si son agression n'avait aucun lien avec la mort de son frère, éclaircirait peut-être une histoire qui se complexifiait de jour en jour.

– À l'Arsenal, on n'a jamais connu une sale affaire comme ça, n'est-ce pas, Lucette ?

– Joachim Mounier, le yachtman qui a tiré, semblait un brave type. Il louait son emplacement à l'année, vivait pépère sur son *Marsouin*. La bonne soixantaine, un gros penchant pour la bouteille mais pas pour la violence.

– Des tas de pique-assiettes venaient profiter de ses

largesses. Évidemment, on ne les a pas revus depuis le drame.

— Ses voisins se plaignaient bien du raffut, de temps à autre, mais rien de grave. D'ailleurs, dans ces cas-là, Mounier les invitait à bord et tout le monde s'amusait.

— Il avait l'air content de la vie qu'il menait, ajouta Dujardin. Une vie sur la Seine.

— Vous voulez dire qu'il vivait sur son bateau à l'année ?

— Exact. Et il en sortait rarement.

— C'était d'autant plus marrant qu'il avait un chouette GPS, ajouta Lucette.

— Un GPS ?

— Pour Global Positioning System. Un petit boîtier branché sur satellite et qui permet de calculer longitude et latitude. Bref, l'outil indispensable pour ne pas se perdre en mer. Mounier était un accessoiriste.

— En effet, dit Dujardin. Quand ça lui arrivait de sortir son *Marsouin*, ce n'était pas pour aller bien loin.

— C'est-à-dire ?

— De temps en temps, il partait passer la soirée sur le *Fuego*, la péniche night-club du quai Panhard-et-Levassor. Et il revenait gentiment au port. Bourré mais naviguant droit. Vous voyez, il avait tout du gars qui aime la vie peinarde et les petites habitudes. C'est à n'y rien comprendre.

— Il a tiré sur les plongeurs sans raison ?

— Un coup de folie, continua le maître de port en haussant les épaules. C'est d'autant plus dingue que Charly et lui étaient copains. Joachim Mounier l'a appelé à la Brigade vers vingt-deux heures trente, pour qu'il vienne lui repêcher la clé de son yacht tombée à l'eau. Quand Charly et Xavier sont arrivés avec le Zodiac, Mounier a d'abord tiré sur Xavier, qui pilotait, avant d'abattre Charly, qui allait plonger, et de retourner l'arme contre lui.

Lola regarda la batterie de téléviseurs et interrogea Dujardin des yeux.

– Je sais ce que vous pensez. Mais ces caméras enregistrent le trafic des bateaux sur le canal. Pas les allées et venues des plaisanciers.

– Et vous n'avez pas entendu les coups de feu ?

– En été, la capitainerie ferme à vingt heures.

– Et les autres plaisanciers ?

– Dites-moi, vous êtes sûre de ne pas être une journaliste en goguette ? Parce que les histoires d'insécurité, ça met les médias en transes en ce moment. L'Arsenal était un coin tranquille avant cette affaire, et j'espère bien qu'il va le redevenir.

– Je suis une ancienne commissaire et je n'ai pas d'autre ambition que d'aider mon quartier. Moi aussi, j'apprécierais que les proches de Louis retrouvent leur tranquillité d'esprit.

Elle posa sa vieille carte de police sur le comptoir. Pierre Dujardin la considéra un instant puis retrouva le sourire. Un marin à l'accent allemand entra pour demander son courrier. Dujardin le lui donna, attendit qu'il quitte la capitainerie, puis s'adressa à Lola.

– Le patron de l'*Amazonia* a entendu plusieurs coups de feu rapprochés. Mais, comme il n'est pas un héros, il a attendu un peu avant de pointer le nez sur son pont. Quand il a vu Xavier effondré dans le Zodiac, il a appelé la Fluviale. Il était le seul présent dans le voisinage du *Marsouin*. À pareille heure et en cette saison, les plaisanciers ont plus tendance à se payer un bon restau qu'à se laisser dévorer par les moustiques. On les comprend.

– Comment Charly s'en est-il sorti ?

– Il est parti à la dérive. Le proprio de l'*Amazonia* s'est jeté à la baille et l'a récupéré. Ensuite, ses collègues de la Fluviale ont pris le relais. Dans son malheur, Charly a eu de la chance. Enfin, jusqu'à présent, parce qu'il paraît que les toubibs du Val-de-Grâce sont très réservés.

– Pierre, tu ne crois pas que le plus simple serait de les brancher sur Martin ?

– Qu'est-ce qui te dit qu'il aura envie de leur parler ?

– Depuis ce qui est arrivé à Xavier, Martin est différent.

– Pas faux, dit le maître de port. Je me demande même s'il n'est pas en train de nous virer mystique.

– Qui est-ce ? demanda Lola.

– Martin Chalais est le partenaire officiel de Charly Borel. Cette nuit-là, il aurait dû être de service, mais il était malade. Alors, c'est le jeune Xavier qui l'a remplacé. C'était un bleu. Il avait dix-neuf ans.

– Martin s'installe souvent dans le jardin qui surplombe le port, dit Lucette. Et il attend. Toujours sur le même coin de pelouse.

– Il attend quoi ?

– Aucune idée, reprit Dujardin. Mais je suis allé vérifier le point de vue. Il donne pile-poil sur le *Marsouin*.

23

Parmi les multiples possibilités de rendez-vous qu'offrait Paris, le brigadier Martin Chalais avait justement choisi le jardin de l'Arsenal. Avant de s'installer sur un banc à l'ombre, Ingrid et Lola avaient observé le port en contrebas. Sur le pont du *Marsouin*, ne subsistait qu'un transat sur lequel on avait abandonné une guitare.

On entendait le chant des oiseaux et celui de l'arrosage automatique. Yeux fermés, Ingrid humait l'odeur du lierre et des rosiers humides. L'esprit rafraîchi par le bruissement de l'eau, Lola réfléchissait. Au téléphone, la voix du brigadier Chalais lui avait paru claire et posée alors qu'elle ne lui cachait rien de sa démarche, pas même la froideur du commandant Brière. Il avait accepté la rencontre sans hésiter. Elle supposait que le maître de port l'avait prévenu de son appel tout en lui annonçant la mort de José Borel. Elle sentit une présence et tourna la tête. Un homme maigre et pâle la fixait, debout derrière l'écran verdoyant d'une pergola. Elle secoua Ingrid qui se redressa en bâillant.

– Martin Chalais ?

Il hocha la tête mais resta sur place. Elles allèrent à sa rencontre, échangèrent une poignée de main. Lola s'excusa de l'obliger à remuer de mauvais souvenirs.

– Ce n'est pas grave. Montrez-moi le jeune homme dont vous m'avez parlé.

Ingrid lui tendit une photo.

– C'est un copain de Charly. Il est venu le voir à la Fluviale, plusieurs fois. La dernière fois, il a cassé la croûte avec nous. On a été appelés pour une intervention. Le môme devait nous attendre mais à notre retour, il était parti. Charly a eu l'air embêté. Vous croyez qu'il a quelque chose à voir avec la mort de José ?

– Qu'est-ce qui vous fait dire ça ?

– Juste une impression. Il avait toujours l'air sans le sou et ne desserrait presque pas les dents. Charly voulait le faire engager à la Fluviale mais le gamin n'avait pas l'air chaud. Je me suis toujours méfié de ce genre de jeunes fauchés trop tranquilles.

– Pourquoi ?

– Parce qu'ils n'ont rien à perdre.

Chalais gardait la photo en main. Ingrid lui expliqua qu'elle avait sans doute été prise en Indonésie.

– Je ne savais pas que ce môme lui avait rendu visite là-bas.

– Charly y a vécu ?

– Et comment ! Il y a même ouvert un club de plongée. Il y a deux ans à peu près. Mais ça a capoté.

– Pourquoi ?

– Des problèmes d'argent, je crois. Après l'Indonésie, Charly a demandé à réintégrer la Fluviale. Le commandant Brière n'a plus raté une occasion de le saquer. Il n'avait pas digéré qu'il demande une disponibilité et rempile comme si de rien n'était. Pourtant, c'était son droit. Dans les derniers temps, Brière avait réussi son travail de sape.

– C'est-à-dire ?

– Je me souviens d'une intervention au printemps. Une voiture avait coulé à côté d'une péniche. Charly a remonté le corps d'une fille. Quand il l'a vue, il est devenu tout rigide et tout livide. Une vraie statue de sel. J'ai cru qu'il allait me faire un malaise. Je lui ai demandé ce qui n'allait pas. Charly trouvait à la morte une ressemblance avec une môme qu'il avait connue.

– C'était la première fois qu'il réagissait comme ça ?

– Bien sûr. À la Fluviale, les gars savent que pour tenir, y a pas intérêt à mélanger boulot et vie privée. Si on commence à se dire qu'un macchabée ressemble à sa fille ou sa sœur, on est mal barré.

Lola réfléchissait. Ingrid la devança.

– Et si Charly l'avait vraiment reconnue ?

– Il en aurait parlé au capitaine Schmitt chargé de l'enquête.

– Mais il n'a rien dit ?

– Rien.

– Il vous en a reparlé plus tard ?

– Non, mais je voyais bien que ça le travaillait.

– Vous connaissez le nom de la noyée ? demanda Ingrid.

– Je ne l'ai jamais su. Le capitaine nous a seulement dit qu'il recherchait une blonde de vingt-sept ans. Il voulait qu'on renifle du côté du *Fuego* parce que c'était là qu'elle avait été vue pour la dernière fois…

– Vous avez bien dit *Fuego* ? reprit Lola.

– Oui, le night-club amarré quai Panhard-et-Levassor.

– Mais c'est la péniche dont nous a parlé le maître de port, réagit Ingrid. Le night-club où allait Joachim Mounier.

– Eh oui, il n'y a qu'un *Fuego*, dit Martin Chalais. Mes collègues ont questionné Ermeling et Léonard, les deux patrons, mais ils ne se souvenaient pas de Mounier. D'après eux, comme leur boîte marche du feu de Dieu, ce dingue n'était pas plus repérable qu'une sardine dans un chalut.

Il les dévisagea tour à tour comme s'il attendait d'elles une vérité douloureuse puis se tourna vers la Seine.

– Xavier serait toujours vivant si je n'avais pas eu cette foutue grippe. Et peut-être que Charly ne serait pas dans le coma. J'aurais sûrement senti les intentions de ce dingue de Mounier.

– Il paraît que Charly et lui étaient copains.

– Mounier lui avait même prêté de l'argent pour lancer son club de plongée.

– Une grosse somme ?

– Je ne sais pas. En tout cas, le yachtman était à l'aise. Célibataire, retraité, il avait l'air de ne pas savoir quoi faire de son fric, à part s'acheter de la gnôle. Et un flingue, apparemment.

– Quel calibre ?

– Neuf millimètres Nosorog. Six balles dans le cylindre, cinquante mètres de portée. Les gars de la balistique ne sont pas près de savoir où et quand Mounier se l'est procuré. Grâce aux bons soins de la mafia albanaise, n'importe qui peut acheter n'importe quoi de nos jours.

– Qu'est-ce qu'un PDG de matériel de jardin à la retraite fabriquait avec un revolver ? s'interrogea Lola.

– Il avait peut-être peur d'être cambriolé, suggéra Ingrid.

– De là à tirer sur deux plongeurs dont un copain, reprit Lola. La balistique sait si le Zodiac était loin du yacht ?

– Non, dans les trois quatre mètres. Alors vous pensez bien, même bourré, il les a tirés comme des pigeons.

– Comment sait-on qu'il était ivre ?

– Le planton a été très clair. Mounier était bourré quand il a appelé la Brigade.

– On a trouvé des résidus de poudre ?

– Oui, sur sa main droite, répondit Chalais. C'est bien Mounier qui a tiré. Et je ne vois qu'une explication. Une vengeance de poivrot paranoïaque.

– Si tous les amoureux de la bouteille se mettaient à tirer dans le tas, Paris serait jonché de cadavres…

– Mounier devait croire que Charly ne voulait pas lui rendre son fric.

– C'était le cas ?

– Non, Charly est réglo. Il avait même commencé à le rembourser. C'était peut-être une histoire de femme.

– Vous pensez à une femme en particulier ?

– Non, Charly est divorcé mais il ne parle jamais de sa vie privée. C'est juste une supposition. Il faut bien que Mounier ait eu une raison.

Il leur raconta la même histoire de clé perdue que celle du maître de port.

– À croire que Mounier a jeté sa clé à l'eau pour faire venir Charly, continua-t-il. La Fluviale l'a bel et bien retrouvée sous le *Marsouin*. Et puis il avait son arme sur lui, prête à l'usage. C'était prémédité.

– Le propriétaire de l'*Amazonia* les a entendus se quereller ?

– Non, apparemment Mounier a tiré sur mes potes dès leur arrivée. Sans sommation. Ensuite, réalisant dans quoi il s'était fourré, il s'est suicidé. Pour moi, ça se tient. Il me faut juste le temps de l'admettre.

Le brigadier Borel et le jeune Xavier avaient été attaqués par un dément en état d'ébriété. Quant à José Borel, il avait été électrocuté par un tueur froid et méthodique qui avait eu une ou plusieurs questions à lui poser avant de l'éliminer. Aucun lien ne se dessinait entre les deux affaires Borel. Mais pour autant, la moisson n'était pas maigre. On savait désormais que José Borel avait un frère, lié lui aussi à Louis Manta. Un lien assez proche pour que le jeune homme lui rende visite en Indonésie, puis conserve des photos de lui, mais tout en les enfermant dans un cagibi. Pourquoi cacher cette relation ? De la même façon, José camouflait un article relatant l'agression de Charly. Pourquoi dissimuler à ses proches l'existence, puis le coma d'un frère ? Comment imaginer que Louis avait rencontré José en débarquant incognito dans le quartier alors qu'il connaissait Charly depuis plusieurs années ? Au moment de la disparition de Louis, pourquoi José n'avait-il pas dit que le jeune homme connaissait son frère ? Il avait même fait mine de ne reconnaître ni Louis ni Charly sur les photos d'Indonésie. Et puis il y avait le *Fuego*. Joachim Mounier avait été un habitué de la péniche. Quai Panhard-et-Levassor, le repêchage d'une noyée avait mis Charly, pourtant homme d'expérience, dans un état proche de la catalepsie. *Quand il l'a vue, il est devenu tout rigide et tout livide. Une vraie statue de sel.*

– Vous devriez questionner Lydie, ajouta Martin Chalais.

– Lydie ?

– L'ex-femme de Charly. Elle connaît peut-être ce Louis Manta. Dans le temps, elle vivait boulevard de Clichy.

Chalais observait toujours le *Marsouin*. Ingrid s'était mise dans l'ambiance et adoptait la même posture. Pour Lola, Martin n'était pas plus mystique qu'un autre. Il ne venait pas s'entretenir avec des fantômes mais plutôt guetter des vivants. Elle aurait agi de même à sa place. Elles quittèrent le jardin pour se diriger vers le boulevard de la Bastille.

– À mon avis, Chalais espère qu'un des pique-assiettes qui festoyaient avec Mounier reviendra traîner près du Marsouin.

– Et le renseignera au sujet du mobile du yacht-man ? questionna Ingrid.

Lola hocha la tête d'un air pensif. Puis elle appela les Renseignements. Lydie Borel n'avait changé ni de nom ni d'adresse ; elle leur donna rendez-vous chez elle, en fin d'après-midi, boulevard de Clichy.

Elles s'installèrent sur un balconnet qui dominait un paysage de toitures et de cheminées. Lydie Borel avait réussi à y caser de nombreuses plantes vertes, un sérieux matériel de jardinage et même un transat. Elle le proposa à Lola et s'installa à côté d'Ingrid sur une chaise de jardin en fer forgé. Lola repensait au pont du *Marsouin*, au transat, à la guitare. Comment un marin d'eau douce, adepte du farniente et de la bouteille, avait-il pu se transformer en brute assoiffée de sang ? Lydie Borel avait dû se poser la même question. Pour le moment, elle parlait d'une voix posée de son ex. Un homme qui avait couvé un rêve toute sa vie. Et avait décidé subitement de le réaliser.

– Alors, Charly a tout plaqué. Son job, ses collègues, sa femme. De toute façon, ça n'allait plus très fort entre nous. José et lui ont rassemblé leurs économies, ils ont emprunté le reste à Mounier. Et ils sont partis. Ils ont ouvert un club, à Manado, un port du Sulawesi, en Indonésie. Un paradis pour les passionnés de plongée, paraît-il. Je n'ai jamais compris l'intérêt de risquer sa peau au milieu des requins et des barracudas, mais à écouter Charly, c'était sublime.

– Leur club a marché ?

– Au début, oui. Mais ça n'a pas duré.

– Qu'est-ce qui s'est passé ?

– D'abord la concurrence. Les clubs de plongée ne manquent pas là-bas. Et puis un client est mort. Après ça, la réputation de Charly était foutue. Les amateurs plongent de l'Atlantique aux confins du Pacifique mais, avec l'Internet, leur monde est tout petit.

– Cet accident, ça ne serait pas lié à une histoire de

piqûre de méduse ? demanda Ingrid. José et Charly avaient le même genre de cicatrice.

– Non, le client a disparu en mer. José, Charly et Max passaient toutes leurs vacances dans les mers chaudes, en se faisant embaucher comme maîtres de plongée. C'est comme ça que José et Charly se sont fait choper par cette bestiole. Dans la Grande Barrière de corail australienne, il y a quatre ou cinq ans. Mais ça ne les a pas découragés. Tout comme des vacances au soleil ne leur ont pas suffi. Ils se sont fait le grand jeu. Attendez, j'ai quelque chose pour vous.

Elle alla dans le salon puis revint avec une série de cahiers en expliquant qu'il s'agissait des derniers carnets de plongée du brigadier Borel.

– Depuis son retour d'Indonésie, Charly logeait dans les baraquements de la Fluviale en attendant de se trouver un appartement. Et bien sûr, ça ne plaisait pas à Brière.

– Ils sont en si mauvais termes ?

– Brière ne pense qu'au boulot. Il paraît même qu'il passe ses week-ends au musée de la Marine. Pour écrire un livre sur l'histoire de la marine fluviale. Bref, ce type est tout sauf un rigolo. En tout cas, interdiction d'encombrer la Brigade : Charly avait été obligé de laisser ses affaires chez moi, momentanément. Tenez, c'est pour vous.

Lola la regarda d'un air interrogatif.

– En lisant ces documents, vous comprendrez mieux qui est Charly. Vous m'avez appris l'assassinat de José. Alors, je me demande…

– Quoi donc ?

– Je vois mal Mounier tirant sur Charly et tuant un gamin de dix-neuf ans.

– Qu'est-ce qui vous fait douter ? L'amitié de Charly et Mounier ?

– Entre autres. Je connaissais Joachim Mounier. Ce n'était pas un mauvais bougre. Et Charly n'est pas du genre à profiter des autres. Mounier n'avait aucune raison de penser que Charly ne le rembourserait pas.

– Une histoire de femme ?

– C'est toujours possible. Mais…

– Mais ?

– Charly n'avait pas rompu avec moi pour se remettre la corde au cou. Et Mounier n'était pas du genre à gâcher sa petite vie peinarde pour une femme.

Lola lui montra la photo de Charly et de Louis.

– Ah, mais c'est Louis. Je l'avais oublié, le petit Nodier.

– Nodier ?

– Oui, le fils de Max, le meilleur copain de Charly. Ils avaient démarré leur carrière à la Fluviale en même temps. Quand Max a eu son cancer, Charly lui a promis de veiller sur ses enfants. Louis a toujours vivoté de petits boulots en allocations Assedic. C'est pour en faire un plongeur que Charly l'a embarqué avec lui à Manado. Mais vous en faites une tête, toutes les deux !

– Louis remonte enfin à la surface, dit Ingrid. L'effet est étrange.

Ragaillardie par ces révélations, Lola était tentée d'explorer encore un peu plus la mer des possibles.

– Louis a une sœur, lança-t-elle. Vous sauriez où la trouver ?

– Non, je l'ai perdue de vue.

– Son prénom, peut-être ?

– Agathe. Mais cette petite, c'est pas un cadeau.

– Pourquoi ?

– Autant Louis était facile, autant Agathe me paraissait exaltée. Mais Charly ne fait jamais dans la demi-mesure. Il a pris le garçon sous son aile. Et il a sûrement tendu la main à la sœur aînée. Si c'est le cas, c'est une grave erreur. Agathe portait le mot « emmerdements » gravé sur la joue. C'était évident mais Charly ne voulait pas le voir.

– En français, on ne dit pas plutôt « gravé sur le front » ? demanda Ingrid avec sa spontanéité habituelle.

Lola jeta un regard un rien agacé à sa partenaire avant d'écouter la réponse de Lydie Borel. Les deux amies apprirent qu'Agathe Nodier avait une cicatrice en spirale sur la joue droite. Et que c'était sa mère qui lui avait infligé sa blessure, avec un des brûleurs de la cuisinière familiale.

– À peine ado, elle collectionnait les garçons. Je crois qu'elle voulait se prouver que sa mère ne lui avait pas volé toute sa beauté. Agathe, c'est une belle fille amochée et qui a la rage.

– On l'aurait à moins, soupira Lola.

En sortant de chez Lydie Borel, elles descendirent un moment le boulevard de Clichy en silence.

– Tu as envisagé la possibilité que Louis ne soit pas aussi innocent qu'il en a l'air ? finit par demander Ingrid.

– Bien sûr. Surtout s'il est aussi amoché que sa sœur. Je n'oublie pas que Charly a été agressé peu de temps après la disparition de Louis. Et qu'ensuite, ça a été le tour de José. Sans compter le fait que le trio s'est retrouvé en Indonésie dans le même projet qui a capoté. À cause d'un accident.

– En tout cas, Louis ne s'est jamais servi de son couteau.

– Ou pas encore.

– On connaît enfin son vrai nom mais ça arrive un peu tard, n'est-ce pas ?

– Tout juste. Je ne peux plus rien demander à Barthélemy. Le Nain de jardin veille au grain. Il va falloir une fois de plus donner de notre personne. Je te propose une virée quai Panhard-et-Levassor.

– « Donner de sa personne », ça signifie faire un truc fatigant, Lola ?

– Exténuant, en ce qui me concerne. Je préférerais me détendre chez moi en compagnie de mon puzzle en chantier et d'un doigt de porto plutôt que de m'agiter dans une boîte de nuit. Mais il vaut mieux battre la méduse quand elle est chaude.

– Vous avez des expressions incroyables en France.

– N'est-ce pas.

– Battre la méduse et donner de ma personne en musique, ça ne me déplaît pas, à moi.

– Ça ne m'étonne pas de toi, Ingrid.

24

– Lugubre, dit Lola.

– Moi, j'aime assez.

Elles venaient de se garer dans un paysage d'entre-pôts et de chantiers. Les platanes du quai Panhard-et-Levassor frissonnaient sous une brise inespérée et rachitique, mais Ingrid la humait nez en l'air, torse bombé, comme une réconfortante bourrasque du Finistère. Au-delà du parapet de pierres pâles, à faible distance du pont de Tolbiac, la silhouette du *Fuego*, redessinée par une guirlande électrique bleutée, brillait sur l'eau sombre.

– On dirait une méga émeraude sur un écrin de velours géant, dit Ingrid l'air épaté. On a bien fait de venir.

Lola offrit un sourire plutôt qu'un commentaire. L'amie américaine avait bien baroudé avant de prendre racine à Paris mais, à certains moments, elle avait tout de la môme débarquée des pâturages du Wyoming. C'était plutôt attendrissant.

Elles empruntèrent la rampe d'accès menant au port de Tolbiac. Le volumineux portier qui patientait à l'entrée du *Fuego* ne bougea pas d'un millimètre mais les suivit du regard. Il portait un curieux chignon, haut sur la tête, et qui paraissait rachitique par rapport à son corps de sumo. Il n'avait pas l'air jovial. Elles marchèrent jusqu'au parking jouxtant la péniche. Il était plein et abritait plusieurs voitures de luxe ainsi qu'une Harley à la carrosserie décorée de flammes. *Leur boîte marche du feu de Dieu, ce dingue n'était pas plus repérable qu'une sardine dans un chalut.* La réflexion du brigadier Chalais se dilua. Un couple, immaculé et en grande discussion, descendait la rampe en se tenant par la main. L'homme leur adressa un regard froid, puis s'engagea sur la passerelle. Il montra un carton au portier sumo et monta à bord avec sa compagne laissant s'échapper une bouffée de musique électronique. Ingrid resta bouche bée en découvrant les ailes qui remuaient doucement dans leur dos. À leur base, des bavures sanglantes.

– *What the fuck!* On dirait qu'ils ont amputé des cygnes.

– Très réussi comme effet, admit Lola.

Un panneau annonçait : « Soirée Anges et Démons ». Lola étudia un moment la tenue d'Ingrid : un jean qui semblait avoir connu quarante-deux Paris / Dakar, un débardeur qui laissait geisha et carpes folâtres déborder. Ingrid fit de même : sa volumineuse camarade portait une robe grise ceinturée qui évoquait une adjudante de feu l'armée soviétique.

– S'ils sont tous costumés, on va se tailler un franc succès, soupira Lola. Du genre dont je me passerais.

– Garde espoir. Si tu arrives décontractée quelque part, les gens sentent tes bonnes vibrations et t'adoptent.

– Tu m'en diras tant.

– Et on peut même faire mieux. Tu penses très fort que tu es déguisée en ange. Et tout d'un coup, ba ba boum !

– Ba ba boum ?

– Tu te retrouves déguisée en ange. Dans l'esprit des gens.

– Brillant et sûrement très scientifique, soupira Lola. Bon, assez ri, à l'abordage.

Elles s'avancèrent sur la passerelle et Lola montra sa vieille carte de police au sumo. Il la regarda, toisa Lola, fit de même pour Ingrid, laissa le moment en suspension, produisit une grimace qui devait être sa version du sourire et eut un geste sobre du menton en direction de la porte.

La boîte était bondée comme pour le soir du Jugement dernier. Sur la piste de danse, créatures angéliques et diaboliques formaient une vague compacte, et toutes les tables étaient occupées. Ingrid et Lola jouèrent des coudes pour atteindre le bar, un aquarium géant et lumineux dans lequel frétillaient des poissons boursouflés. Lola les découvrit en faisant la grimace.

– Poissons koï, expliqua Ingrid.

– Élevés à l'uranium enrichi ?

– C'est la version asiatique de notre poisson rouge.

– À tout prendre, je préfère les carpes folasses qui gigotent sur ton dos.

Tout en conversant, Lola s'intéressait à la liste des cocktails reportée à la craie sur une ardoise. *Tequila Diabolica, Duvet Daiquiri, Sortilège, Paradisio*. Les prix étaient encore plus répulsifs que les poissons obèses et atomisés.

– Il y a quelque chose que je ne t'ai pas dit, Ingrid.

– Quoi donc ? Tu renonces au puzzle et au porto ? Tu te convertis au bouddhisme ?

– Nous sommes sur liste d'attente.

– *What ?*

– J'ai téléphoné avant de venir. Les patrons sont trop occupés pour nous recevoir.

L'information ne sembla pas émouvoir l'Américaine. Un barman ténébreux, des cheveux à l'habit, leur demanda ce qu'elles souhaitaient boire. Seul détail coloré : son front décoré d'un 666 rouge. Il prit leur commande – deux eaux minérales – d'un air narquois et alla fouiller ses placards.

– 666, c'est le chiffre de l'Antéchrist, réalisa Ingrid au bout d'un moment. Malin comme déguisement.

– Et surtout très économique.

L'ingénieux barman revint avec une bouteille d'eau gazeuse dans un seau à champagne. Il avait entouré le goulot d'une serviette blanche et apporté deux coupes. Il les servit, visage impassible, puis partit en esquissant une petite danse.

– Si on n'était pas en mission spéciale, je lui ferais engloutir son seau. Glaçons compris. Depuis quand est-on obligé de consommer de l'alcool dans les night-clubs, Ingrid, je te le demande ?

– Et si on utilisait son sens de la provocation pour obtenir un entretien avec ses patrons ?

– Tu as un plan ?

– *No.*

– Moi si.

Lola fit signe au garçon. Il arriva sur la même vague ondulatoire. Elle posa un billet de cent euros sur le comptoir.

– Vous gardez la monnaie, jeune homme. Mais en échange, vous nous servez une autre eau.

– Celle-ci sent le bouchon ? questionna l'insolent en empochant tout de même le billet à la vitesse d'un battement d'ailes de chauve-souris.

– Tout juste. Et puis, pour la peine, j'aimerais dire deux mots à vos patrons.

– Je ne voulais pas vous fâcher, madame…

– Rassurez-vous, c'est pour une affaire personnelle. Comme vous ne semblez pas avoir les deux pieds et le culot dans le même sabot, je vous achète un ticket.

– Quel ticket ?

– De votre petit cirque personnel. Et vous leur faites votre numéro. Bref, débrouillez-vous pour qu'ils nous reçoivent.

Le barman hésita, demanda si elles voulaient *vraiment* une autre eau, reçut une réponse négative et tourna les talons. Cette fois, les ondulations avaient cessé.

– Non mais alors ! lâcha Lola avant de boire une gorgée d'eau gazeuse. On ne roule pas sur l'or mais on a notre dignité.

Ingrid proposa de trinquer à la dignité.

Un sexagénaire barbu, trapu, et même bedonnant,

vêtu de blanc de sa chemise sans col à ses tongs, et l'oreille droite agrémentée d'un diamant, les reçut dans un bureau vaste et frais où les trépidations électroniques n'étaient plus qu'un léger murmure. Sa chevelure de druide était retenue par un catogan, il fumait un cigare qui devait être d'aussi bonne qualité que son système d'insonorisation et son climatiseur. Son teint était trop hâlé et ses dents trop blanches pour être honnêtes. Lola remarqua aussi les lambris en acajou décorés de sabres. Ingrid crut plonger dans une piscine de fumée âcre.

– Carl Ermeling.

– Lola Jost. Et voici ma partenaire, Ingrid Diesel. Je vous ai téléphoné au sujet de Joachim Mounier.

– J'y suis. La commissaire qui regrette d'avoir pris sa retraite.

Lola opposa un lever de sourcil flegmatique à ce coup bas.

– Pourtant, elle ne doit pas être si rachitique, poursuivit Ermeling. Arthur m'a dit que vous lui aviez donné un pourboire obscène pour m'approcher. C'était pas la peine.

– Non ?

– C'est Arthur qui invente tous les cocktails maison et il se fait un max de pognon en pourboires. Et puis, il est plus qu'un barman. C'est le frère de mon associé. Tout ça pour dire qu'un peu de respect ne nuirait pas.

– Si vous voulez un morceau de respect, je vous l'offre. Mais j'ai tout de même un petit tracas. Contrairement à mes collègues en activité, j'ai du mal à croire que vous n'ayez aucun souvenir de Joachim Mounier.

– Sans blague.

– Vous avez beaucoup de clients qui arrivent en yacht ?

Ermeling eut un rire bref et guère gai.

– Touché. Scotch ?

– Pourquoi pas.

Ermeling saisit une carafe sur son bureau, et prépara quatre verres. Lola leva un sourcil interrogatif cette fois. Et repéra un mouvement sur leur droite. Un œuf géant et sombre tournait lentement sur son socle. En produisant de la fumée. Ingrid et Lola découvrirent un homme d'une trentaine d'années à la chevelure rebelle mais aux vêtements noirs et amples. Ingrid paria pour une simplicité hors de prix et peut-être bien signée Yohji Yamamoto. Sa chemise était ouverte sur un torse aux muscles dessinés où brillait une médaille d'or attachée à une cordelette. Assis en lotus dans son ovale noir, il fumait lui aussi un barreau de chaise. Il ne daigna pas se présenter. Il détendit ses jambes, révélant ses pieds nus, fit rouler son fauteuil jusqu'à Ermeling, saisit son verre et retrouva sa position près des hublots.

– Je veux d'abord comprendre pourquoi ce Mounier vous excite tant, dit Ermeling comme si personne n'avait interrompu son échange avec Lola.

Elle raconta sa recherche de Louis Nodier-Manta. Et les liens mystérieux du jeune homme avec Charly Borel, un brigadier de la Fluviale gravement blessé par Mounier le yachtman.

– Les types de la Fluviale m'ont posé la même question à deux reprises. Ma réponse est la même : je me souviens à peine du bonhomme. Arthur l'a approché plus que moi, il paraît qu'il claquait sans compter.

– Mounier venait seul ?

– Je n'en sais rien.

– Vous avez idée de la raison pour laquelle il a tiré sur le plongeur et tué le pilote du Zodiac ?

– Même réponse qu'à leurs collègues. Je n'en sais foutre rien.

– Pourtant ce plongeur, vous le connaissiez.

Ermeling eut un nouveau rire sec avant de tirer sur son cigare. Comment peut-on s'envoyer une telle cochonnerie dans les poumons ? se demanda Ingrid qui mourait d'envie d'ouvrir un hublot. Elle jeta un coup d'œil au type dans le fauteuil. Il gardait la pose et la détaillait sans vergogne.

– C'est lui qui a remonté le corps d'une de vos clientes, reprit Lola.

– Et alors ? Port de Tolbiac ou port de l'Arsenal, ce sont les mêmes grenouilles qui farfouillent dans la vase. Demandez à Abel.

– Abel ?

– Mon associé.

Ermeling questionnait l'homme du regard. L'autre parut mécontent d'être interrompu dans son étude de la plastique d'Ingrid.

– Même gars, même zone. C'est exactement ça, Carl.

– Vous voyez.

Lola hocha la tête d'un air tranquille. Puis elle se leva et s'intéressa aux armes accrochées aux lambris. Les *katana* japonais se mariaient aux sabres de style Empire. Le tout devait valoir une petite fortune. Quelques photos de garçons virils, transpirants mais souriants, en treillis et chapeaux de brousse peaufinaient l'ambiance. Inspirée par l'ex-commissaire, Ingrid se leva à son tour et alla faire ce dont elle rêvait depuis de longues minutes : ouvrir un hublot.

– Intéressante, votre collection.

– J'ai toujours aimé les arts martiaux.

– D'hier et d'aujourd'hui ?

– C'est une des rares pratiques qui ne se démodent pas, non ?

– Votre club marche très bien, continua-t-elle.

– En effet, le *Fuego* fait un carton.

– Pourtant cette histoire de noyée n'a pas dû vous faire de la publicité.

Ingrid s'était penchée pour humer l'air de la nuit en écoutant la conversation d'une oreille. On agrippa son débardeur. Elle fit volte-face. Dans son fauteuil ovoïde et mobile, Abel leva les mains en l'air.

– Ne t'énerve pas. Tout va bien.

– Qu'est-ce qui vous permet de me tripoter ?

– Je ne tripote pas, je me renseigne. Je me disais bien que je l'avais déjà vu quelque part.

– De quoi vous parlez ?

– De ton tatouage. Tu es l'ex-strip-teaseuse vedette du *Calypso*.

– Vous devez confondre.

– Impossible. Je connais tous les bons numéros de Paris. C'est mon job.

– Une commissaire et une strip-teaseuse à la retraite. Épatant, dit Ermeling. Vous cherchez quoi au juste ?

Lola n'insista pas. Elle reposa son verre intact sur le bureau et fit signe à Ingrid de la suivre.

– Une minute, dit Léonard en agrippant l'avant-bras d'Ingrid.

– Lâchez-moi.

Léonard fouilla sa poche. Ingrid se raidit. Il sortit un billet, le glissa dans son décolleté et la relâcha.

– Je suis d'accord avec Carl. Arthur n'a pas besoin de ton pourboire…

La musique abîma la fin de sa phrase, Ermeling

venait d'ouvrir sa porte en grand. Lola lui fit cadeau d'un regard glacial avant de sortir du bureau, Ingrid sur ses talons. Elles rebroussèrent chemin entre les succubes, les archanges et les créatures hybrides. Ingrid se frottait l'avant-bras endolori. La poigne de Léonard lui laissait un souvenir de presse métallique.

– Je suis désolée, Lola. Si j'avais su qu'il allait reconnaître mon tatouage…

– Pas grave. Il en faut plus que ça pour me décourager.

Ingrid pila net au milieu de leur progression. Elle agrippa Lola et désigna la piste. Lola lâcha un juron. Vêtue d'une robe jaune vif aux découpes osées, ou plus exactement de deux mouchoirs de poche réunis à la taille par un anneau doré, Clarisse Rengwa se déhanchait en souplesse.

– Chez les Inuits, marmonna Lola. Et plutôt deux fois qu'une.

Mais Ingrid rejoignait déjà à sa table Gabin Massa qui leur faisait signe.

– Elle est contente, dit-il en désignant Clarisse. Vous nous avez fait découvrir un endroit intéressant.

– C'était l'heure de sortir votre tigresse et vous vous êtes dit : allez hop, techno pour tout le monde, dit Lola.

– J'étais en voiture quand je vous ai reconnues à un feu rouge. J'ai décidé de vous suivre, malgré les protestations de Clarisse. Quand elle a réalisé que vous entriez dans un night-club, elle est partie danser sans demander son reste.

– C'est fou à quoi mènent le hasard et les feux rouges.

– Je voulais vous parler depuis un moment. Mais

pas dans le quartier. Ni devant Lady. Et puis, vous n'êtes pas dans l'annuaire.

Il se lança dans une tirade tranquille mais ferme. En résumé, remuer ciel et terre autour de Louis n'était pas la meilleure stratégie. Si on voulait aider ce garçon, le plus simple était peut-être d'attendre qu'il revienne, une fois la tempête passée.

– Vous me donneriez une définition du mot « tempête » ?

Lola lui offrait son masque de matou aux yeux plissés, il ne lui donna qu'un sourire de sphinx en échange.

– Maxime affirme que vous êtes né dans le faubourg Saint-Denis. Tout comme José, Charly, et Mistinguett, reprit-elle.

– Maxime sait ça ?

– Il dit aussi que vous connaissez le quartier comme votre poche. Vous savez où se cache Louis ?

– Lola, je sais que Lady s'est retrouvée en garde à vue. Et que ce n'était pas nécessaire. Sans vouloir vous offenser, je pense que vous en faites trop.

– Pour ce qui est de la garde à vue, vous devriez peut-être poser quelques questions à Clarisse. Le commissaire Grousset a récupéré des informations de première main. Et ce n'était pas grâce à son pouvoir de déduction. Sans vouloir vous offenser. Je vous souhaite une excellente nuit.

Au moment de quitter le *Fuego*, Ingrid se retourna vers Gabin Massa. Un Gabin Massa pétrifié.

La Twingo était garée devant une palissade de chantier couverte de tags. Lola repéra un *Fuck the keufs* en lettres d'or qu'elle n'avait pas remarqué en arrivant. Ingrid s'installa derrière le volant et l'écouta faire le point, l'esprit vide. Elle sentait encore la main de Léonard sur son dos. Elle avait été à deux doigts de lui balancer son scotch dans les yeux.

– Je te propose l'organisation suivante. Pour le moment, on met le *Fuego* entre parenthèses. Tu fouilles le Net et le petit monde de la plongée à la recherche de Louis Nodier, de sa sœur, et par la même occasion du mystérieux accident de Manado. De mon côté, je me concentre sur les carnets de Charly Borel.

– Bon, on rentre ?

– Non, passons la nuit ici, c'est trop bien.

– *Are you kidding ?*

– À ton avis ?

Elles entendirent un bruit de moteur ronflant et tournèrent la tête dans la même direction. Pour Ingrid, c'était un bruit caractéristique de Harley. Un sombre motard qui circulait sans casque fila sur le quai en direction du pont de Bercy.

– On n'y voit goutte avec cet éclairage poisseux, dit Lola. C'était qui ce type ? Arthur Léonard, le brillant barman ?

– Ou bien Abel Léonard enfin sorti de son œuf, répondit Ingrid en glissant la clé dans le contact. Les deux frères ont la même carrure.

– Et la même tenue sobre et sombre, admit Lola. Ah, certaines nuits, j'aimerais être une créature nyctalope.

– C'est de l'argot ?

– Mais non, Ingrid. C'est la capacité de certains animaux de voir la nuit. Ou la maladie des yeux de certains humains.

– Encore plus fort que Sacha la voyante renversée !

25

Ingrid consacra un jour et une fraction de nuit à surfer sur le Net et à envoyer des mails à moult passionnés. Elle récolta une brassée d'anecdotes sur les plus beaux sites du monde, mais aucun témoignage concernant Louis Nodier, les frères Borel, ou un quelconque accident dans la mer des Célèbes. Elle tenta de pénétrer les arcanes du PADI, l'organisme australien le plus réputé en matière de plongée, mais n'obtint qu'une migraine et les mêmes yeux de lapin albinos que Sacha Klein. Elle changea alors de tactique, oublia son ordinateur pour laisser son esprit flotter.

D'après Lady Mba, Louis était né dans le quartier de la Cité de la Musique où il avait passé presque toute son existence. Si son père occupait ses loisirs à la plongée récréative avec ses amis Charly et José Borel, peut-être achetait-il son équipement dans les boutiques du quartier ? Le sourire d'Ingrid se dégonfla. Improbable. Un plongeur de la Fluviale s'équipait sans doute dans les magasins réservés aux professionnels. Mais, d'un autre côté, Max Nodier avait peut-être passé des annonces chez les spécialistes, à la recherche de clubs pouvant l'embaucher pendant l'été ? Elle étudia l'annuaire. Entre les clubs et les magasins, la capitale recensait une trentaine d'adresses. Elle décida de fouiller Paris dans le sens des aiguilles d'une montre. La quête démarrait rue de Longchamp, dans le 16e arrondissement.

Le cinquième magasin de la liste se trouvait dans l'avenue Bolivar, juste avant un square. Une armée de combinaisons en néoprène pendait du plafond en rangs serrés. Mille pancartes proposaient des occasions à prix cassés. Ingrid constatait une fois encore que flotter comme un dauphin exigeait de se harnacher comme un cosmonaute. Elle répéta un texte bien rodé à la vendeuse, parla de Max Nodier, des frères Borel, de Manado, et pour faire bonne mesure posa la photo de Louis et de Charly sur le comptoir.

La vendeuse dit que le visage de Louis lui semblait familier, mais elle fut interrompue par l'arrivée d'un client qui désirait un ordinateur de plongée. Elle prit l'affaire en main. Le client voulut ensuite une combinaison humide de quatre millimètres, un gilet stabilisateur, un détendeur, une ceinture de plombs, un tuba, des bottillons, des palmes et des tables de plongée. Il précisa qu'il avait déjà un masque et un couteau de cheville. Il jugeait plus raisonnable d'acheter le tout d'occasion. La vendeuse prit son temps pour lui trouver son bonheur. Le client repartit au bout de quarante minutes avec deux sacs pleins à craquer.

– Et les bouteilles ? demanda Ingrid avec un grand sourire.

– En général, ça se loue sur place.

– Je plaisantais.

La vendeuse étudia de nouveau la photo.

– Je suis sûre de l'avoir déjà vu. Mais où ? Ah, ça m'énerve. Vous avez bien dit qu'il s'appelait Nodier ?

– Oui. Louis.

La vendeuse entra le nom dans son ordinateur. Sans succès. Ingrid lui proposa de réitérer sa recherche avec « Borel » puis « Manta ». Pas plus de résultats.

– Ce jeune homme n'a rien acheté chez nous, dit-elle l'air déçu.

Elle ouvrit encore quelques fichiers avant de se

tourner vers une étagère qui supportait une rangée de classeurs.

– Ça me revient ! dit-elle en fouillant un classeur bleu. Il a débarqué à l'improviste. Comme le client de tout à l'heure. Mais son style… c'était tout le contraire.

– Le contraire ?

– Mon dernier client est arrivé les mains vides et reparti chargé à bloc. Celui que vous recherchez s'est présenté avec son matériel. Il n'achetait pas.

– Ah bon ?

– Il vendait. L'intégralité. Les ventes, c'est une autre comptabilité que celle des achats. Voilà, je l'ai, dit-elle en montrant un document.

La vendeuse avait photocopié la carte d'identité de Louis Nodier. La reproduction charbonneuse durcissait ses traits. L'adresse mentionnée était le 28 rue de la Solidarité, dans le 19e arrondissement.

– C'était du matériel d'occasion mais bien entretenu, reprit la vendeuse.

– Il vendait ça cher ?

– Je lui en ai donné un prix honnête. Mais j'ai eu l'impression que l'aspect financier n'était pas si important. On aurait dit qu'il voulait s'en débarrasser. Bizarre pour un plongeur. Surtout avec pareil nom de guerre…

– Qu'a-t-il de spécial ?

– Il fait référence à la raie manta. Un animal géant, au ventre blanc, qui se déplace en ondulant comme un voile. Bien des plongeurs rêvent d'en croiser dans les mers chaudes. J'ai eu cette chance. C'est très planant.

– Un poisson géant ? C'est-à-dire ?

– Elle peut atteindre sept mètres, peser plus d'une tonne. Malgré ça, elle reste gracieuse. On l'appelle aussi le diable des mers.

– Pourquoi, elle est dangereuse ?

– Inoffensive. Et même bénéfique de mon point de vue. C'est tellement relaxant de la regarder évoluer. Ce surnom lui vient de ses deux petites cornes. Et puis des légendes.

– Quelles légendes ?

– Celles qui se perdent dans la nuit des temps et qui racontent qu'une raie manta a le pouvoir d'entraîner les bateaux vers les abysses. Ou d'empêcher les pêcheurs de nacre de remonter à la surface, en les retenant dans ses nageoires en forme d'ailes.

Ingrid crut entendre l'éclusière restituer le rêve de Louis, comme si elle se tenait à ses côtés dans le magasin. *Attends-moi, ma belle, je veux voler avec toi. Tes ailes sont blanches. Emmène-moi !*

Ingrid allait sortir quand la vendeuse la rappela.

– Un détail me revient. Il a vendu presque tout son matériel.

– Presque ?

– Il a hésité. Il a gardé un moment le couteau et le GPS en main. Finalement, il m'a redonné le GPS en me disant que s'il ne revenait pas le chercher dans six mois, je pouvais le vendre. D'ailleurs, il est toujours là, dans la vitrine.

– Et le couteau ?

– Il l'a gardé. Il l'a fixé à sa cheville, devant moi. Il a simplement dit : « En souvenir. » Et il est parti. Un garçon bizarre mais qui ne manquait pas de charme.

Ingrid quitta le métro à la station Porte de Pantin, laissa la Cité de la Musique sur sa gauche et traversa le carrefour en direction de la rue de la Solidarité. Elle trouva un ensemble d'immeubles déglingués, étudia les sonnettes et ne trouva aucun Nodier. Le porche disposait d'un code. Elle attendit qu'un résident l'ouvre pour pénétrer dans le hall. Elle prit son courage à deux mains et explora tous les étages. Quelques habitants acceptèrent de lui répondre. Aucun d'entre eux ne se souvenait de la famille Nodier.

Ingrid fit le tour des commerçants et dénicha un patron de café, rue David-d'Angers, qui avait connu Max Nodier et ses enfants.

– Le cadet, Louis, y avait rien à en dire. Correct, tranquille. La frangine, c'était plus baroque. Je l'ai croisée une paire de fois dans le quartier assez défaite. L'alcool, la drogue, je ne sais pas. Et puis, elle traînait toujours avec des jules différents.

– On m'a dit que la mère la maltraitait. Au point qu'elle l'a brûlée au visage.

– Ah, vous savez ça ? Pour sûr, la femme de Max, c'était une malfaisante. Et du pire genre.

– Comment ça ?

– Elle était toute doucereuse. Elle avait une petite voix, des petites manières. Évidemment, je me doutais bien qu'elle picolait, toute petiote qu'elle était mais toute soufflée des joues. Elle ne venait jamais chez moi mais je suis sûre qu'elle s'imbibait à domicile pendant que Max était au boulot. Mais personne n'aurait cru qu'elle cognait ses mômes. On pensait que les gnons venaient des peignées entre gamins du quartier. Max aussi croyait ça. On en rigolait tous les deux quand il venait boire son muscadet tous les samedis. Après on a moins ri. La petite a été marquée à la figure. Le seul avantage, c'est que Max a enfin compris ce qui se passait. Il a foutu sa femme à la porte.

– On sait ce qu'elle est devenue ?

– Max n'a plus reparlé d'elle mais des gens disaient que l'alcool avait fini par avoir sa peau.

– Et Max et les enfants ?

162

– Le pauvre vieux est mort d'un cancer, il y a trois ans. Le gamin, je ne sais pas ce qu'il est devenu. La fille est revenue au bistrot, une fois. Elle s'était transformée en grande tige blonde bien faite. Et sa cicatrice était moins moche. Mais elle était toujours aussi excitée, comme montée sur piles. Elle m'a fait son cinéma. Et bonjour monsieur Chenal, et la santé, tout ça. Elle ne m'en avait jamais dit autant. Elle était avec un beau gars de son âge, un métis à mon avis. La môme Nodier avait l'air de lui faire découvrir le quartier de son enfance. Après ça, je n'ai plus revu personne.

Ingrid repartit en direction de la Cité de la Musique. *Le gamin, je ne sais pas ce qu'il est devenu... la fille est revenue une fois... plus revu personne...* Les enfants Nodier avaient déserté le quartier pour la mer des Célèbes. Charly avait tenu sa promesse à son ami Max. Mais l'aventure n'avait duré qu'un temps. Louis était revenu avec un alias, hommage à un animal puissant, gracieux et insaisissable, et tout un matériel qu'il s'était empressé de fourguer comme un mauvais rêve. Il n'avait gardé qu'un couteau de plongée. En souvenir ou parce qu'il savait que les temps seraient durs et qu'il faudrait s'en protéger ? En tout cas, il avait repris le cours de sa vie. Sa vie d'avant Charly et l'Indonésie. Avec pour tout bagage une guitare et un quintal de tristesse. Qu'est-ce qui s'était passé à Manado ? Ingrid se demanda si Lola avait progressé de son côté et accéléra le pas sur le boulevard Sérurier.

Quand elle arriva rue de l'Échiquier, il était près de vingt-deux heures, la nuit tombait. Ses jambes étaient tétanisées par les kilomètres avalés dans la journée. Elle s'annonça à l'interphone et monta tout de même les marches quatre à quatre. À peine Lola avait-elle ouvert sa porte qu'elle lança d'une voix joyeuse :

– Manta, c'est le nom d'un poisson géant ! Une majestueuse raie au ventre blanc et aux nageoires comme des ailes. *I'm so excited I could wet my pants !*

– C'est aussi un site de plongée, répondit Lola.

Elle fit signe à l'Américaine de la suivre. Sur la table de cuisine, un des carnets de Charly Borel était ouvert. Un croquis assez habile de fond marin occupait la page de gauche. S'y dévoilaient un mur de coraux, une faune abondante et multicolore. La page droite était presque entièrement recouverte par un texte manuscrit, à l'écriture serrée et régulière.

– Je te présente Manta Corridor, dit Lola. Mais je te préviens, ce n'est pas pour les mauviettes.

Ce récif submergé n'était connu que d'une poignée de plongeurs expérimentés. Il fallait savoir descendre vite ; à certaines heures, de violents courants en surface pouvaient entraîner les novices vers le large. Il s'agissait de progresser ensuite dans un étroit goulet, entre deux murs à pic. Le site se laissait découvrir à plus de quarante-cinq mètres de profondeur, au prix d'efforts soutenus et vigilants.

– D'après ce qu'écrit Charly, c'est Louis qui a découvert Manta Corridor.

– *Really ?*

– Charly dépeint Manta Corridor en cathédrale liquide, d'une beauté à couper le souffle. Requins, barracudas, thons y viennent en abondance mais les plus assidues sont les fameuses raies manta. Comme tu le devines, elles ont donné leur nom au site.

– Il y a un élément incompréhensible, Lola.

– S'il n'y en avait qu'un, on s'estimerait heureuses.

– Louis part avec sa sœur et les Borel s'éclater à Manado. Ils travaillent et plongent pour le plaisir, sur des sites de rêve. Dont le plus beau, que découvre

Louis. Un accident survient. Le club ferme. Le trio rentre à Paris, se sépare. Louis vend son matériel. Ou, plus exactement, s'en débarrasse. Comme un type dégoûté qui ne compte plus plonger de sa vie. C'est ce qu'a ressenti la vendeuse que j'ai interrogée.

– Comme un type dégoûté ou qui s'est retrouvé impliqué dans l'accident, et se sent coupable…

– Au point qu'il évite d'en parler aux gens qu'il rencontre, le grand Majorel, Sacha Klein, Lady Mba, Yvette Colin.

– Au point qu'il décide de changer de nom.

– Je ne comprends pas qu'il ait opté pour « Manta ». Comment oublier son passé de plongeur avec un alias évoquant un site aussi dangereux que magnifique ?

– Attends une minute, Ingrid. Qui dit site dangereux dit risque d'accidents. Manta Corridor ou le Corridor de la mort ?

– Ah, pas mal. Je n'avais pas poussé le raisonnement aussi loin.

– Bah, j'extrapole peut-être.

Ingrid effleura le papier gaufré du carnet. Son index freina sur le ventre immaculé d'une raie. Et le tapota une paire de fois. Elle imaginait un homme-grenouille aux cheveux frisés, aux dents de la chance planquées sous un respirateur, les bulles argentées de son souffle filant vers la surface aussi lointaine que le faîte d'un immeuble, palmant pour suivre l'énorme bête, pour rester au diapason de sa danse, lové dans l'ondulation de ses ailes-nageoires. *Emporte-moi !*

Où ça, Louis Manta ? Où ça ?

26

Elles tournèrent le problème en tous sens, explorèrent divers scénarios ainsi que le réfrigérateur de Lola pour y dénicher de quoi se confectionner un encas. Elles partagèrent ces provisions comme leurs hypothèses, n'hésitèrent pas à aborder les rives des scénarios les plus farfelus, ouvrirent même une bouteille de corbières pour faire plaisir à Lola et exalter une terrine campagnarde et un brie velouté au léger parfum de noisette. Ingrid voulut croquer deux carottes crues et Lola ne lui en tint pas rigueur. Mais au bout de ce pique-nique aussi improvisé qu'agréable, les deux amies durent se rendre à l'évidence. On s'était aventurées en maints lieux, d'une cathédrale liquide à une cité musicale, d'un salon de coiffure à un magasin de journaux, du canal au métro, du bureau d'un commandant psychorigide à celui d'un maître de port jovial, du rire aux larmes, mais pour le moment, dans l'océan du mystère, aucun chenal ne se dessinait.

– Dans pareil cas, le mieux est de dormir sur le sujet, déclara Lola en rangeant la terrine au réfrigérateur. C'est ce que ferait un potache confronté à un problème trop épineux.

Ingrid rentra donc chez elle. Elle avait bu trois verres de corbières, une dose inhabituelle qui devrait lui permettre de s'endormir sans trop de difficultés sous la couette des questions sans réponses.

Elle se massait les jambes avec une crème parfumée à l'ylang-ylang depuis quelques minutes lorsque la sonnette retentit. Elle ouvrit sa porte à un homme équipé d'un uniforme, d'une casquette à visière et d'un volumineux bouquet composé. Il le lui tendit avec une mine compassée, s'excusa et repartit d'où il était venu. Ingrid se demanda si elle ne rêvait pas. Le capiteux parfum du bouquet la ramena à la réalité.

Elle décrocha l'enveloppe agrafée à l'emballage, l'ouvrit, lut le bristol, et fixa un instant le vide. Elle se remit en mouvement pour disposer les fleurs dans un vase avant de quitter son appartement.

La Daimler était garée de l'autre côté de la rue du Faubourg-Saint-Denis, le chauffeur adossé au capot. Les vitres opaques cachaient l'intérieur. Elle traversa la rue, le chauffeur lui ouvrit la portière arrière. Elle monta à bord.

Timothy Harlen était pourvu d'un verre empli d'un liquide transparent. Sans doute de la vodka, son alcool préféré. Il lui porta un toast en souriant, s'adressa à elle dans leur langue.

– Ça fait plaisir de te revoir.

Elle se contenta de croiser les bras et de le regarder. Il lui proposa un verre, elle refusa.

– J'ai eu une discussion avec quelqu'un, à ton sujet.

– Qui donc ?

– Abel Léonard. Tu connais ?

– C'est un des patrons du *Fuego*.

– Il m'a expliqué que Lola et toi étiez venues enquiquiner Carl Ermeling au sujet d'une sombre histoire de plongeur abattu par un yachtman.

– C'est exact. Je donne un coup de main à Lola pour retrouver un jeune du quartier. C'est un copain du plongeur.

Ingrid n'aurait jamais imaginé converser aussi calmement avec son ex-patron. Et lui parler de son amie d'un ton dégagé. Timothy Harlen l'avait licenciée parce qu'avec Lola, elle avait osé enquêter sur un bon client du *Calypso*, un roi des nuits parisiennes, au carnet mondain aussi épais que les cahiers de plongée de Charly Borel. À cette époque, Harlen imaginait son client blanc comme neige.

– Je ne sais pas si ça vaut le coup d'enquiquiner des types comme Ermeling et Léonard pour ça.

– Pourquoi ?

– Parce que derrière le *Fuego*, c'est la pègre.

– C'est le cas de toutes les boîtes. Tu es bien placé pour le savoir.

– Il y a pègre et pègre. Avant les nuits parisiennes, les fringues de designers et les cigares cubains, Ermeling et Léonard faisaient plutôt dans le genre treillis, crânes rasés et trafic d'armes.

– D'anciens mercenaires ?

– Et qui ont de beaux restes, tu peux me croire. Ce sont des adeptes fervents du K-1.

– Le nouvel art martial ?

– Celui-là même qui fait du neuf avec du vieux. Ça combine les meilleures techniques de karaté, taekwondo, kung-fu et j'en passe. On dit que certains petits casseurs qui faisaient du foin sur le *Fuego* le regrettent amèrement. Alors méfie-toi, aujourd'hui Ermeling et Léonard dorment dans la soie et se décorent les oreilles aux diamants, mais ça ne les a pas ramollis pour autant.

– Que voulait Léonard ?

– Il a d'abord travaillé mes barmen. Ensuite, il m'a balancé son histoire avec aplomb.

– Oui, j'ai noté qu'il n'en manquait pas.

– Léonard lance une nouvelle formule pour le *Fuego*. La soirée strip-tease. Une pro fait son numéro. Ensuite, les clientes intéressées essayent de rivaliser. J'ai trouvé ça complètement nul.

– Bien d'accord avec toi.

– Aussi quand il m'a demandé si je voyais un inconvénient à ce qu'il t'engage, j'ai répondu qu'effectivement ça me gênait. Il l'a bien pris.

Ingrid hocha la tête. Le corbières de Lola, le massage à l'ylang-ylang, la douceur de la nuit, tout l'aidait à laisser glisser.

– Je lui ai expliqué que j'avais de toute manière l'intention de t'appeler. Et qu'il venait juste de précipiter le mouvement. Je veux que tu reviennes dans l'équipe, Ingrid. Les clients te réclament, et sans toi, c'est moins drôle. Je dois le reconnaître. Et puis, j'ai compris que Lola Jost et toi aviez fait du bon boulot dans cette histoire de suicide d'une fausse Britney Spears[1]. Et tout ça pour la gloire. Marie m'a expliqué l'affaire en détail. Tu ne dis rien ? Tu veux réfléchir ? Il va sans dire que je t'augmente.

– Pas besoin de réfléchir.

– Ne refuse pas, tu le regretterais toute ta vie. Le *Calypso* est une boîte unique en son genre.

– Je suis au courant.

– Alors ?

– C'est oui, Timothy.

Le patron du *Calypso* lui tendit la main. Elle la serra.

– On va fêter ça au *Fouquet's* et au champagne.

– Je préférerais que tu me déposes chez Lola. C'est à deux pas.

– Ne me dis pas que vous allez continuer à empoisonner Ermeling et Léonard.

– Bien sûr que non.

– À d'autres, Ingrid.

1. Cf., *La Fille du samouraï*, Éditions Viviane Hamy, 2005.

– Timothy…

– Oui, ma chérie ?

– Il va falloir qu'une chose soit claire. En dehors de mon travail au *Calypso*, j'ai le droit de faire ce qui me plaît. Et tu n'as pas à intervenir.

– Du moment que tu ne touches pas aux clients.

– On est bien d'accord.

– Et pour l'augmentation, tu ne me demandes rien ?

– Je te fais confiance.

Lola était accroupie devant ses casiers et remuait les bouteilles, les unes après les autres.

– Nom d'une rascasse en guimauve ! Je suis sûre qu'il y a du champagne là-dessous !

– Pas grave, Lola ! On n'est pas obligées d'en boire. Je suis encore toute cahotée par ton corbières.

– Chavirée, tu veux dire ?

– Comme tu veux.

– Tut-tut, un retour triomphal au *Calypso*, ça se fête ! Et pas n'importe comment. Dans les grandes largeurs. Ce champagne, c'est un cadeau du môme Barthélemy pour mon anniversaire, ou pour mon Noël, je ne sais plus. Il ne s'est pas fichu de moi, ce poulet de grain ! Tu peux me croire. Ah, la voilà. Oh, il y en a une deuxième. C'est merveilleux.

Lola essuya les deux bouteilles avec le bas de sa veste de pyjama et embrassa leurs étiquettes. Elle verrouilla sa cave et remonta l'escalier avec l'énergie d'une jeune fille. En deux mots comme en cent : Lola rayonnait. Ingrid constatait que sa réintégration dans l'équipe de Timothy Harlen lui procurait un plaisir énorme. Et l'intérêt soudain de deux ex-mercenaires pour le strip-tease artistique n'abîmait pas sa joie.

Une fois dans l'appartement, Lola décréta qu'on mettrait les bouteilles à refroidir au congélateur. À la guerre comme à la guerre. La vie était surprenante. Trois coups de grisou, un feu d'artifice. Vingt claques et un baiser.

– Et dire que nous devons une part de cette joie à l'intervention du sieur Léonard, dit Lola.

– Qu'est-ce qu'on va faire ?

– On verra bien. Pour le moment, rien ne nous empêchera de trinquer au grand retour de Gabriella Tiger. Rien, tu m'entends ?

27

Comme chaque matin, le moteur du bateau le réveilla. Il se leva sans effort, alla à la cambuse. Le cuistot avait déjà préparé le café et des beignets à la banane qu'il avait recouverts d'un film plastique pour ne pas tenter les rats. Sur la *Joséphine*, ils n'étaient que des petites bestioles comiques et timides, un film de cellophane suffisait à les tenir à distance. Il prit un beignet, remit soigneusement le film en place, se servit une tasse de café et monta sur le pont. L'aube avait teinté l'horizon de rose, et la mer, légèrement plus foncée, était striée de lames argentées. Le capitaine le salua d'un geste vague, sans quitter son cap des yeux. Il fit quelques pas vers le pont arrière. Les matelots dormaient, emballés dans leurs sarongs. Il revint sur ses pas. Le bateau filait vers l'ouest et Manado Tua. Il s'adossa à un mât et regarda le volcan grandir lentement.

Les moteurs stoppèrent. Un nuage de fioul brûlé dansa sur le pont avant de se diluer. Il attendit que quelqu'un veuille bien le rejoindre, finit par aller frapper à la porte des cabines. Tout le monde dormait et c'était bien étrange. Quand il remonta sur le pont, le soleil était déjà brûlant et les couleurs s'étaient durcies. Le massif de corail affleurait, cercle tremblant ; son vert de jade tranchait sur le bleu profond de la mer du Sulawesi. Il réalisa qu'il n'avait plus envie d'attendre qu'un de ses compagnons se réveille.

Il vérifia que la jauge de sa bouteille d'air comprimé indiquait bien deux cent vingt bars puis s'équipa. Il prit une grande inspiration, sauta en maintenant son masque et son détendeur contre son visage. Comme à chaque fois, l'eau lui sembla délicieusement froide. La visibilité était excellente, au moins trente mètres. Il descendit le long du mur de corail. Une école de thons argentés. Mille anémones et leurs poissons clowns. Trois petits requins de récif. Un bruit répétitif semblait venir de la surface. Comme si quelqu'un tapait la cadence avec un outil métallique sur une bouteille en alu. Inutile d'y prêter attention, dans l'eau les sons étaient distordus et impossibles à localiser avec précision. Il continua de descendre.

L'eau se refroidissait. Il consulta son profondimètre et sa jauge d'air. Vingt-cinq mètres. Cent soixante-dix bars. Il dépassa la grotte repère, dérangea un groupe de napoléons. Le goulet était droit devant lui. Il était trop étroit pour s'y engouffrer tel quel. Il enleva le gilet stabilisateur auquel était fixée la bouteille, le plaça devant lui et s'engagea dans le passage en palmant. Une vingtaine de mètres et il déboucha dans l'excavation. Il remit son gilet. Les rayons lumineux filtraient par de nombreuses cheminées dans la roche. En contrôlant sa respiration, il se laissa flotter, pivota lentement sur lui-même pour profiter de la beauté du lieu. Des milliers d'algues blanches et de coraux bariolés tapissaient les parois.

Il sentit une présence et se retourna. Un autre plongeur, à une dizaine de mètres. Des palmes et un masque bleus. Charly avait dû se réveiller et l'avait rejoint. Mais la combinaison du plongeur était d'un noir uniforme alors que celle de Charly mentionnait son prénom en arc de cercle sur la poitrine. Qui pouvait bien être ce type ? Il n'y avait pas d'autre bateau sur le site à l'arrivée de la *Joséphine*. Louis joignit les mains au-dessus de sa tête, le signe officiel pour demander si tout allait bien. Le plongeur ne réagit pas. Louis palma vers lui. Il lui trouva une ressemblance avec Vincent, et eut un coup au cœur. Le plongeur se mit à palmer à toute allure. C'était insensé. Ses mouvements violents allaient lui faire consommer trop d'oxygène. Louis consulta ses instruments. Cent bars. Quarante-deux mètres. À cette profondeur, les réserves d'air baissaient à toute allure.

Il sentit un contact sur sa jambe droite. Le plongeur s'y était agrippé sans qu'il l'ait vu passer, et tentait de l'entraîner vers le bas. Louis comprit qu'il s'agissait bien de Vincent. Il lui fit signe qu'il fallait remonter. Vincent se mit à tirer plus fort. Louis s'interdit de paniquer. Il ne se laisserait pas entraîner vers le fond. C'est tout le contraire qui se produirait. Cette fois, il remonterait Vincent à la surface.

– Viens, Louis.

Louis ne comprenait plus rien. Personne ne pouvait parler sous l'eau ou entendre une voix. Et pourtant, c'était bien celle de Vincent. Mais ses lèvres ne remuaient pas. Il se contentait de sourire. Aucune bulle d'air ne s'échappait de son détendeur. Comment était-ce possible ?

– Non, on va remonter, Vincent. Cette fois, je vais te sauver.

Louis se rendit compte qu'il pouvait parler lui aussi et être compris. Vincent lui répondit en lui montrant sa jauge.

– Impossible, je n'ai plus d'air. Regarde.

Louis constata que la bouteille de Vincent était vide. Mais comment faisait-il pour respirer ?

– Tu ne comprends pas que je suis déjà mort ?

Cette fois, Louis ne voulait pas s'en laisser conter. C'était lui qui avait appris à Vincent à plonger. C'était à lui de le sauver. Et tout ce que cet idiot pourrait bien raconter avec ses méthodes de suggestion à la noix ne changerait rien à l'affaire ; il le remonterait de gré ou de force. Puisque sa bouteille était vide, elle ne lui servait plus à rien. Il tira Vincent vers lui, défit le scratch qui maintenait la bouteille, enleva le détendeur de sa bouche. La bouteille brillante et les flexibles qui y étaient fixés descendirent lentement, telle une grosse pieuvre tentée par les abysses.

Le visage de Vincent était sans expression. Louis réussit à l'entraîner avec lui. Au moins, il avait cessé de gesticuler et se laissait faire. Pendant que son compagnon franchissait le goulet, Louis recommença la même manœuvre que tout à l'heure, enleva sa bouteille, son gilet, les poussa devant lui. À la sortie, Vincent flottait en position du lotus. Louis était épaté. Du temps où il était son élève, il n'avait jamais contrôlé aussi bien sa flottabilité. Il remit son équipement, consulta son profondimètre. L'aiguille était dans le rouge, sous la zone des dix bars. À vingt-cinq mètres de profondeur, il n'y avait plus une seconde à perdre.

Pas question de faire un palier de sécurité. Remontée d'urgence. Il dégrafa leurs deux ceintures de plombs, agrippa Vincent par son gilet et commença à palmer. La surface paraissait proche. C'était une illusion douloureuse. Comme était douloureuse sa poitrine. Il lui sembla que ses poumons avaient commencé à rétrécir et s'asséchaient. Il continua de palmer, expirant en continu et le plus lentement possible. Il sentit que Vincent l'agrippait par le bras et tirait. Il garda les yeux rivés sur la surface. Il avait l'impression que s'il croisait son regard clair, Vincent réussirait à le convaincre de nager vers la mort. Il continua de palmer alors que les ongles de son compagnon s'enfonçaient dans sa chair et que sa poitrine se comprimait dans un piège de fer.

– Eh, réveille-toi ! Tu me broutes la tête à la fin ! Quand tu ne ronfles pas, tu baragouines.

Il ouvrit les yeux. Une main brune aux longs ongles laqués lui avait saisi le bras et griffé la peau. La folle. Elle le secouait comme un prunier et ses traits étaient défigurés par la colère. Elle n'avait plus rien d'une déesse.

– Et je te préviens, si tu veux du café, tu te le fais toi-même.

Il se contenta de lui sourire. Ça avait le don de la mettre hors d'elle.

28

Le téléphone sonna dans le crâne d'Ingrid. Lola écourta le supplice en répondant de sa voix de rocaille, celle des matins en forme d'étau. Ingrid se traîna jusqu'à la salle de bains et se maintint la tête sous le robinet ; ces ablutions la firent vaguement revenir à la vie.

– *Holy shit !* s'écria-t-elle face au miroir.

Elle avait la pâleur d'un petit intérieur d'huître, et deux faucilles vert-bleu lui bordaient les yeux. Elle tira une langue pâteuse à son reflet et retourna au salon. Le convertible de Lola ouvrait une bouche de géant, blanche et molle. Ingrid ne se souvenait même pas de s'y être endormie. Lola regardait son téléphone sans fil d'un air à la fois comateux et intrigué. Elle réussit à mener de front deux mouvements antagonistes : elle le fit glisser dans sa poche, et haussa les épaules. Ingrid alla à la cuisine préparer un café corsé.

Lola fit dissoudre de l'aspirine dans deux verres et servit d'office Ingrid. Celle-ci lui promit d'échanger ce remède contre une tasse de café et précisa qu'elle n'était pas sûre de son dosage. Lola répliqua que ça n'avait aucune importance. Après cet effort conversationnel, elles se turent et on n'entendit plus que la cafetière qui glougloutait.

– C'était le poulet de grain, grogna Lola. Il part en vacances ce soir. Ordre du Nain. Bien ce que je pensais. Au lieu de saquer, Grousset éloigne.

– Tant mieux, ça évitera à ton ex-adjoint de t'offrir du champagne.

– Il m'a raccroché au nez.

Elles retrouvèrent leur silence là où elles l'avaient laissé jusqu'à ce que le téléphone rugisse dans la poche de Lola. Ingrid regretta de ne pas posséder un vrai Magnum 357 pour le pulvériser.

– Allô ! Ah, Barthélemy, dit Lola.

Ce fut tout. L'ex-commissaire écouta le lieutenant, articula un merci et coupa la communication.

Barthélemy avait dû interrompre son premier appel pour cause d'irruption intempestive d'une hiérarchie suspicieuse. On venait de retrouver trace de la sœur de Louis. Agathe Nodier était morte en avril dernier.

– De quoi ? demanda Ingrid qui en oubliait presque sa gueule de bois surmontée d'une casquette en plomb.

– Suicide. On l'a repêchée dans la Seine.

– *Fuck !* Pas notre veine.

– Si, en fait. Aussi moche que ça puisse paraître. Parce que c'est Charly Borel et Martin Chalais qui l'ont remontée.

– La noyée du quai Panhard-et-Levassor, c'était elle ?

Lola hocha la tête. La réflexion du brigadier Chalais prenait une nouvelle dimension. *Si on commence à se dire que le macchabée qu'on vient de remonter ressemble à sa fille ou sa sœur, on est mal barré.* Charly Borel avait bel et bien sorti de la Seine une personne de sa connaissance. La fille de son vieil ami Max. Et la sœur de son protégé Louis. Pas étonnant qu'il ait accusé le coup.

– Quel génocide, articula Ingrid.

– Hécatombe, plutôt.

– Si tu veux.

– C'est vrai que si j'en avais la force, je pousserais quelques exclamations. Louis s'est fourré dans une ratatouille cataclysmique. Charly Borel a caché sa relation avec Agathe Nodier à son supérieur parce qu'ils s'entendaient mal. Tu trouves ça logique, Ingrid ?

– Aucune idée. Mes neurones ne répondent plus.

– Ne fais pas ta chiffe molle. Essaie de suivre. Charly Borel a des ennuis avec le commandant Brière. Entendu. Mais le jour où il remonte la fille de son meilleur copain, il ne dit rien à sa hiérarchie ! Ni à son partenaire ! Il oublie qu'il est flic. Encore plus étrange, il se contente d'expliquer au brigadier Chalais, étonné par sa pâleur, que la noyée ressemble à une fille qu'il a connue. Quel genre de vérité cache-t-on à un loyal coéquipier ?

– Une vérité qui n'est pas belle à dire ?

– Ou qui met en cause une tierce personne.

Lola mourait d'envie d'interroger les officiers ayant suivi l'affaire Agathe Nodier mais il ne fallait pas dépasser les bornes en matière de provocation. Elle téléphona à Lady Mba et lui fit part des derniers développements. La coiffeuse jura n'avoir pas entendu parler d'Agathe. Si Louis avait appris le suicide de sa sœur, il n'en avait rien montré. Dans le fond, il avait toujours l'air gai et triste à la fois ; à y bien réfléchir, ses rires ne partaient jamais du ventre. Lady suggéra à Lola de questionner Yvette. Le conseil était judicieux. Dans un des carnets de Charly, elle avait relevé un passage déroutant. « José et moi, on se posait souvent la même question. Comment des frangins comme nous, des gars ayant grandi dans le faubourg Saint-Denis, pouvaient avoir atterri dans un tel paradis ? Le nôtre s'appelait Manado et on avait l'impression qu'on n'en ferait jamais le tour… » Elle questionna Lady à ce sujet. La coiffeuse confirma que José était né dans le quartier. Tout comme Yvette. D'ailleurs, ces deux-là étaient des amoureux de jeunesse.

Lola prit le temps d'assimiler ce qu'elle venait d'entendre. Elle se souvenait d'Yvette lui racontant sa rencontre récente avec José, par l'intermédiaire de Gabin Massa, et cette histoire d'étagères. Elle appela la marchande à son magasin. Commença par le suicide d'Agathe. Tout comme Lady, Yvette affirma que Louis n'avait jamais mentionné l'existence d'une sœur et encore moins son suicide. Lola aborda la rencontre avec José et provoqua un long silence.

– Je vous ai menti, madame Lola. J'ai honte. Je ne mens pas, d'habitude, vous savez.

– Je m'en doute. Mais à présent, on ne peut plus se le permettre, Yvette.

– À l'époque où mon père tenait le magasin, José venait acheter *Pilote* et puis *Salut les copains*. On s'est connus comme ça. Et puis…

– Et puis ?

– Il m'a plaquée. Il ne m'a pas dit pourquoi, ni pour qui, et je n'ai pas voulu savoir. Quand il est revenu dans le quartier, il y a un an, on s'est remis ensemble. J'avais demandé à Gabin pour les étagères, et c'est José qui est arrivé. Il ne s'attendait pas à me retrouver là. J'avais honte que vous le sachiez. Je ne voulais pas que vous pensiez que j'étais une girouette ou une idiote.

– Il n'y a aucune honte à aimer les gens, Yvette. Même s'ils ne vous le rendent pas.

– En tout cas, je vous jure que José ne m'a jamais parlé de l'agression de son frère.

– Si vos deux familles ont toujours vécu dans le même quartier, ça me semble difficile.

– Pas du tout. J'ai à peine connu Charly. Il avait sept ans de plus que José. Quand nous étions ados, Charly était déjà un homme.

– José ne vous a pas dit qu'il connaissait Louis depuis un moment ?

– Non.

– Allons donc !

– J'évitais les questions.

– Pourquoi ?

– J'avais trop peur qu'il s'en aille de nouveau. Et

179

maintenant, j'ai peur d'en apprendre chaque jour un peu plus sur les secrets de José. Vous devez vraiment me trouver gourde. Vivre avec un homme cousu de fil blanc…

Lola n'aimait guère plonger le nez de ses concitoyens dans leurs gros déboires ou leurs petites lâchetés. Mais il fallait parfois en passer par-là. Elle raconta à Ingrid son échange avec Lady et Yvette, et elles firent le bilan. Il était famélique.

– On retourne sur le *Fuego*, Lola. Je ne vois pas d'autre solution.

– Ermeling n'acceptera plus de nous recevoir.

– Ermeling, peut-être pas. Mais Léonard, c'est à voir. Difficile de savoir si je lui plais ou s'il a fait mine de vouloir m'engager pour en savoir plus sur nous, mais qui ne tente rien…

– Dans les deux cas, je n'aime pas ça. Ce type me fait froid dans le dos.

– J'en ai vu d'autres.

– Pas sûr. Comment comptes-tu t'y prendre ?

– Pour le moment j'ai le crâne en granit et les jambes en flanelle. Je réfléchirai mieux dans quelques heures.

Lola prit une expression soucieuse.

– De toute façon, je viens avec toi. Ils n'oseront pas s'attaquer à une flic. Retraitée ou pas.

– Et puis mettre le bazar dans son propre établissement, ce n'est pas bon pour le business. Tu n'aurais pas un masque relaxant ?

– J'ai la tête à ça ?

– Du concombre fera l'affaire. Tu en as ?

29

Ingrid était toute réparée et ce n'était pas seulement grâce au masque au concombre. Lola sentait encore les toxines accumulées dans ses jointures et la forme de l'amie américaine la laissait pantoise. Il n'était que vingt-deux heures, le parking du *Fuego* était à moitié vide. Elle gara la Twingo en douceur entre une Porsche et la même Harley enflammée que celle de la soirée « Anges et Démons ». Cette fois, le panneau à l'entrée indiquait la prestation d'un certain DJ Loop Loop Snoopy Cat. Lola haussa les épaules et se dit que les gens ne savaient plus quel alias inventer pour se faire remarquer. Elle s'apprêta à sortir sa carte de police mais le sumo l'arrêta d'un geste et ouvrit la porte de la péniche.

– Je crois qu'on fait partie des VIP, murmura Ingrid.

– Les Very Insistantes Pétroleuses ?

Une dizaine de danseurs ondulaient sur la piste. Elles s'installèrent à une table non loin du bar. Lola jaugea la situation. Ambiance normale : les poissons koï étaient occupés à être moches, Arthur à confectionner un cocktail hors de prix à un gogo. Une fois son racket terminé, le barman étudia la salle et repéra Lola qui le fixait en souriant. Il resta immobile un moment puis utilisa le téléphone mural. La conversation dura une bonne minute. Il vint ensuite à leur table.

– On vous attend. Vous connaissez le chemin, dit-il d'un ton sobre avant de retourner derrière son bar.

– Ça ne s'annonce pas trop mal, jugea Ingrid.

– Ça s'annonce peut-être trop bien pour être honnête, lâcha Lola avant de se diriger vers le bureau.

Elle frappa à la porte, attendit. Comme rien ne se passait, elle entra, suivie par Ingrid. La pièce n'était éclairée que par un halogène minimal. Ermeling était assis à son bureau, immobile, un verre bien rempli à portée de main, son diamant jetait quelques feux dans la pénombre. Les sabres aussi. Il portait un jean et un simple tee-shirt blanc, et Lola put constater que malgré un certain embonpoint, il lui restait une musculature sérieuse.

– Entrez. Scotch ?

– Avec plaisir, dit Lola pour maintenir l'ambiance feutrée.

– Pas pour moi, répliqua Ingrid.

Lola s'assit face à Ermeling, prit le verre généreux qu'il lui tendait. Ingrid s'avança vers le fauteuil œuf et le fit tourner. Constatant qu'il était vide, elle s'y installa. Ermeling avait suivi ses mouvements avec un léger sourire, il demanda ce qui motivait leur retour.

– Agathe Nodier, dit Lola.

Ermeling but une rasade et poussa un long soupir dans le genre fatigue et plaisir mêlés.

– Le yachtman ne vous branche plus ?

– Nous venons d'apprendre qu'Agathe Nodier était la sœur du jeune que nous recherchons.

– Rien ne m'oblige à vous raconter son histoire, dit Ermeling.

– C'est vrai.

– Mais vous me plaisez toutes les deux. Vous êtes coriaces, j'aime ça. Et puis, en vous faisant cadeau de l'histoire de cette môme, je m'en débarrasserai. Ça m'arrange, dans le fond.

Il leur apprit qu'Agathe Nodier était une régulière

du *Fuego*. Elle savait tenir l'alcool et cherchait une oreille charitable. Et elle était plutôt mignonne malgré sa cicatrice. Ou peut-être à cause de ça. Ce qui donnait envie d'écouter ses histoires. Son petit ami venait de mourir, apparemment dans un accident. Elle picolait pour essayer de l'oublier. La dernière nuit, elle avait forcé la dose.

– On a pris un verre au bar, comme d'habitude. Elle m'a donné l'impression d'aller mieux. Elle m'a annoncé qu'elle repasserait le surlendemain, pour un DJ qu'elle appréciait. Au lieu de rentrer chez elle, elle a continué de boire. Je n'en ai rien su. Je suis resté dans mon bureau sans lever le nez de ma paperasse. Le soir du DJ, voyant qu'elle n'arrivait pas, j'ai essayé de la joindre sur son portable. Ensuite, j'ai appelé les flics. Agathe était dans sa voiture, depuis deux jours, et sous quatre mètres de flotte. Elle avait roulé tout droit, vers ce qu'elle avait pris pour la rampe d'accès au quai. Ou alors, c'était volontaire. On ne le saura jamais.

– Vous étiez là quand Borel et Chalais l'ont remontée ?

– Bien sûr.

– Charly Borel connaissait Agathe.

– Peut-être.

– Vous n'avez rien remarqué ?

– J'en avais rien à foutre de cette grenouille en latex. Une môme de ma connaissance venait de se noyer. On fait mieux comme spectacle, surtout après une nuit de boulot.

– Elle vous avait parlé de son entourage ?

– De son frère, vous voulez dire ? Non, jamais. Elle était obsédée par la mort de son jules. Je ne m'étais pas rendu compte à quel point.

– Vous êtes allé à l'enterrement ?

– Vous rigolez ? Je ne déteste pas écouter les petites en déroute mais de là à me taper l'eau bénite et la famille éplorée, il y a une marge. Et je n'ai donc pas pu remarquer qui que ce soit, si c'est ce qui vous intéresse. Au fait, je ne vous ai pas demandé pourquoi vous cavalez après son frère.

– Parce que ses proches tombent comme des mouches, lâcha Ingrid.

Exception faite des salutations d'usage, c'était la première phrase qu'elle prononçait depuis leur arrivée dans le bureau.

– Si jamais vous le croisez… dit-elle en déposant la photo de Louis sur le bureau.

Ermeling y jeta un rapide coup d'œil et la glissa dans un tiroir. Lola jouait avec une question qu'elle hésitait à poser. Elle se dit que l'occasion ne se représenterait plus.

– Vous étiez l'amant d'Agathe ?

Il se servit une nouvelle rasade de scotch.

– Non.

– Vous aviez son numéro de portable, pourtant.

– Nuance. C'est Abel qui l'avait.

– C'est lui qui couchait avec elle ?

– Bingo, vous êtes fortiche.

– Elle pleurait son petit ami mais couchait avec un autre.

– Pour oublier, c'est une bonne méthode.

– Et Léonard ?

– Quoi, Léonard ?

– C'était sérieux ?

– Abel ne rigole pas avec le sexe, si c'est ce que vous voulez dire. Mais pour ce qui est de la romance, vous m'excuserez mais on a tous autre chose à foutre.

184

D'ailleurs à ce propos, je crois qu'il est temps de se séparer.

– Merci pour votre franchise.

– Y a pas de quoi.

Cette fois, il ne se leva pas pour ouvrir sa porte. Il les salua d'un vague signe de la main.

Elles s'adossèrent au bar. La clientèle avait doublé. Arthur semblait s'être fait greffer six bras à la Shiva et mixait ses cocktails à toute allure.

– Léonard absent du paysage, tu crois qu'Ermeling lâchait du lest ? demanda Ingrid. Ancien mercenaire ou pas, je l'ai trouvé moins cynique que la dernière fois. Enfin, un tout petit peu moins.

– Il avait bu. Il a peut-être cédé un bout de vérité. Sans ça, il ne nous aurait pas dit que son associé couchait avec Agathe. De toute façon, c'était logique. Pourquoi appeler la Fluviale au sujet de l'absence d'une cliente parmi d'autres ?

– Agathe et Abel, ça se tient. Lydie Borel et le bistrotier de l'ex-quartier des Nodier nous ont dit qu'elle collectionnait les aventures.

– D'après Lydie Borel, pour se prouver qu'elle pouvait encore séduire malgré sa cicatrice. Je m'en souviens.

– Et puis Abel Léonard a oublié d'être moche.

– Oui, si on aime le genre prince des méduses.

– C'est marrant, je pensais à la même chose.

– Marrant, c'est vite dit.

30

– Ça fait un bail que je n'ai pas vu Clarisse, madame Lola. C'est le jour de sortie de *Vogue*. Elle m'en achète toujours un exemplaire d'habitude. C'est donc vrai ce qu'on dit dans le quartier.

– Et que dit-on dans le quartier ?

– Que Gabin l'a mise à la porte. Il lui a demandé de paqueter ses belles robes, ses fourrures, ses bijoux, et ouste ! On dit qu'elle a pris un taxi, avec une malle. Et que le chauffeur a risqué le tour de reins pour la rentrer dans son coffre.

– Lady est au courant ?

– Je suis allée lui dire mais elle a prétendu que ça lui était égal. Et pour notre Louis, vous avez des nouvelles ?

– Aucune. C'est à cause de Clarisse que vous m'appelez ?

– La police vient de débarquer chez Gabin. En gros, Lady et moi, on aimerait bien que vous veniez tout de suite.

Tu aurais pu commencer par le commencement, pensa Lola.

– J'arrive, soupira-t-elle.

Entre les salons régnait une effervescence peu commune. Pour une fois réunies, les coiffeuses des deux camps échangeaient leurs informations dans le passage Brady. Lady Mba faisait mine de ne s'intéresser que vaguement à la situation. Après un tour complet des groupes, et un croisement rigoureux des témoignages, un scénario net et sans bavures s'imposa à

Lola : la police avait reçu une information de première main. La cousine de Lady était persuadée que la fuite provenait de Clarisse, furieuse d'avoir été éjectée. Le tuyau était suffisamment croustillant pour qu'on perquisitionne au domicile du coiffeur. Lola se rapprocha d'Yvette et de Lady. La marchande de journaux avait l'air perdu, la patronne des *Féeries* partagée entre la satisfaction et l'inquiétude. Une coiffeuse qui connaissait le code du porche de l'immeuble le composa, quelques oreilles se tendirent. On entendit des voix, puis une rapide cavalcade dans l'escalier, mais rien de nourrissant ne remonta à la surface.

– Ils redescendent, glapit une coiffeuse *Massa*.

– Écartons-nous, suggéra une coiffeuse *Féeries*. Sinon, ils ne vont pas réussir à se frayer un chemin et on n'y comprendra rien.

Même solidement maintenu par les lieutenants Toutin et Lambert, Gabin Massa avait l'air aussi calme qu'à son habitude. Le commissaire Jean-Pascal Grousset passa le porche à son tour. Il cria à la foule de s'écarter pour laisser passer un policier en uniforme qui tenait un jeune homme pâle par le bras.

– Louis ! cria Lady Mba. Louis !

L'interpellé chercha Lady du regard, lui adressa un sourire. Louis Nodier était plus grand et plus vaillant que Lola l'avait imaginé. Grousset, qui agitait une main menaçante à l'intention de la foule, exigea le silence alors que plus personne ne pipait mot, et le quatuor policier commença de traverser la marée de coiffeuses et de clientes qui s'écartait comme une seule femme, muette, sonnée. Une fourgonnette était garée sur le boulevard. Quelqu'un poussa un cri. La foule se fendit une nouvelle fois mais plus vite, et dans l'autre sens. Une tornade brune s'engouffra dans le passage Brady. D'autres silhouettes suivirent mais sur un rythme moins véloce.

– Mais qu'est-ce qui se passe à la fin ? glapit Yvette.

– Je crois que Louis vient de fausser compagnie à mes ex-collègues, répondit Lola.

Elle chercha Grousset. Il montait à bord de l'estafette, jappait des ordres au conducteur. Le véhicule partit sirènes hurlantes en direction de la rue Louis-Blanc. Vive l'étroitesse des passages du quartier ! se dit Lola. Et puis Louis connaît le 10e comme sa poche. Il a ses chances. Elle s'offrit un grand sourire intérieur.

Elle se tourna vers Lady Mba. La coiffeuse riait et pleurait en même temps, ses employées autour d'elle. Quant à Yvette Colin, elle était pâle comme un papier journal avant l'impression.

31

Ingrid faisait un vigoureux massage balinais à Lola tandis que l'ex-commissaire lui narrait les derniers événements. On avait glané quelques éclaircissements, grâce au courage et à l'acharnement d'Yvette et de Lady, qui s'étaient succédé rue Louis-Blanc et avaient exigé des informations. L'une en tant que concubine d'un homme assassiné. L'autre en tant qu'épouse d'un homme arrêté. Car Lady Mba n'était pas divorcée de Gabin Massa, mais seulement séparée.

« Et croyez-moi, madame Lola, c'est un détail qui a son importance. C'est le neveu de Mme N'Diop qui le dit. Il est avocat et a accepté de nous aider. Vous auriez dû le voir tenir tête au commissaire, dans son élégant costume. Il garde la veste malgré la chaleur, et la cravate bien serrée. Il fait suer les autres mais, lui, il ne sue pas d'une goutte, et il parle aussi vite qu'Eddy Murphy, mais c'est dans un excellent français, bien sûr, et tout le monde comprend, même ceux qui préféreraient le contraire... »

Ingrid imaginait la scène sans peine. Lola précisa que Gabin Massa campait sur ses positions. Il s'était contenté de rendre service à Charly Borel. Amis d'enfance, Charly et Gabin avaient grandi dans le quartier. C'est vers le coiffeur que s'était tourné le plongeur lorsqu'il s'était agi de trouver une planque à Louis.

– Ce qui explique le coup de fil de Louis à Gabin Massa, poursuivit Lola. Le coiffeur a pensé que le plus simple était de l'héberger. C'était compter sans Clarisse Rengwa, qui n'appréciait pas de partager son toit. D'où sa mauvaise humeur encore plus carabinée que d'habitude. La suite, tu la connais. J'apprends à Massa que Clarisse a trahi Louis et Lady en révélant à Grousset que le shampouineur et le bricoleur travaillaient pour elle au noir. Massa jette Clarisse dehors. Elle se venge en repassant un coup de fil à son ami le Nain de jardin. Cette fois, pour lui donner la planque de Louis.

– Tout ça ne nous dit pas pourquoi Charly Borel voulait que Louis se fasse oublier, dit Ingrid. Et pourquoi il a caché à sa hiérarchie et à son coéquipier qu'il connaissait Agathe.

– L'avocat de Lady a du talent mais pas au point de faire parler les murs.

– Et Charly Borel est toujours dans le coma.

Enfin, il y a au moins un élément positif dans tous ces tracas, c'est le témoignage inattendu de Clarisse.

Visitée par l'élégant et efficace neveu de Mme N'Diop, Clarisse Rengwa avait accepté de témoigner et de confirmer les déclarations de Gabin Massa. Officiellement pour l'amour de la vérité. Officieusement pour cinq cents euros. Elle était à son domicile, avec Louis et son ex-amant, le matin de l'assassinat de José Borel.

– Ouille ! Tu me fais mal !

– Le massage balinais, c'est comme Manta Corridor. Pas fait pour les mauves mauviettes !

– Ingrid, si le grand Majorel déteint sur toi, je te préviens, je saute de cette table et tu ne me revois plus.

Pour toute réponse, Ingrid s'attaqua aux hanches de sa camarade avec vigueur.

Elles purent rencontrer Gabin Massa deux jours plus tard. Cet homme avait été habile au point de cacher Louis dans son propre appartement, sans que quiconque dans le quartier ait le moindre soupçon, et ce pendant qu'elles s'évertuaient à sonder un Paris caniculaire. L'hospitalité s'était prolongée jusqu'à devenir insupportable à Clarisse Rengwa. Le coiffeur était donc fidèle en amitié, même au péril de sa vie privée. Sa personnalité avait intrigué Lola dès leur première rencontre. L'impression perdurait.

Lola faillit rester bouche bée lorsque la porte de Gabin Massa s'ouvrit sur une jeune femme vêtue d'un simple peignoir blanc. La peau caramel, les cheveux ras teints en roux, elle croquait une pomme avec appétit. Elle leur sourit comme si elle les connaissait de longue date et appela Massa.

– Installez-vous où vous voulez. Café ? J'allais justement en faire.

Elles acceptèrent, échangèrent un regard entendu

alors que la jeune femme disparaissait en cuisine. Gabin arriva, drapé dans un peignoir bordeaux, souriant comme à l'accoutumée.

– Vous avez rencontré Amy ? Il faut que ça reste entre nous. Lady n'a pas besoin de ça.

– J'ai la même impression, dit Lola.

De la musique leur parvint de la cuisine. Pour une fois, c'était un répertoire que Lola connaissait. Celui d'Henri Salvador. Amy vint servir le café, caressa la nuque du coiffeur puis repartit d'où elle était venue.

– Amy restera entre nous, promit Lola. Mais il faut nous raconter Louis. Et depuis le début.

Cette fois, Massa s'exécuta sans réticence. Il affirma que cacher Louis et mentir au quartier n'avait pas été une partie de plaisir. Yvette et Lady étaient rongées par le souci. Clarisse devenait insupportable. Mais il n'avait pas eu le choix, les drames n'ayant cessé de se succéder. La mort de la sœur de Louis, tout d'abord. Charly Borel ne croyait pas aux coïncidences. Pourquoi avait-il fallu que ce soit lui, parmi tous les plongeurs de la Fluviale, qui remonte Agathe Nodier de la Seine ? Ensuite, Charly avait failli être tué. Puis ça avait été le tour de José, pour de bon cette fois. Pas question de lâcher Louis dans les rues après pareille accumulation de catastrophes. Il fallait se méfier du monde entier.

– Et donc de nous, dit Lola. C'est pour cette raison que nous vous avons retrouvé à bord du *Fuego*.

– Vous sembliez amies avec Lady, pour autant ça ne faisait pas de vous des confidentes fiables.

– Vous n'avez pas hésité à inventer cette fausse liaison entre Louis et Clarisse.

– J'en suis désolé. Mais à la guerre comme à la guerre…

– Charly craignait quelqu'un en particulier ?

– Non. Mais il constatait que tout déraillait depuis la mort du fiancé d'Agathe.

Massa raconta alors ce qu'il avait appris par Charly puis Louis.

Lorsque les frères Borel décident d'ouvrir un club de plongée à Manado, Louis se retrouve du voyage. Il ne se croit pas capable de devenir plongeur professionnel mais Charly lui démontre le contraire. Il fait de lui un instructeur, lui permet d'obtenir le prestigieux diplôme PADI. Le club se constitue une clientèle. Louis découvre Manta Corridor. Charly lui conseille de garder le site secret, le plus longtemps possible. Mais Louis annonce sa découverte à sa sœur, par mail. Passionnée de photo sous-marine, Agathe plonge correctement, pour avoir appris avec son père, Max. Elle ne résiste pas et débarque à Manado avec Vincent, son nouveau petit ami. Sous son influence, le jeune homme demande à être initié. Il devient l'élève de Louis. C'est un garçon sportif mais pas un champion. Louis fait de son mieux. De son côté, Agathe plonge régulièrement dans Manta Corridor avec les Borel et son frère. Le site est un rêve de plongeur, difficile d'accès mais la sensation inoubliable. Vincent attend leur retour sur le bateau avec l'équipage indonésien.

L'affaire aurait pu en rester là sans l'obstination d'Agathe, qui rêve de partager sa découverte avec Vincent. Des marins lui ont raconté l'histoire de ce couple d'Allemands qui a choisi Manta Corridor pour se marier. Une cérémonie symbolique avec échange d'anneaux. Le site évoque une cathédrale liquide avec ce gros rocher à la silhouette de madone, ces voûtes parsemées d'algues blanches, et les raies géantes en anges des abysses. Agathe l'exaltée, la romantique, fantasme dur. Évidemment, Charly n'est pas d'accord. Il lui interdit d'entraîner Vincent vers ces profondeurs.

Agathe prétexte un coup de fatigue. Les Borel et Louis plongent donc en trio. Elle explique au capitaine qu'elle veut montrer le mur de coraux à Vincent. À six mètres. Un récif vertical. Rien de difficile. Ce jour-là, le courant est faible. Mais Agathe entraîne Vincent vers le fond. Et Vincent la suit en toute confiance.

– On n'a jamais su ce qui lui était arrivé. A-t-il été victime de l'ivresse des profondeurs ? Sous la barre des trente mètres, c'est le risque encouru. Un plongeur expérimenté sait reconnaître les symptômes de la narcose à l'azote. Cette sensation que le danger n'existe plus. Et que l'on peut descendre encore plus bas, ou quitter le repère du mur de coraux pour palmer vers le grand bleu, vers l'infini.

Agathe cherche Vincent jusqu'à ce qu'elle soit à court d'air. Louis et les Borel replongent avec de nouvelles bouteilles. Ils quadrillent toute la zone. Les secours survolent les lieux en hélicoptère. En vain.

– Depuis, Louis ne se pardonne pas la disparition de Vincent.

– Parce qu'il a été son instructeur ? demanda Lola.

– Oui, et parce que, connaissant Agathe, il aurait dû anticiper.

– Ensuite, tout le monde rentre à Paris ?

– Les Borel restent, le temps de vendre le club. Louis rentre avec Agathe. Elle est mal en point. Il ne va guère mieux.

– Il essaie de se soulager en se débarrassant de son matériel, mais le geste symbolique n'a pas l'effet escompté.

– De retour à Paris, Charly Borel est inquiet. Il

reprend contact avec Louis, il lui propose de le faire entrer à la Fluviale.

– Mais Louis refuse. C'est bien ça ?

– En effet. Il se met en tête de retrouver le père de Vincent, parce qu'il estime qu'il lui doit des explications et des excuses. C'est un homme détruit, qui vit comme un clochard. Quelqu'un qui a perdu sa femme dans un accident. Et maintenant, c'est au tour de son fils…

– Attendez une minute, dit Lola. Le nom de famille de Vincent, ce ne serait pas Majorel ?

– Comment le savez-vous ?

– On a un peu creusé la question, dit Ingrid avec un gros soupir.

– Quoi qu'il en soit, Louis se prend de pitié ou d'affection pour le père de Vincent.

– Et il entame alors une longue période d'errance, et d'expiation, en sa compagnie.

– Tout juste, Lola. Manche dans le métro, nuits dans des planques plus ou moins sûres.

– Et, petit à petit, il se rapproche du quartier de sa famille d'adoption, les Borel. José y a retrouvé ses marques. Louis va le voir. Il rencontre Sacha Klein, découvre la chaleur de Lady Mba et du petit monde des *Féeries* et commence à aller mieux.

– Mais à ce moment-là, Agathe meurt. La police parle de suicide mais Charly ne croit pas aux coïncidences. Il me demande de veiller sur Louis. Puis de le cacher.

– Il vous dit pourquoi ?

– Non, il ne me donne pas de détails. Et je ne lui pose pas de questions. Mais depuis je m'en suis posé quelques-unes. Lola, si on réfléchit bien, Louis est le seul survivant…

– Comment ça ?

– Quelqu'un a peut-être décidé de supprimer un à un les plongeurs descendus dans Manta Corridor...

– Le jour de la disparition de Vincent Majorel ?

– Je n'ai pas trouvé d'autre explication. Et si c'est la bonne, ça signifie...

– Que Louis est toujours en danger.

– Exactement.

Lola but une gorgée de café et réfléchit. Elle n'arrivait pas à croire qu'on veuille tuer quatre personnes, en plein Paris, pour venger une mort accidentelle. De plus, Louis étant devenu l'ami du père de la victime, qui voudrait d'une telle vengeance ?

– Vous avez rencontré Lydie, l'ex-femme de Charly ? demanda Massa.

– Oui, pourquoi ?

– Elle ne croit pas au coup de folie du yachtman. Moi non plus. Je connaissais assez bien Joachim Mounier. Il nous invitait souvent sur son bateau, Charly, Louis, Agathe, José et moi. C'était un type qui aimait prendre du bon temps. Quelqu'un qui a aidé Charly à financer son club. Alors pourquoi lui tirer dessus ?

– Une histoire de femme ?

– Je l'aurais su.

– Agathe multipliait les conquêtes...

– Vous faites fausse route. Agathe n'aimait pas les vieux. Et il suffit d'être un rien plus imaginatif que la moyenne pour se dire que quelqu'un veut faire payer les plongeurs par où ils ont péché.

– La noyade ?

– Agathe est morte dans la Seine. José dans sa baignoire.

– Et Charly a failli terminer ses jours dans le port de

195

plaisance, continua Ingrid. Le jeune pilote du Zodiac est mort mais on peut considérer que c'est parce que le tueur ne voulait pas de témoin. Il fallait faire croire au coup de folie du yachtman.

— Imaginez quelqu'un de méticuleux connaissant les habitudes de ses victimes, reprit Massa. Il sait qu'Agathe est portée sur l'alcool et se rend souvent sur le *Fuego*. Il connaît les horaires d'Yvette et sait quand trouver José seul chez lui.

— Il sait que Charly n'hésitera pas à repêcher la clé du yacht de son copain Mounier, dit Ingrid. Facile ensuite de tirer sur les plongeurs et de suicider Mounier.

— On peut imaginer quelqu'un d'organisé, et qui connaît la patience, ajouta Massa.

— Et la haine, continua Ingrid. La mort d'Agathe comme un avertissement. Cette fille est morte, vous êtes le prochain sur la liste.

— Charly, c'est un sacré bonhomme, dit Massa. Ses rêves, il se les gagne à l'arraché. Ses conneries, il les assume. Alors quand il a senti la menace, il a pensé qu'avec de la prudence, et en me demandant de veiller sur Louis, il réussirait à faire face. Il a eu tort.

Il se leva, revint avec une sacoche à bandoulière. Il en sortit un petit ordinateur portable qu'il alluma. Il s'agissait de celui de Louis, le jeune homme avait eu le réflexe de le mettre à l'abri quand Grousset et ses hommes avaient débarqué dans l'appartement. Massa fit quelques manipulations et tourna l'écran vers Ingrid et Lola. Une photo plein écran montrait un trio de jeunes gens. Louis, une fille à l'épaisse chevelure blonde et bouclée, un garçon racé, aux yeux clairs et à la peau café au lait.

— Agathe envoyait souvent des mails et des photos

à son frère. Ça peut vous être utile. Vous n'allez pas vous arrêter en si bon chemin. Louis n'a qu'un couteau de plongée pour se défendre.

– C'est Agathe entre Louis et Vincent ? demanda Lola.

– Oui. C'était une belle gosse. Foutu gâchis.

– Elle avait un métier ?

– Étudiante dans une école de photo. Et serveuse pour payer ses études.

– Charly ne l'a pas interrogée au sujet de l'entourage de Vincent Majorel ?

– Après sa mort, Agathe a failli devenir dingue. Elle a replongé dans l'alcool. Impossible d'en tirer une seule information cohérente. Ils se sont revus quand elle s'est sentie mieux. Mais j'ignore ce qu'ils se sont dit.

– Tout ça ne nous explique pas pourquoi Louis a faussé compagnie à mes ex-collègues. D'autant qu'entre-temps le témoignage de Clarisse l'a disculpé du meurtre de José.

– Je ne peux plus vous aider, dit Massa. Je vous ai raconté tout ce que je savais.

Lola rangea l'ordinateur dans la sacoche et passa la bandoulière sur son épaule. Massa les raccompagna jusqu'à la porte.

– Quand j'ai appris que le fiancé d'Agathe était métis, j'ai pensé que vous pouviez être son père, dit Lola.

– Hélas, je n'ai eu que des filles. Enfin, jusqu'à présent.

Dans la cuisine, Amy reprenait le refrain de *Jardin d'hiver* avec Salvador. Lola et Massa échangèrent un sourire.

– On a oublié de lui demander pourquoi Louis se

faisait appeler Manta, lâcha Ingrid une fois dans l'escalier.

– On n'a pas oublié.

– Non ?

– On aura toujours le temps de s'occuper de ce problème de raie géante. Et puis, quelquefois, quand on découvre la réalité derrière le mystère poétique, on est déçu.

– Pourquoi dis-tu ça ?

– Parce que j'ai enfin terminé mon puzzle. Je m'attendais à un croisement entre l'*Enfer* de Dante et *Le Radeau de la Méduse*. Je n'ai récupéré qu'un avion déglingué. Les passagers et l'équipage avaient peur de monter à bord d'un zinc en bout de course. Tu parles d'un suspense. Dès demain, je me remets au puzzle classique.

– Lola, je ne comprends rien à ce que tu me racontes. Tu es sûre que tu ne veux pas qu'on s'achète une bonne bouteille d'eau minérale ?

– Cesse de me harasser avec ces histoires d'eau, Ingrid. D'accord ?

Une fois dans la rue, Ingrid se tourna vers Lola et la toisa, mains sur les hanches.

– Qu'est-ce qui ne va pas, Ingrid ?

– Cette théorie du tueur décidé à éliminer le quatuor de plongeurs n'a pas l'air de te plaire, Lola.

– Et ça te déplaît qu'elle ne me plaise pas ?

– Non, je m'interroge.

– Excellente approche, Ingrid. Ne pas tirer de conclusions et s'interroger. C'est exactement ce que j'allais te proposer.

– Oui, d'accord, mais que va-t-on faire ?

– Collaborer avec la rue Louis-Blanc, trancha Lola.

– *What the hell !*

– Quand une vie est en jeu, on met ses vieilles inimitiés sous son mouchoir. Le commissaire Grousset est mieux outillé que moi pour retrouver la famille ou les relations de Vincent Majorel. Quant à Clovis le bluesman, on n'en tirera plus rien.

– Sous un mouchoir. Encore une étrange expression française. Surtout que dans votre cas, vu le gros tas d'inimitiés, il vaudrait mieux utiliser une toile de tente.

– Ingrid, j'essaie d'être positive. Et tu ne m'aides pas beaucoup.

– Lola, j'essaie d'être réaliste.

– « L'histoire est bien plus rusée que les historiens et les réalités plus rusées que les réalistes. » Et vlan, Paul Nizan.

– Et vlan, une pirouette.

– « Le vieux sage tente une pirouette, le jeune sauvage l'abat en plein vol. Mais le sage chenu est le plus agréable à regarder. » Et vlan, Léopold Kidjo Koumba.

– Un proverbe sénégalais ?

– Et cent pour cent vrai.

– *Sure.*

32

En quittant le commissariat de la rue Louis-Blanc, Lola se propulsa *Chez Robert*. Le bistrotier se garda de lui demander ce qui la travaillait et posa le calva qu'elle exigeait sur le comptoir. Après quoi, il alla faire reluire ses verres à bonne distance. Lola but son calva en deux lampées et rentra chez elle sur le même mode accéléré. Elle faillit arracher sa nappe et projeter vers le plafond le stupide puzzle canadien enfin reconstitué. Elle pensa enfouir son visage dans un oreiller et y hurler sa rage. Mais elle se raisonna. On avait passé l'âge des fariboles. Il fallait prendre sur soi.

Ses fenêtres étaient entrouvertes, ses volets fermés à l'espagnolette. Les bruits de la rue filtraient à travers une gangue d'ouate sale. Le temps avait la lourdeur d'un mammouth mal élevé, assis sur Paris. Cet orage de malheur ne se décidait pas à crever le ciel et à chialer sur la ville. Et pourtant il aurait dû. Lola songea à une virée aux *Belles*. Une descente de calva artisanal dans la cave de Maxime, en sa solaire compagnie. Mais sa colère était aussi volumineuse que l'arrière-train du mammouth. Elle ne saurait qu'incommoder le restaurateur ; sa cave et son amitié ne méritaient pas ça.

Elle alluma la radio, écouta deux minutes des analystes se contredire à propos du marasme économique français. Elle décida de ressortir, partit au hasard, de son pas le plus rapide. Sur les trottoirs, les passants lui firent de la place, lui coulèrent quelques regards obliques.

Elle perdit le sens du temps, ne s'occupa plus de la lourdeur de ses jambes ou des rigoles de sueur dans son dos, dépassa la République, remonta la rue Oberkampf. Devant le *Café Charbon*, une sensation d'absurdité lui tomba sur les épaules. Où allait-elle ? Jamais personne n'avait pu fuir l'imbécillité. Elle leva la tête vers le ciel de plus en plus sombre, d'une couleur de plomb à présent. Une tranchée bleue survivait vers l'Est. Elle sentit qu'on l'observait. Un homme attablé devant une bière. Une fraîche quarantaine, des boucles brunes, un regard bleu. Il se leva, vint vers elle, tendit une main. Elle repéra le holster garni d'un revolver, sous la veste.

– Vous avez un problème, madame ? Je peux vous aider ?

– Alex ! Eh, oh ! Alex ! Il va pleuvoir. Tu me retrouves à l'intérieur, dit une belle blonde.

Tout en faisant signe à la jeune fille qui venait de l'interpeller, l'homme avait posé sa main sur l'épaule de Lola. Il lui sourit, réitéra sa question. Lola le remercia et rebroussa chemin.

Elle rentra d'un pas plus serein. L'orage éclata comme une mauvaise blague dans la rue du Château-d'eau. Le fracas trancha sa colère, la pluie emporta les morceaux. Le sourire du flic aux yeux bleus la fit sourire à son tour dans la rue ravagée.

– *What the fuck*, Lola ! Tu es plus trempée qu'une rivière. Tes chaussures font un bruit de grenouille.

– Ne commence pas à faire dans la poésie, ma fille. Nous n'en sommes plus là.

Lola put raconter dans le calme son entrevue avec le commissaire Jean-Pascal Grousset. Il ne voulait en aucun cas collaborer. Pour lui, les menaces sur Louis Nodier n'existaient pas. Et l'accident impliquant un groupe de plongeurs à Manado n'avait aucun rapport avec des événements se déroulant dans le faubourg Saint-Denis. De toute manière, l'administration n'avait pas les moyens de « faire du baby-sitting pour des parasites se fichant du monde ». Un shampouineur avait joué au plus fin en ameutant une commissaire à la retraite guettée par la paranoïa et un jeune avocat puant de prétention. Il s'était moqué de la police officielle trop longtemps. Grand bien lui fasse. On retrouverait l'assassin de José Borel en se passant de Louis Nodier et consorts.

– Il m'a mise à la porte. Devant mon ancienne

équipe. Mais ne t'inquiète pas, ça va mieux. J'ai trouvé le moyen d'évacuer la vapeur.

– Que va-t-on faire, Lola ? demanda l'Américaine en tendant une serviette-éponge à son amie. Garder le corps de Louis nous-mêmes ?

– On dit jouer les gardes du corps, Ingrid.

– Jouer ! Ce n'est pourtant pas une partie de rigolade.

Lola pensa au spécimen incroyablement sexy croisé au *Café Charbon* et se visualisa en train de retourner rue Oberkampf, de lui raconter toute l'affaire, et de le persuader de leur donner un coup de main. Il ne fallait pas rêver. Ces histoires-là n'arrivaient que dans les romans. Cet homme était prêt à la sauver mais pas à l'aider. Nuance.

Ingrid n'avait pas attendu de réponse à sa question improbable et était déjà partie s'installer dans sa chambre. L'ordinateur du shampouineur était allumé sur son bureau.

– Tu as l'adresse d'Agathe ? demanda Lola.

– Oui, grâce au numéro de téléphone qu'elle donne à Vincent dans un mail. À son retour d'Indonésie, elle s'est installée dans un foyer d'étudiants, cité des Fleurs, dans le 17e. Pour autant, je ne vois pas trop ce qu'on pourrait y glaner. Depuis le temps, sa chambre a dû être relouée.

– On improvisera sur place. Et que racontent ces mails ?

– Il n'en reste qu'un. Envoyé en avril, quelque temps avant sa mort. Louis a dû effacer les autres au fur et à mesure.

Lola connaissait le dernier mail d'Agathe par cœur. « Tu me crois, maintenant ? Ne fais pas l'idiot et récupère ce que je t'ai demandé. » En pièces jointes :

deux photos sous-marines. Deux vues d'un morceau d'épave. La première montrait une inscription illisible sur une coque. La seconde était une version retravaillée de la première ; elle offrait le même cadrage mais le nom de l'épave était révélé. Malheureusement en idéogrammes. Deux signes élégants mais insondables : 光丸.

Ingrid proposa d'aller réfléchir et dîner aux *Belles*. C'était elle qui invitait. Dans quelques jours, l'amie américaine faisait sa grande rentrée au *Calypso*. Les fonds allaient reprendre de l'envergure. En attendant, la vie continuait. Et deux clients étaient sur le point d'arriver. Lola déclara qu'elle repassait chez elle se changer. On se retrouverait chez Maxime.

Elle partit vers la rue de l'Échiquier avec la sensation de sentir le vieux chien, *Le Radeau de la Méduse*, l'*Enfer* de Dante et la Berezina à elle toute seule. En même temps, elle se réjouissait de ce dîner impromptu aux *Belles*. Dans le fond, la vie n'était faite que de ces menus plaisirs. Il ne fallait pas les gâcher. Elle abandonna ses vêtements trempés et ses chaussures grenouilles dans l'entrée. Elle se fit couler un bain, posa les photos réunissant Agathe, Louis et Vincent sur le rebord de la baignoire, et infusa dans l'eau tiède en repensant à leur trio et à l'épave. Trois jeunes gens et deux idéogrammes flottant au milieu du grand bleu. *Tu me crois, maintenant ? Ne fais pas l'idiot et récupère ce que je t'ai demandé.* Plus facile à dire qu'à faire, jeune Agathe. Jeune Agathe pour l'éternité.

Aux *Belles*, l'ambiance était enjouée. Maxime s'était surpassé avec un pâté en croûte triomphal. Lola l'accompagnait d'un aimable bourgogne tandis qu'Ingrid, à présent tendue vers les prouesses aussi esthétiques que sportives qu'on attendait d'elle au

Calypso, se contentait d'une eau gazeuse. Une hérésie selon Lola qui se gardait bien de donner son point de vue. L'orage n'était plus qu'un souvenir pour Lola, du genre agréable, finalement, et l'air s'était un tantinet rafraîchi. Ingrid n'était pas ivre mais elle racontait des bêtises. Lola l'écoutait comparer Paris et Rome, et se plaindre du manque de fontaines dans la cité gauloise ; elle avait vu récemment Anita Ekberg se baigner en robe du soir dans un DVD et dans une fontaine romaine avec Marcello Mastroianni et, quarante-quatre ans après la sortie du film, ces ablutions étaient pour elle une découverte. Lola l'écoutait d'une oreille et se revoyait dans son bain, sa tête dépassant seule de l'onde, le regard voyageant d'une photo à l'autre. Autant les couchers de soleil de Louis Manta / Nodier ne lui avaient fait aucun effet, autant ces portraits de groupe réunissant deux morts et un vivant lui secouaient les neurones. Elle se resservit un verre de vin.

Ingrid racontait que pour son prochain strip-tease, elle envisageait une mise en scène librement inspirée de *La Dolce Vita*. Elle ferait la fontaine, les moteurs vrombissants des petites décapotables, Marcello et Anita à elle toute seule. Elle ferait le fourreau noir, les longs gants noirs, elle ferait le costume noir et la chemise blanche. Elle ferait la chaleur de la nuit et le rire d'Anita. Elle ferait l'insouciance aujourd'hui disparue, la fête dépourvue de sens et les illusions perdues. Lola hochait la tête et sirotait son bourgogne. Elle aurait dû se sentir lourde mais l'orage l'avait allégée.

Elle visualisait des événements horribles. Charly remontant le corps d'Agathe. Agathe se retournant vers son bien-aimé à quarante mètres de profondeur pour ne découvrir que le vide. Charly flottant blessé dans le port de l'Arsenal, José électrocuté dans son dernier bain. Son passé de flic lui permettait de transformer ces horreurs, à volonté, en un problème mathématique, et de continuer à apprécier son plat et son vin, à écouter l'attendrissante conversation d'Ingrid, la découvreuse de vieilleries intactes. Ah, le charme suranné de la vieille Europe. L'Américaine avait décidé qu'elle n'irait pas au combat par quatre chemins. Elle danserait sur du Nino Rota. Elle utiliserait le même fourreau qu'Anita Ekberg et les spectateurs devineraient où elle voulait en venir. Où elle souhaitait les emmener. Ils s'abandonneraient. Ingrid avait la fraîcheur des artistes naturels.

Mais oui, ma chérie, mais oui, pensait Lola tout en replongeant dans sa baignoire, dans le canal Saint-Martin et dans Manta Corridor. Lola flottait. Lola plongeait. Lola écoutait.

33

Ingrid trouvait à la cité des Fleurs un côté anglais. La voie privée était bordée de pavillons aux jardinets généreux, le foyer où avait vécu Agathe était construit en briques rouges. Elles s'adressèrent à une jeune femme équipée d'une pile de cahiers et de livres derrière un hygiaphone. Lola lut à l'envers quelques titres qui trahissaient les ouvrages de médecine. La jeune fille devait consacrer son été à faire la concierge et à réviser ses cours. Elle eut l'air ennuyé d'être dérangée dans son travail, jeta un rapide coup d'œil sur la carte de Lola et déclara que la chambre était relouée depuis trois mois. Les affaires d'Agathe attendaient à la cave que quelqu'un veuille bien les reprendre.

– Il n'y aurait pas moyen d'y jeter un coup d'œil ? demanda Ingrid.

– Sûrement pas. Interdit par le règlement. Et d'ailleurs la carte de votre amie est périmée.

Lola ne put s'empêcher de sourire. Cette péronnelle avait l'œil vif et l'esprit assorti. Inutile de lui raconter des histoires. Lola décida alors de lui en raconter une vraie, celle de Louis et d'Agathe, et en détail. D'abord agacée, la jeune fille se détendit peu à peu. Au bout de quelques minutes, elle était captivée. Lola n'était pas mécontente d'elle. Elle inventa un nouveau proverbe africain et le savoura en silence : « Le guerrier qui sait y faire attrape la poule par la patte et le singe par la cervelle. » À ce rythme, dans peu de temps, elle serait aussi forte que Lady Mba.

Emportée par son propre récit, Lola ne lésina pas sur les effets spéciaux et dépeignit un univers de bonheur et d'angoisse mêlés, un monde où les raies se battaient en combat singulier contre des méduses. Où les épaves refusaient de dire leur nom. La jeune fille semblait horrifiée par ce qui était arrivé à Agathe Nodier et en même temps fascinée par ces histoires de plongées bleues, de baisers gélatineux et fatals, de danses avec les anges des abysses. Elle finit par les mener à la cave. Pendant qu'Ingrid et Lola déballaient et étudiaient les possessions d'Agathe, la jeune fille leur apprit que, peu de temps avant sa disparition, la sœur de Louis avait été cambriolée.

– Vous savez ce qu'on lui a volé ? demanda Ingrid.

– Son ordinateur, ses appareils photo. Mais il restait l'imprimante et le scanner. Et l'argent. Sur le coup, on avait trouvé ça bizarre. Mais après ce que vous venez de m'apprendre, ce n'est plus bizarre, c'est mystérieux. Je peux peut-être vous aider. Qu'est-ce que vous cherchez au juste ?

– Nous n'en avons pas la moindre idée. C'est bien le problème avec le mystère.

Elles s'attardèrent le temps nécessaire et découvrirent dans un sac en plastique au logo d'une chaîne de librairies deux éléments qui intriguèrent Lola. Un dictionnaire franco-japonais et un logiciel permettant de retravailler les photos numériques. En feuilletant le volumineux ouvrage, Lola fit tomber un ticket de caisse. Le dico avait coûté 54,99 euros, le logiciel, 35,99 euros, une forte somme pour une étudiante et une serveuse, et ces deux produits avaient été achetés le 23 février dernier. Soit presque deux mois après le retour d'Indonésie d'Agathe et de son frère.

– Vous nous autorisez à emprunter le dictionnaire ? demanda Lola à l'étudiante.

– Je ne vois pas qui ça pourrait déranger, dit la jeune fille en observant la couverture. Quatorze mille kanji. Impressionnant. Vous croyez que vous trouverez le nom de votre épave là-dedans ?

Décidément, cette petite était dotée d'un esprit percutant, nota Lola.

De retour chez Ingrid, il leur fallut plusieurs heures pour vaincre le dictionnaire. Mais elles parvinrent à traduire le nom du bateau. Il s'agissait de l'*Ikari Maru*. *Ikari* pour « rayon brillant » et *Maru* en référence au cercle du soleil et au drapeau japonais. Il y avait toutes les chances pour qu'il s'agisse d'un bateau coulé pendant la Seconde Guerre mondiale. Lola avait une théorie.

– Agathe plonge avec son frère et les Borel, et mitraille la faune et la flore indonésiennes. Elle perd son fiancé. Elle rentre déprimée à Paris. Le temps passe. Elle décide d'émerger et s'intéresse de nouveau à ses photos. Des raies, des barracudas, des algues blanches, des anémones et des poissons clowns. Du moins au premier plan. Parce qu'à l'arrière-plan, c'est une autre histoire…

Ingrid venait de se redresser. Elle avait l'œil vif et la bouche entrouverte.

– *Holy shit !* Tu as raison, Lola. Agathe photographie des poissons et des coraux mais une épave se retrouve sur le cliché. Par hasard.

– Eh oui, parce que s'il s'agissait d'une prise de vue volontaire, l'étudiante en photo aurait soigné un peu plus la définition. Intriguée, elle s'est équipée pour faire revenir à la vie l'inscription sur l'épave. En la révélant et en la traduisant.

– Bien vu, Lola. Et sa découverte l'a intriguée suffisamment pour qu'elle en parle à Louis. Alors qu'ils étaient fâchés.

– Et même très fâchés puisque Louis lui reprochait d'être en grande partie responsable de la mort de Vincent.

– Mais en quoi un vieux rafiot japonais peut-il avoir un quelconque intérêt ?

– Je sens que nous ne sommes pas au bout de nos peines, Ingrid.

– À l'école, j'ai appris que la guerre du Pacifique avait été un vrai massacre. Des centaines de carcasses d'acier dorment dans les mers du Sud, depuis près de cinquante ans.

– Oui, mais elles dorment surtout dans les eaux philippines.

– Le monstrueux tsunami de l'hiver dernier a peut-être chamboulé tout ça.

– Impossible. Manado est au nord de l'Indonésie. Le tsunami a épargné ces côtes.

– Alors qu'est-ce que l'épave fait là ?

– Ses marins partaient peut-être enquiquiner les Hollandais qui tenaient l'Indonésie.

Pas un client dans le magasin. Louis Nodier se sentit soulagé. Il se souvenait de l'armée de combinaisons pendues au plafond et des pancartes annonçant les bonnes affaires. La vendeuse n'avait pas plus changé que le décor. Elle leva les yeux d'une pile de papiers. Il sut qu'elle l'avait reconnu.

– Vous venez vendre votre couteau ?

Il fut pris au dépourvu. Elle le regardait d'un air un rien moqueur.

– Non, je viens récupérer mon GPS. Vous vous souvenez ? Je vous l'ai laissé en pension.

– Je m'en souviens. On parlait même de vous avec une Américaine, il y a quelques jours à peine.

– Vous ne le lui avez pas vendu, tout de même…

– Rassurez-vous. Votre GPS n'a pas bougé de ma vitrine. Et puis cette grande et belle fille n'était pas une plongeuse, c'était une sorte de détective. C'était vous qui l'intéressiez, pas votre boîtier.

Elle prit un trousseau de clés, ouvrit la vitrine, saisit le boîtier gris et le lui tendit. Louis l'étudia un moment.

– Je n'ai touché à rien. Mémoire intacte. Vous avez décidé de vous remettre à la plongée, finalement ?

– Peut-être bien.

– Et l'Américaine ? Ça a l'air de vous laisser indifférent. Elle vous cherche partout, vous savez.

– Oui, je sais. C'est une amie de ma famille. J'ai

une famille un peu spéciale. Ils n'acceptent pas que je les laisse sans nouvelles.

La vendeuse lui souriait toujours.

– La grande Américaine se demandait pourquoi vous vous faisiez appeler Manta.

Louis aurait pu lui donner plusieurs réponses. Il avait voulu changer de vie, là-bas en Indonésie, mais ça n'avait pas marché. Il était rentré à Paris, avait retrouvé le père de Vincent, mais impossible de l'aborder de plein fouet. *Salut, je suis le frère d'Agathe Nodier, la fille que ton fils n'aurait jamais dû regarder en face, ne serait-ce que cinq minutes.* Le jour de sa rencontre avec Clovis Majorel, il lui avait fallu un masque derrière lequel se cacher. Alors le mot *manta* lui était venu naturellement. Parce qu'elles voltigeaient encore dans ses souvenirs. Il s'était senti à deux doigts du paradis le jour où une raie géante était sortie des profondeurs pour lui tenir compagnie. Oui, il aurait pu fournir plusieurs réponses à cette femme souriante qui s'intéressait à lui, mais les mots ne lui venaient plus. Le boîtier gris lui brûlait la main. C'était un cube en plastique mais il contenait un univers. Il le glissa dans son sac à dos et dit à la vendeuse qu'il fallait qu'il s'en aille.

Après le départ de Louis, la vendeuse demeura un instant immobile. Elle n'arrivait pas à se souvenir de l'endroit où elle avait rangé la carte de visite de l'Américaine.

34

Ingrid essayait les perruques, les unes après les autres, devant le miroir au soleil de sparadrap ; plutôt que d'admettre qu'elle n'avait pas les moyens de le remplacer, Lady Mba prétendait qu'il donnait un chic supplémentaire à son établissement, mais aucune de ses coiffeuses ou de ses clientes n'était dupe. Pour sa grande rentrée au *Calypso*, l'Américaine hésitait entre trois parures, du point de vue de Lola aussi effrayantes les unes que les autres – une coiffe atrocement bleue de Vampirella hirsute, une tignasse de Barbie junkie, une descente de lit en poil de mammouth rouge –, et ce malgré les protestations de Lady Mba, qui lui rappelait qu'elle pouvait toutes les emporter. C'était bien le contrat de départ, le paiement pour cette enquête épuisante. Certes, la boucle n'était pas bouclée. Mais Louis était remonté à la surface. Pour remettre les voiles aussitôt, mais l'essentiel était de le savoir vivant. Et rien n'était trop beau, présentement, et de toutes les façons, pour rémunérer une telle joie.

Lola écoutait ses deux amies d'une oreille. Elle avait pris la décision de fouiller les archives du musée de la Marine, place du Trocadéro. Elle comptait y dénicher de l'information. Et se souvenait de Lydie Borel expliquant que l'implacable mais intéressant commandant Brière y passait ses week-ends. Le problème, c'est qu'on ne pouvait pas embaucher Ingrid. L'amie américaine était absorbée dans les affres de la création. Cette nuit, elle retrouvait son public à Pigalle et il fallait la laisser se concentrer. Lola caressa un moment l'idée d'embarquer Lady Mba dans l'aventure, mais renonça vite à cette dangereuse inspiration. La verve de la coiffeuse ne tiendrait pas longtemps comprimée dans le silence d'une bibliothèque. Lola laissa ses deux camarades à leurs essayages et quitta les *Féeries*. Elle n'avait jamais aimé les enquêtes en solitaire, et les meilleurs souvenirs de la rue Louis-Blanc restaient ceux où elle avait travaillé au coude à coude avec ses hommes, loin de la paperasse, « la truffe dans le caniveau » selon l'expression du jeune Barthélemy. Lola dissipa cette bouffée de nostalgie et descendit dans le métro surchauffé.

Elle interrogea la base de données de la bibliothèque du musée et ne trouva aucune trace de l'*Ikari Maru*. Elle élargit sa recherche. Bientôt, elle se retrouva plongée en pleine guerre du Pacifique. De la première victoire américaine de Midway à celle de l'écrasement de la flotte impériale japonaise à Leyte, pour la plus longue et plus grande bataille de tous les temps. Au cours de cette sanglante épopée, si nombre de bateaux avaient sombré, l'*Ikari Maru* n'était pas resté dans les annales. Lola dut déclarer forfait. Elle alla rendre les documents à la bibliothécaire, une femme de son âge, à l'allure avenante.

— Vous ne semblez pas avoir trouvé votre bonheur.

— Je cherche des informations sur une épave japonaise précise, l'*Ikari Maru*. Elle a sombré dans les eaux indonésiennes, et plus particulièrement dans la mer des Célèbes, répondit Lola en montrant la photo qu'Ingrid avait imprimée.

— Guerre du Pacifique ?

— Ça m'en a tout l'air.

— Allez donc faire un tour à l'IRO, l'Institut de

recherches océanographiques de Saint-Mandé. Ils possèdent une documentation très pointue sur les épaves.

La bibliothécaire s'interrompit et fixa un point derrière l'épaule de Lola. L'ex-commissaire se retourna et découvrit le commandant Brière. Il avait l'aspect chaleureux d'une bonbonne d'azote liquide. Elle remercia la bibliothécaire et se dirigea vers le patron de la Fluviale, main tendue. Il hésita puis lui donna une poignée de main.

– J'ai comme dans l'idée que vous musardez toujours sur les terres du commissaire Grousset, madame Jost.

– Qui vous dit que je ne partage pas tout simplement les mêmes passions que les vôtres, commandant ?

– L'histoire de la marine fluviale, vraiment ?

Il avait eu pour toute mimique un serrement de mâchoire. Il fallait l'admettre, ça avait une autre allure que les gesticulations du Nain.

– Sortons, je crois que nous dérangeons les lecteurs, ajouta-t-il.

Il marcha vers la sortie. Lola suivit en espérant qu'il allait lui offrir un verre à la cafétéria du musée mais l'expression de l'officier n'annonçait aucune réjouissance, même modeste. Il voulait dire ce qu'il avait à dire en restant planté au milieu d'un hall de marbre.

– Qu'est-ce que vous faites là, madame Jost ?

Pas de préambule, droit au but. Dans le genre torpilleur US à la bataille de Midway. Elle décida de l'étonner en lui racontant la vérité. Elle avoua ses recherches au sujet d'une épave repérée dans un ordinateur. Un ordinateur appartenant à Louis Nodier, jeune homme en fuite et ami du brigadier Charly Borel.

– Vous ne m'apprenez rien. Je sais qui est Louis Nodier et je n'ignore pas ses relations avec Borel.

Cette pique ne la découragea pas et elle enchaîna sur Agathe, sur sa mort aux abords du *Fuego*, un bateau immobile, dans un genre très différent de celui des croiseurs et autres tankers nippons qui sillonnaient la tourmente du Pacifique, à l'époque où l'océan n'avait jamais aussi mal porté son nom.

– Quant à Grousset, j'aurais préféré qu'il fasse correctement son travail, continua-t-elle. S'il n'avait pas laissé le petit Nodier s'échapper, on se ferait moins de souci.

– Pourquoi, vous le croyez en danger ?

– Je le sais en danger. Avec sa sœur Agathe et les frères Borel, il faisait parti du quatuor de plongeurs qui s'est mis dans les ennuis jusqu'au cou en descendant dans Manta Corridor.

Pour faire bonne mesure, elle lui raconta le site de la mer des Célèbes. Sa beauté, ses dangers, et son épave.

– J'ai plutôt l'impression que le danger du moment, c'est vous, madame Jost. Vous tueriez sous vous le plus patient des hommes.

Lola ne put s'empêcher de distribuer un nouveau bon point au patron de la Fluviale. Un homme capable de plaisanter, dans des circonstances difficiles, en gardant un visage de glaçon sculpté, était à peu près aussi habituel qu'une avalanche au mois d'août. Et encore. Des tonnes de neige s'écroulaient peut-être, en ce moment même, quelque part dans l'hémisphère Sud.

– Il se fait tard et j'ai grand faim. Accepteriez-vous de vous restaurer en ma compagnie ?

Lola savait qu'elle allait essuyer un refus magistral mais prenait goût à cet échange sportif avec l'officier au tempérament d'iceberg.

– Je compte plutôt passer mon samedi en compagnie de quelques marins.

– Morts depuis longtemps, je suppose ?

– Mais toujours vivants dans les livres de cette bibliothèque. Ils cultivaient des vertus oubliées. La discrétion, par exemple.

– Si c'est votre idée de la relaxation, je la trouve excellente. Mais rien ne vous empêche de vous offrir une récré.

– Vous comptez pousser vos recherches jusqu'à Saint-Mandé, si j'ai bien compris. Je ne voudrais pas interrompre vos efforts de chasseuse d'épave.

Le sens de l'ironie et des oreilles en parfait état de marche, cet homme était impayable.

– Encore un mot, madame Jost.

– Avec plaisir.

– Le brigadier Borel est sorti du coma. Il est encore très faible mais je suis allé l'interroger. Personnellement. Il n'a pas vu son agresseur.

– Fâcheux.

– Mais tout ça ne nous empêchera pas de lui mettre la main dessus. Avec du travail et de la patience. Et sans l'aide d'éléments extérieurs. Je vous l'apprends parce que vous finirez de toute manière par le savoir. Mais une chose doit être claire.

– Certainement, et je suis tout ouïe.

– Il est hors de question que vous tentiez d'interroger mon subalterne. C'est d'ailleurs inutile. Il est sous bonne garde au Val-de-Grâce.

– C'est heureux.

– Pardon ?

– Une bonne garde est exactement ce qu'il faut à Charly Borel. Parce que celui qui a essayé de le descendre est prêt à recommencer.

– Merci pour votre précieuse collaboration, madame.

Il tourna les talons et repartit vers la bibliothèque et ses marins vertueux. À peine arrivé, déjà reparti : amusant, ce goût des gens pour l'agitation gratuite, songea Lola. Elle était heureuse d'apprendre le retour parmi les vivants du brigadier Borel. Elle ne le connaissait pas, mais avait appris à flairer le brave homme sous les souvenirs et descriptions des uns et des autres. Quant au commandant Brière, il était irrésistible dans le genre grand congélateur. Elle traversa la place le sourire aux lèvres, et à la recherche d'une brasserie qui proposerait un repas décent à un prix du même genre. Dans ce quartier de musées et de splendides immeubles haussmanniens, la quête était difficile. Presque autant que celle de l'*Ikari Maru*.

35

Marie avait décidément autant de talent que d'intuition. Et elle n'ignorait rien de *La Dolce Vita* et de son ambiance. Elle avait trouvé la robe idéale : simple, noire, et fendue jusqu'en haut de la cuisse droite. Ingrid venait de mettre la dernière main à son maquillage. Des faux cils épais comme des gousses de vanille et un rouge à lèvres inoubliable. Elle laissa Marie lui coller une batterie de faux ongles, des griffes offensives mais d'un rose crémeux. Elle enfila ce rêve de robe puis la perruque offerte par Lady Mba. Le contraste entre les lourdes mèches blondes en folie et la pureté du fourreau de satin était une réussite. Ingrid s'observa en silence alors que Marie mettait un peu d'ordre dans la loge. Les réflexions de son ami le psychanalyste lui revinrent sans qu'elle puisse leur opposer le moindre contrôle. *Elle était trop fière de ses cheveux blonds. Et avait séduit Poséidon grâce à ce casque d'or. Athéna l'a punie en transformant sa chevelure en un paquet de serpents grouillants.* Elle entendit la porte s'ouvrir et se retourna. Timothy Harlen se tenait dans l'embrasure, un bouquet de tulipes orange à la main.

– Je voulais te souhaiter bonne chance, darling. Même si je sais que tu n'en as pas besoin. Tu vas nous les hypnotiser d'un claquement de doigts.

– Merci, Timothy.

Elle se sentait émue. Elle en avait tellement voulu à Timothy de l'avoir renvoyée. Mais cette nuit, tout était pardonné. Cette nuit, Paris lui ouvrait grand les bras et elle avait bien l'intention de s'y précipiter. Elle prit le bouquet et se laissa escorter par son patron jusqu'à la scène. Ses amies et collègues étaient toutes là pour border le chemin. Il y avait Virginia, sa consœur californienne, et Carlota la Jamaïquaine traqueuse mais surdouée, et Cindy l'Australienne à la peau de lait, l'opulente Cameron et l'athlétique Sharon. Elles l'encouragèrent, l'embrassèrent, la touchèrent aux épaules, aux bras comme des algues douces, firent bouffer son invraisemblable perruque *made in Africa*. Les premières mesures de Nino Rota se firent entendre. Les portes de la cité éternelle s'entrouvraient doucement. Marcello était déjà là, sa décapotable garée à deux pas, il l'attendait en lui tendant la main, avec son sourire d'éternel adolescent, avec son costume un rien ajusté, avec sa cravate maigrelette, et la fontaine laissait couler ses salves d'argent derrière lui.

Timothy écarta les rideaux et Ingrid franchit le cap

tant espéré. La salle était bondée. Les puissants projecteurs orientés dans sa direction lui cachaient le détail des visages mais elle sentait leur attente, absorbait la chaleur de leurs murmures. Il y eut un sifflet d'encouragement et puis un autre et un homme cria son nom d'artiste. Au centre de la scène, Marcello attendait. Il l'attira vers lui. Il passa ses mains dans l'épaisse chevelure. Le geste électrisa cette tigresse de Gabriella et elle put commencer sa danse.

Installée devant la télévision, Lola zappait machinalement de chaîne en chaîne. Elle freina sec sur un reportage qui avait un rapport avec la mer, et écouta d'une oreille un maître nageur expliquer les nécessaires précautions que devaient prendre les amateurs de bains de mer en cet impitoyable mois d'août. Lola se dit qu'elle aurait préféré une villégiature côtière à un séjour dans un appartement parisien surchauffé. D'autant que sa quête à Saint-Mandé s'était révélée peu utile. Elle avait exploré une nouvelle fois les arcanes de la guerre du Pacifique mais sans résultat concret. Et l'*Ikari Maru* était resté au fond des eaux.

Elle avait eu la malchance de tomber sur un passionné, un sexagénaire vêtu d'une veste en tweed tachée et malodorante, qui lui avait conseillé de s'intéresser au « trésor du général Yamashita ». Pour cet amateur d'histoires de marins, fervent pratiquant du centre de documentation de l'Institut de Saint-Mandé, et dont l'haleine indiquait qu'il avait accompagné son déjeuner d'une boisson plus intéressante que l'eau minérale, les épaves japonaises datant de la Seconde Guerre mondiale formaient un univers en soi. Parce qu'elles renfermaient des trésors. Ramollie par la chaleur et par un médiocre déjeuner dans une brasserie hors de prix de la rue Boissière, Lola s'était laissé entraîner dans les histoires filandreuses du bonimenteur aviné, et ce malgré ses ongles en berne et sa veste de mort-vivant.

Le raseur décati prétendait que plus de quatre mille tonnes de lingots, bijoux et œuvres d'art diverses dormaient dans le Pacifique. Produit de la confiscation par les militaires nippons des richesses d'une douzaine de pays asiatiques, une partie du précieux butin avait été chargée sur des navires à destination du Japon. Le trésor avait été associé au nom du général Tomoyuki Yamashita, parce qu'il était l'un des plus hauts gradés de l'époque, acteur de la conquête foudroyante des Philippines, et responsable de la prise de Singapour. Le raseur semblait avoir de l'admiration pour ce Nippon à galons. Il ne manqua pas d'évoquer son surnom : le Tigre de Malaisie. La chance de l'armée impériale avait tourné après la bataille de Midway, et les attaques des sous-marins américains avaient rendu de plus en plus dangereux le passage des bateaux vers l'archipel nippon. Le gouvernement japonais avait alors décidé de cacher le trésor aux Philippines en espérant que les îles resteraient japonaises à la fin du conflit.

On ne savait pas si Yamashita avait été impliqué directement dans cette affaire. En tout cas, le destin du général mettait le raseur en transe, bien que sa gestion de la guerre aux Philippines ait fait plus de cent mille victimes dont un nombre considérable de civils. La fin du Nippon fut tragique. Jugé devant un tribunal militaire, il avait été pendu. Mais n'avait laissé aucune déclaration officielle quant aux caches du « trésor ».

Depuis, les seules batailles qui faisaient rage étaient celles des experts. Les uns affirmaient que le trésor était un mythe. Les autres juraient le contraire, et assuraient que le dictateur Marcos en avait profité largement. Une équipe de télévision japonaise avait d'ailleurs retrouvé mille huit cents lingots d'or dans les montagnes aux alentours de Manille. Et des chasseurs d'épaves du monde entier sondaient les mers dans une quête aussi mythique que celle de l'or du Rhin ou des trésors cachés du Troisième Reich.

Lola avait réussi à se débarrasser du bavard impénitent et avait interrogé un des documentalistes. L'employé, un novice fraîchement débarqué à l'Institut, avait cherché l'*Ikari Maru* dans ses fichiers et n'avait rien trouvé. Il avait alors conseillé à Lola de revenir voir sa chef lundi. Une certaine Pierrette Quesnel. L'ex-commissaire rentra chez elle la tête farcie de faits glorieux et autres opérations kamikazes, l'esprit flottant entre Guadalcanal et Leyte, dans un océan ponctué d'étincelles, celles des lingots du trésor Yamashita, des lingots prêts à rouler le long de fosses abyssales pour la seule distraction des raies et des méduses.

Lola s'offrit un troisième porto et songea à Ingrid. L'amie américaine faisait sa grande rentrée à Pigalle et était remontée comme un pilote de Zéro avant l'attaque d'un tanker US. Elle allait tout leur donner, et même le superflu. Elle mit sa télévision en sourdine et souhaita bonne chance à Ingrid en pensée. Sa réintégration au *Calypso* était un souci de moins et c'était déjà ça de gagné sur l'adversité. Bercée par ces pensées réconfortantes, l'ex-commissaire s'endormit sur son canapé.

– C'était grandiose, darling ! Tu nous reviens plus en forme que jamais. J'ai senti les clients frémir. Tu les tenais. Si je m'écoutais, je te ferais signer un contrat à vie. Allez, champagne pour tout le monde !

Ingrid songea à répliquer qu'elle ne s'imaginait guère jouer à l'effeuilleuse à quatre-vingts ans mais y renonça. Quand Timothy, féroce businessman et night-clubber revenu de tout, retrouvait une joie de collégien, il ne s'agissait pas de casser l'ambiance en l'interrompant. Elle se contenta de sourire et d'accepter une coupe. Sa loge avait pris l'allure de la cabine des Marx Brothers dans *Une nuit à l'opéra*. La troupe était là au grand complet, ainsi que les costumières, l'ingénieur du son et quelques clients triés sur le volet. Et chacun congratulait et félicitait et cajolait. Ingrid se sentait vidée et parfaitement heureuse. Son retour sur scène était plus jouissif que ce qu'elle avait anticipé. Elle avait même l'impression que ces mois d'abstinence lui avaient redonné une nouvelle énergie. Elle passa de groupe en groupe et se laissa chouchouter. Timothy retourna à ses affaires, les clients suivirent le mouvement. Carlota et Cindy s'attardèrent.

Quand Ingrid releva la tête, Abel Léonard, tout de noir vêtu, était planté dans sa loge. Et souriait d'un air aimable.

Carlota se tourna vers Ingrid et l'interrogea du regard. Et lui fit comprendre par un léger signe du menton, et une roulade des yeux, qu'elle trouvait Léonard canon. Puis la Jamaïquaine se leva et entraîna l'Australienne vers la sortie. Ingrid se tourna vers le patron du *Fuego*. Carlota avait beau être une effeuilleuse de première classe, elle n'avait jamais rien compris à la psychologie masculine. Certes, Abel Léonard était aussi séduisant qu'on pouvait l'être, mais sous la défroque du mâle de rêve, sommeillait la créature visqueuse et létale.

– Ton show était top. Et tu es incroyablement belle.

Ingrid laissa glisser le compliment, alla s'asseoir à sa coiffeuse et enleva sa perruque. Puis elle se débarrassa de ses faux cils, se badigeonna le visage de crème et se démaquilla. Une fois son travail fini, elle réajusta la ceinture de son peignoir, une simplicité blanche portant l'inscription *Calypso* en arc de cercle argenté.

– Je peux ? demanda-t-il en s'approchant, mains tendues.

Il écarta le col du peignoir, posa ses mains sur son cou. Ingrid suivait ses gestes dans le miroir. Il commença à la masser.

– Tu as l'air d'un ange avec tes bouclettes blondes et ton peignoir blanc. On te l'a déjà dit ?

– Non.

– En fait, tu es vraiment un ange. Tu soulages les gens. Aussi bien dans ton atelier de massage du passage du Désir que sur la scène du *Calypso*. Tu vois, je sais tout de toi.

Il cessa son massage, laissa ses mains sur ses épaules, frôla sa joue droite du bout d'un doigt.

– Ta copine et toi avez retrouvé votre égaré ?

– Non.

– C'est une erreur de lui cavaler après. Ce type est dangereux.

– Ce type, comme tu dis, est le frère d'Agathe Nodier. Une fille que tu connaissais bien.

– Même très bien. Et je sais qu'il est son frère. Je tenais à cette petite Agathe, mais elle était vraiment allumée. D'ici à ce que ce soit de famille… Moi, j'imagine une histoire bien crade. Agathe couche avec le vieux plongeur. Et même le frangin du vieux plongeur. Et son frère ne supporte pas ça. Parce qu'il aime

222

sa sœur. Il l'aime trop. Ils se tirent en Indonésie en famille. Mais bien sûr, ça ne marche pas. Agathe n'est douée que pour les catastrophes. Elle a abîmé son frère quand ils étaient mômes. Elle l'a entraîné sur un chemin interdit. C'était plus fort qu'elle. Elle en redemandait, crois-moi. Et elle était belle. Pas autant que toi, bien sûr.

Il récupéra une bouteille de champagne et remplit un verre qui traînait sur la coiffeuse. Il but une gorgée.

– Viens, je t'emmène dîner. Où tu voudras.

– Je n'ai pas faim. Merci.

– Sûre ?

– *Yeah, definitely.*

– Dommage. On est presque pareils, toi et moi.

– Ça m'étonnerait.

– Tu n'as pas aimé mon massage ?

Il leva les mains. C'était le même geste que celui sur le *Fuego*, la nuit où elle l'avait découvert dans son œuf de velours, fumant son cigare en costard griffé. *Ne t'énerve pas. Tout va bien.* Sa chemise noire s'écarta sur sa médaille d'or.

– Avec tes mains, tu évacues le stress et les tensions. Moi aussi. Mais je connais l'autre facette. Tu vois de quoi je veux parler ?

– Non.

– Une simple pression sur la tempe, sur le plexus ou la colonne peut immobiliser pour un temps, paralyser pour de bon, tuer. C'est une question de technique et d'intensité.

Avant qu'elle ait eu le temps de réagir, la main droite de Léonard avait atteint son cou. Il se mit à serrer. La douleur fut presque intolérable. Sa gorge ne laissait plus passer ni air ni son. Ses bras étaient paralysés. Ses ongles de tigresse inutiles.

– Je sais faire autant de mal que tu sais faire du bien.

Il la relâcha. Ingrid prit une grande goulée d'air, porta sa main à son cou.

– Ne t'inquiète pas pour ta peau. Les clients du *Calypso* n'y verront que du feu.

– *Shit-head !*

– Ah, les Américains, j'adore votre langage imagé.

– *Ass-wipe !*

– Non, vraiment, tu devrais y réfléchir. Toi et moi, on pourrait être le yin et le yang, l'eau et le feu, le blanc et le noir. J'habite avenue Marceau. Au 42. L'appartement avec terrasse, tout en haut. Viens me voir. Ça te changera du faubourg Saint-Denis.

– *Kiss my ass !*

– Tu me plais encore plus quand tu es en colère.

Le téléphone réveilla Lola au milieu d'un rêve très agréable. Elle dansait sur le pont d'un bateau noir et luisant, avec un homme aux yeux bleus, et elle avait trente ans de moins.

– Allô !

– Léonard sort du *Calypso*. Il m'a à moitié étranglée avec ses sortilèges de mercenaire.

– Qu'est-ce qu'il voulait ?

– Savoir où en était notre enquête. Et il prétend qu'Agathe couchait avec son frère. Il dit que c'est Louis qui a tué tout le monde.

Lola se tut un moment. Ingrid prit un ton impatienté.

– Lola, tu m'écoutes à la fin ?

224

– Et comment va Gabriella Tiger ?

– Beaucoup mieux que moi.

– Eh bien, c'est déjà ça. Écoute, je te propose d'aller enquiquiner une documentaliste lundi à Saint-Mandé. C'est moins dangereux que de titiller le prince des méduses.

– Tu as déniché quelque chose ?

– Juste quelques milliers de tonnes d'or au fond du Pacifique.

Elle entendit Ingrid soupirer.

– Rends-moi service, tu veux ? reprit Lola.

– Oui, quoi ?

– Demande à Timothy Harlen de te faire raccompagner par son chauffeur cette nuit.

– Oui, je crois que tu as raison.

Lola raccrocha d'un air pensif. Est-ce que le prince des méduses virevoltait autour d'Ingrid parce qu'il la trouvait à son goût ? Bien sûr, mais pas seulement. Le prince des méduses avait un tas d'idées derrière la tête. Mais de là à s'attaquer à une ancienne flic et à une protégée d'un roi des nuits parisiennes comme Timothy Harlen, il y avait une marge. Pour autant, il ne fallait pas tenter le diable. Sa montre indiquait 1 h 47. Elle se tourna vers l'écran télé. La chaîne diffusait un film porno, en noir et blanc. Le duo d'acteurs réalisait sa performance, assez acrobatique, dans une rue déserte, de nuit et sous la pluie. Une pluie à la générosité tropicale. Pour du porno, Lola dut admettre que c'était assez esthétique. Elle éteignit la télévision et alla se coucher. Une fois allongée, elle attendit que l'éclairage urbain qui filtrait à travers les volets dessine les contours de sa chambre. Elle ferma les yeux et le trio Agathe, Vincent et Louis revint trembler sous ses paupières. Un vivant et deux morts. De l'amour dans tous les sens. Une équation à trop d'inconnues.

36

Lola vérifia que le raseur n'était plus dans les parages. Calme et recueillement : dans la poignée de lecteurs penchés sur leurs ouvrages, seul un homme releva brièvement la tête. Elle repéra une quinquagénaire dans le bureau vitré de l'accueil. Elle entra et lut le badge de l'employée : *Pierrette Quesnel*. À la bonne heure, il s'agissait de la patronne du novice.

Pierrette Quesnel se révéla timide et un rien inquiète. De toute évidence, elle n'avait pas l'habitude de voir son paisible centre de documentation envahi par des investigatrices déterminées. Pour la mettre à l'aise, Lola lui narra les raisons et les détails de leur enquête. À la fin du récit, Quesnel poussa un soupir admiratif.

– Eh bien, vous devez avoir de longues journées !

– On ne se plaint pas.

– On aime le sport, ajouta Ingrid.

L'employée sourit, soit pour cacher sa timidité, soit parce qu'elle était sous le charme de l'accent d'outre-Atlantique et des allures de girafe mal fagotée d'Ingrid. Lola n'avait fait aucun commentaire quant à la tenue de l'amie américaine. Mais elle aurait pu. Le débardeur était élimé et kaki, le short d'un marron délavé, les lourds godillots d'une teinte jaunasse, et l'effet « Lawrence d'Arabie de retour d'un raid dans la péninsule Arabique » était dynamité ou complété,

226

selon les goûts, par l'inénarrable chéchia rouge. Il y avait aussi un sac à dos, en tissu camouflage. Pour faire bonne mesure et parce que Pierrette Quesnel se taisait, pensive, Lola montra une photo de Louis. Celle où il posait entre Vincent et Agathe.

– C'est ce jeune homme que l'on recherche. Il est vraiment dans les ennuis et la police semble trop débordée pour s'en occuper.

La documentaliste prit la photo et l'étudia.

– Jamais vu.

– Et la blonde ? demanda Lola sous le coup de l'intuition.

Quesnel se troubla.

– Elle est venue ici, n'est-ce pas ?

– Oui. Mais je ne me souviens pas de ce qu'elle cherchait.

– Des documents sur un bateau japonais ?

– Peut-être.

– L'*Ikari Maru*, ça ne vous dit rien ? demanda Ingrid avec sa spontanéité légendaire.

Lola étudia mieux Pierrette Quesnel. Un nuage était passé dans ses yeux et elle allait peut-être se refermer comme un livre interdit. Mais non, elle reprit la parole, l'air contrarié.

– Cette fille a eu des problèmes ?

Elle avait pâli. Lola se confectionna un visage apaisant de bonne grand-mère. Mais de bonne grand-mère inflexible.

– Elle est morte.

– Quand ça ?

– En avril dernier. Suicide. Mais en apparence seulement.

Lola laissa Quesnel ingurgiter l'information, mixer

quelques pensées guère agréables et prendre sa décision.

– Promettez que ça restera entre nous.

– On promet, dit Ingrid. On jure sur l'honneur, même.

Ingrid sourit d'un air très engageant. Lola se dit que quelquefois la candeur de sa camarade était une bénédiction.

– On jure, répéta Ingrid.

– Eh bien j'ai donné une info la concernant à un habitué de l'Institut.

– Quelle info ? demanda Lola.

– Il m'avait demandé de lui signaler toute personne intéressée par le même sujet que lui. Quand cette fille est venue se renseigner sur les épaves de la mer des Célèbes, j'ai prévenu le client.

– Gratuitement ? demanda Lola avec un sourire.

– Pour un peu d'argent. Je l'avoue… j'ai des moyens limités et…

– Qui est-ce ?

– Le genre qui vit sa vie dans les vieux papiers.

– Un nom ?

– Pierre-René Paulin.

– Une adresse ?

– Vous n'allez pas lui créer d'ennuis ? Il n'a sûrement rien à voir avec la mort de cette fille. Il est maigre et voûté et branlant.

– Rassurez-vous. On ne veut que des renseignements.

– Il habite près d'ici. Un pavillon, rue de l'Abbé-Pouchard.

– Ça ne serait pas un bonhomme à la soixantaine mal conservée, guère grand et plutôt sec, avec une odeur corporelle significative. Des cheveux pauvres, gris et gras. Et des ongles en deuil. Et un goût pour les vieilles vestes en tweed en plein mois d'août.

Ingrid produisit une copieuse grimace.

– Ça se pourrait, admit Pierrette Quesnel.

– Mais enfin, Lola, vas-tu m'expliquer ce qui se passe ? C'est qui ce vieux dégoûtant avec ses ongles en enterrement ?

Lola ouvrit son plan, le déposa sur les genoux d'Ingrid et lui demanda d'endosser le rôle du guide. Elle fit démarrer la Twingo, et tout en conduisant raconta son entrevue avec un malin qui avait réussi à lui tirer les vers du nez comme à une novice. Quelquefois, pour obtenir des informations, la meilleure technique était de jouer au bavard impénitent. Il l'avait noyée dans le désastre de la flotte impériale, lui avait agité sous les yeux le trésor d'un pendu, l'avait embarquée de l'archipel philippin aux côtes japonaises. Et l'avait fait parler.

– Tourne à droite au prochain feu. Et que lui as-tu raconté ?

– Que je cherchais Louis. Que sa sœur était morte. Qu'elle avait laissé derrière elle les photos d'un bateau au nom de *Soleil brillant*.

– Le truc habituel, quoi.

– Mais il ne se doute pas à qui il a affaire, l'animal. Il m'a prise pour une grosse dame en pleine digestion. Je vais lui montrer que nous avons de la ressource et du répondant.

– Tu ne crois pas qu'on devrait prévenir quelqu'un ?

– Qui ça ? Pas le Nain de jardin tout de même.

– Le commandant Brière. Tu dis toi-même que sous ses airs de *fridge*, il est intelligent.

Lola chassa la silhouette du patron de la Fluviale d'un geste vif, qui suggérait un tigre nippon se riant d'une poignée de mouches malaises, et l'évocation n'en fut que plus réaliste car sous l'effet de la colère et des abus du thermomètre, l'ex-commissaire suait sans retenue.

– Tu serais bien mieux en short, lui lança Ingrid en même temps qu'un paquet de mouchoirs en papier. Et puis fais donc équiper ta voiture de l'air conditionné.

Lola grogna un merci, s'épongea le front et se gara dans la rue de l'Abbé-Pouchard, à quelques mètres d'un pavillon en meulière. Elle coupa le moteur et conseilla à Ingrid de tomber la chéchia, le temps de mener à bien un discret repérage. Ingrid abandonna à regret son précieux couvre-chef sur le siège avant.

C'était un pavillon décrépi, aux tristes volets verdâtres. Le jardin à l'abandon était encombré d'objets mal en point, allant de la vieille mobylette à la lessiveuse époque pré-Trente Glorieuses en passant par les panneaux publicitaires en fonte émaillée. Il y avait aussi une danseuse de pierre, dans le genre balinais, mais posée de travers. Il lui manquait un bras et elle était couverte de mousse. Une chaîne pendait de son bras valide.

– C'est différent de Beverly Hills, dit Ingrid. On sonne ?

Elle désignait une sonnette retenue par un puissant miracle à son fil électrique. Lola fit non de la tête puis jeta un coup d'œil dans la boîte aux lettres grignotée par la rouille. Un prospectus s'y morfondait.

– Courrier relevé, maison habitée, dit-elle en tournant la poignée de la grille qui résista.

Lola étudia les façades des maisons voisines. Ne détectant aucun signe de vie, elle fouilla son sac à la recherche de son couteau suisse et s'attaqua à la serrure. Elle en vint à bout en moins d'une minute. Elle se tourna vers Ingrid. Les grands yeux de l'Américaine étaient interrogatifs.

– On n'a pas le choix, Ingrid.

– Forcer une porte ne me dérange pas tant que ça, Lola.

– Ça ne m'étonne pas de toi.

L'ex-commissaire brava la broussaille pour aller étudier de plus près les fenêtres du rez-de-chaussée. Pour autant qu'on pouvait en juger, la maison était tranquille. Ingrid déclara que la porte d'entrée résistait elle aussi.

– On attaque par-derrière, ordonna Lola.

Elles attaquèrent donc par-derrière et par une porte de garage branlante. Lola eut raison de la serrure, sortit une lampe de poche de son sac et éclaira un garage plein de piles de journaux, de vélos et de cartons d'où débordaient ici un moulin à café à manivelle, là un porte-parapluie en fer forgé. Il y avait aussi plusieurs caisses à outils, une moto d'un style d'avant-guerre et de gros jerrycans d'essence.

– Brocanteur ? demanda Ingrid.

– Sais pas, répondit Lola. Bordeleur en tout cas.

– Ça existe ce mot ?

– Maintenant oui. Tais-toi un peu que je me concentre.

– Moi, je peux faire les deux à la fois.

Une enfilade de pièces mal rangées les mena à un vestibule aux murs couverts de scènes champêtres, de marines, de photos sépia et d'une flopée d'inconnus s'étant plutôt épanouis vers la fin du XIXe siècle.

– Moche, murmura Ingrid.

Lola lui fit les gros yeux avant de désigner un

escalier. Il était en pierre. Une aubaine, on éviterait les craquements sinistres. Elles débouchèrent dans la cuisine, remarquèrent une gamelle et un panier avec coussin destinés à un animal domestique quelconque, et ne s'attardèrent pas. L'odeur semblant suinter des murs à la couleur indéterminée n'invitait pas à la villégiature.

– Ça pue, susurra Ingrid.

Lola leva un doigt menaçant et demanda le silence en remuant les lèvres mais en coupant le son. Elles visitèrent toute la maison – chaque pièce sentait la poussière et l'allergie aux douches et recelait des monceaux de bric-à-brac revendables à des amateurs peu exigeants –, et arrivèrent devant deux portes closes. Ingrid actionna la poignée de la première.

– Fermée, articula-t-elle mais à la muette.

Lola renonça à lever les yeux au ciel et sortit une nouvelle fois son couteau suisse. Cette porte en bois plein et à la serrure récente était rétive.

– Pourquoi se taire, il n'y a personne, articula Ingrid en silence mais avec force grimaces.

– Bon, tu as raison mais parlons bas. On ne sait jamais. En attendant, ne bouge pas, je reviens.

Lola redescendit dans le garage récupérer un pied-de-biche et une tenaille repérés dans une boîte à outils. Elle crut entendre un craquement et s'immobilisa. Elle pria pour que le bruit vienne de la rue, et remonta à l'étage. Elle trouva l'Américaine affichant un sourire radieux et un pied-de-biche à peu près identique au sien. Elle s'en était servie contre la porte désormais ouverte. L'origine du craquement était identifiée.

– Sacré bonsoir, Ingrid ! Où l'as-tu déniché ?

– En bas, et en passant, et je l'ai glissé dans mon sac à dos. Un brocanteur qui collectionne les pieds-

de-biche doit aimer visiter caves et greniers sans auto-
risation. *What do you think ?*

Lola réussit à contenir son agacement et entra dans
la pièce. Elle éclaira une montagne de livres, dossiers,
cahiers et boîtes.

– Fais le guet dans le couloir pendant que je fouille.

– Mais tu vas en avoir pour des heures, Lola. Et
même des jours.

– Tu as une meilleure solution à me vendre ?

Ingrid haussa les épaules et repartit dans le couloir.
Elle s'assit sur la plus haute marche de l'escalier et fixa
la porte d'entrée du pavillon. Si Pierre-René le vieux
dégoûtant aux ongles sépulturés rentrait chez lui, elle
aurait le temps de prévenir Lola. Elle resta tranquille
un moment avant de se tourner vers la porte restée
close. Elle hésita puis ressortit le pied-de-biche de son
sac à dos.

Pendant ce temps, Lola s'attaquait avec courage à
une pile. Les livres traitaient de la Seconde Guerre
mondiale avec une belle unanimité et sentaient le
moisi. Elle ouvrit quelques cartons, en extirpa des
documents jaunis, certains en allemand. Elle trouva un
gros cahier à la couverture à moitié arrachée. Il était
rédigé en kanji et accompagné de croquis techniques.
Lola ressentit un léger frémissement. Elle adorait ces
moments où l'enquête se précipitait après des semaines
de piétinements. Elle découvrit des schémas et des
tableaux, et ne sut pas jauger ce qu'elle regardait. Des
plans de moteurs ? Elle tomba sur un croquis de bateau
en coupe et chercha les deux idéogrammes de l'*Ikari
Maru* qu'elle avait notés sur son carnet mais ne trouva
rien d'identique.

Ingrid venait d'ouvrir avec facilité une porte pour la
bonne raison qu'elle n'était pas fermée à clé. Elle

s'immobilisa sur le seuil. Et faillit pousser un cri. Un homme de plus de deux mètres, en uniforme gris, la toisait d'un air froid. Elle réalisa qu'il s'agissait d'un mannequin. Mais d'un mannequin d'un genre spécial, vêtu d'un uniforme d'officier de la Wehrmacht ; la croix gammée faisait son effet sur son brassard. La pièce était équipée d'un bureau, d'une chaise, de multiples étagères. Elle était en ordre et même astiquée. La décoration révélait un goût très sûr : oriflammes nazies, affiches *Arbeit macht frei*, mitraillette sur son socle et portrait en pied du Führer en personne.

– Ça pue de plus en plus dru, murmura Ingrid en refermant la porte avec une infinie douceur, comme si la moindre erreur de manipulation risquait de tout faire sauter.

Elle entendit un chien qui jappait au loin, puis des voix bien plus proches. Lola s'entretenait avec un homme, et leur échange n'exhalait pas la franche camaraderie. Elle retourna dans le bureau et chercha un semblant d'arme.

– C'est de votre faute, tout ça, aussi, maugréait Lola d'une voix montante.

– Assez de baratin. Vous allez me dire qui vous êtes vraiment.

– Vous m'avez mis l'eau à la bouche avec vos lingots et vos bouddhas d'or. Et avec votre épopée sanglante sous la bannière du soleil levant, brûlant et brillant. Alors comme ça, l'*Ikari Maru*, ça vous dit quelque chose ? Ah, j'en étais sûre !

Ingrid, sachant que Lola développait et tonitruait pour gagner du temps, progressait à pas de loup, un presse-papiers en marbre et en forme de tête de mort dans la main droite.

– Et arrêtez de me menacer avec ce flingue d'un

autre âge. Vous ne m'impressionnez pas du tout. Et puis à qui voulez-vous téléphoner ?

Ingrid continua d'avancer, cœur battant mais résolue.

– D'un autre âge peut-être mais en bon état, répondit le bonhomme qui avait toutes les chances d'être Pierre-René Paulin.

Sa voix était désagréable ; c'était celle du type qui savait qu'il avait le dessus. Un petit silence énervant passa par là, puis la voix de Paulin le fit éclater. Il avait adopté un ton différent, peut-être plus obséquieux.

– Allô ! C'est Paulin. Il faudrait que tu viennes à Saint-Mandé. On a une embrouille. Oui, une volumineuse… dans les 65… Non… seule… pourquoi ?

Lola vit Ingrid. L'Américaine attendit que Paulin ait fini sa conversation téléphonique. Elle nota la veste en tweed, jugea le bonhomme d'un gabarit peu impressionnant. Elle pensa aussi que Pierre-René Paulin n'avait pas mis les pieds dans un salon de coiffure, sénégalais ou autre, depuis des lustres, et qu'il n'aimait ni les shampooings ni les shampouineurs. Ce fut une pensée de trop. Paulin se retourna, brandit son arme. Ingrid lança la tête de mort en balle de bowling sur le pistolet. Paulin tira. La détonation arracha un cri à Lola. La balle alla se loger dans le parquet, et le tibia droit d'Ingrid dans la tête de Paulin. Il chancela, lâcha son pistolet. Ingrid termina le brocanteur avec un crochet droit dans la mâchoire et un direct du gauche dans le nez, le tout accompagné de deux cris secs en provenance directe du ventre. Paulin tomba à genoux, avant de s'effondrer, face en avant.

– Mais où as-tu appris pareilles sauvageries ? gémit Lola.

– Au *SupraGym* de la rue des Petites-Écuries,

répondit Ingrid un rien essoufflée. Le body combat, ce n'est pas le K-1 mais ça maintient en forme.

– Sûrement. Bien. Parfait… Extirpons-nous de ce clapier vite fait, dit Lola en ramassant le pistolet. Ce gnome gigote déjà et si les copains qu'ils a rameutés débarquent, on frise la crise.

Ingrid se pencha et étudia une médaille que Paulin portait autour du cou. Elle la dégagea de sa chaîne dorée, l'empocha et suivit Lola au pas de course. Une fois dans le jardin, elles virent un caniche attaché à la danseuse manchote et qui jappait avec fureur. Elles filèrent dans la rue. L'ex-commissaire étudia l'arme avant de la glisser dans son sac.

– Browning HP 35. Ça date à peu près de la même époque que moi mais ça rend toujours service.

– Browning, ce n'est pas allemand… pourtant…

– La manufacture est américaine à l'origine. Mais ce pistolet était très en vogue dans la Wehrmacht. Sous le nom de Pistole 640 si je me souviens bien. Pourquoi ?

– Le bureau de Paulin était décoré comme le bunker d'Adolf.

– Croix gammées et tout le tremblement ?

– Tout y était, même la moustache du Führer. Le seul détail qui détonne, c'est le caniche à la place du berger allemand. Le vieux Paulin est un nostalgique. Et de la pire espèce. Et puis, il y a ça.

Ingrid venait de sortir la médaille de Paulin de sa poche et la montrait à Lola. Elle représentait deux avant-bras croisés et poings serrés sur un fond enflammé. Lola retourna la médaille et lut : *Les Frères du Feu*.

– Qui peuvent être ces frangins ? Pas une confrérie de gentils pompiers en tout cas.

– Bien d'accord avec toi, répondit Ingrid.

Elle éprouvait une sensation de déjà-vu mais ne s'attarda pas. Elle était trop chamboulée par sa rencontre avec le vieux crasseux aux ongles et aux goûts de ténèbres pour réussir à faire le tri dans ses émotions.

37

– On va s'organiser, Ingrid. Pour courir deux lièvres à la fois. Tu restes ici.

– Courir un lièvre, ça s'utilise aussi quand on fait du surplace ?

– Ne m'interromps pas tout le temps, voyons ! Il faudrait qu'on sache qui magouille avec Paulin. Et puis dans son fatras, je sens qu'il y a des pépites.

– Je dois fouiller ?

– Non, trop dangereux. Appelle Maxime. En tant qu'ancien reporter de guerre, c'est dans ses cordes. Dis-lui de rappliquer ici d'un coup de moto. En attendant, prends ça. Et donne-moi la médaille en échange.

Lola tendait à Ingrid un appareil photo numérique.

– Tu es drôlement équipée, dis-moi.

– Cadeau de mon fils pour mon anniversaire. Autant que ça serve à quelque chose. Essaie d'encadrer les copains de Paulin. Une fois qu'ils seront repartis, retourne dans le pavillon avec Maxime. Bien sûr, il faut immobiliser le brocanteur. Son joujou de la Wehrmacht est confisqué, ça devrait vous faciliter la tâche. Ensuite, vous fouillez le clapier. Je sens que s'il y a un dossier sur l'*Ikari Maru* quelque part, il est emprisonné dans l'une des piles de ce vieux saligaud.

– Et toi ?

– Moi, je m'en retourne questionner Quesnel à l'Institut. Cette documentaliste en sait sûrement plus qu'elle le croit. Ou le prétend.

– Qu'est-ce qui te fait dire ça ?

– Mon intuition et le caniche. Paulin l'a attaché dans le jardin pour qu'il n'aboie pas dans la maison. Quelqu'un a dû le prévenir de notre arrivée.

Lola fit promettre à Ingrid la plus grande prudence puis repartit à bord de sa Twingo. Elle était sur le point de rejoindre le parking de l'Institut lorsqu'elle aperçut Pierrette Quesnel au volant d'une Fiat grise. La documentaliste ne la remarqua pas et accéléra dans l'avenue. Lola suivit en maintenant la Twingo à bonne distance. Quesnel se gara devant une banque. Lola stationna un peu plus loin, moteur au ralenti. Quesnel ressortit une dizaine de minutes plus tard, son sac serré sous son bras. Lola reprit sa filature jusqu'à un groupe de bâtiments. La documentaliste se gara dans le parking résidents, sortit de sa voiture en courant et entra dans un immeuble. Lola se gara dans l'ombre d'un orme volumineux. Elle en profita pour admirer ses feuilles. Il y avait des moments où la beauté vous tombait dessus sans prévenir.

Pierrette Quesnel redescendit avec un sac de voyage qu'elle fourra dans son coffre.

– On s'offre une excursion ?

La documentaliste se retourna. Lola lut son regard. Cette femme suait la peur par tous les pores. À l'Institut, elle avait été assez habile pour cacher son trouble sous une fausse timidité et une compassion bidon à l'égard d'Agathe Nodier, mais la comédie était terminée.

– Vous commencez à exagérer. Je vous ai dit tout ce que je savais.

– Je reste sur ma faim, Quesnel.

La documentaliste poussa un juron, ouvrit la portière et s'installa dans sa Fiat. Lola bondit et se glissa à ses côtés.

– Ça va la tête ? Sortez immédiatement !

Lola préféra sortir le Browning et le maintint dans la bonne direction, d'une poigne solide. Quesnel écarquilla les yeux, regarda le pistolet, regarda Lola.

– Depuis combien de temps renseignes-tu Paulin ?

– Plusieurs années.

– Que veut-il savoir ?

– Tout ce qui concerne les convoyages japonais de la guerre du Pacifique. Et les noms des gens qui s'y intéressent.

– Ça représente du monde ?

– Non. Des vieux bonshommes qui n'ont que ça à foutre. Deux trois étudiants en histoire.

– Mais Agathe Nodier était différente. C'est bien ça ? Elle s'intéressait à un bateau en particulier. L'*Ikari Maru*.

– Je vous jure que je ne savais pas qu'elle était morte. Je ne veux plus rien avoir à faire avec cette histoire. Laissez-moi partir.

– Tu as peur de qui ?

– De personne. Je ne veux pas d'ennuis avec la police.

– Et avec les Frères du Feu non plus, je suppose, dit Lola en ouvrant sa main gauche sur la médaille de Paulin.

Quesnel suait abondamment et ce n'était pas à cause de l'insolence du mois d'août.

– Autant tout me raconter. Ensuite, tu pourras filer où tu voudras.

– J'ai votre parole ?

Lola leva la main gauche en maintenant la médaille d'un geste souple du pouce et garda l'autre serrée sur le Browning. Elle ne détestait pas s'offrir un petit effet théâtral, de temps à autre.

– Mon oncle fait partie de la confrérie. Paulin aussi. J'ai commencé à l'aider parce que mon oncle me l'a demandé. Ensuite, Paulin m'a donné de l'argent. Je vous ai dit la vérité, tout à l'heure.

– Admettons. Une confrérie de quel genre ?

– Des gens plus bêtes que dangereux, à mon avis.

– Qui croient en la supériorité de la race blanche et regrettent que les Ricains aient débarqué en Normandie plutôt qu'à Vladivostok ?

– En gros.

– Tu connais d'autres noms ?

– Non, personne, à part mon oncle et Paulin.

– C'est qui, ton oncle ?

– Jean Quesnel. Mais c'est juste un vieil abruti qui picole. Il a plus de soixante-dix ans…

– Tu es sûre qu'il n'y a pas quelques types plus offensifs dans le tas ? Au point de te donner envie de prendre tes vacances plus tôt que prévu ?

– Ceux-là, je ne les connais pas. Je vous le jure.

Lola changea d'angle d'attaque. Elle n'était pas plus douée que la moyenne pour les interrogatoires mais savait virer de bord au bon moment.

– Qu'est-ce que transportait l'*Ikari Maru* ? De l'or ?

Lola avait prononcé le mot sans conviction ; il provoqua un écho dans la tête de Quesnel. Elle avait l'air de penser : vous savez ça aussi.

– J'ai juste entendu des discussions entre mon oncle

et Paulin. Mais pour moi, c'étaient des conneries de gagas imbibés. Paulin rêve du trésor du Japonais depuis des années et il nous rebat les oreilles avec. Une fois, je l'ai entendu dire qu'il avait des documents allemands qui prouvaient l'existence des lingots. Et qu'il y avait une statue de Bouddha en or massif à bord d'un croiseur. Sur ce, mon oncle a rigolé en disant que pour sortir un trésor de la flotte, il fallait plus d'économies que celles d'un filou de brocanteur. Paulin a fait mine d'apprécier la plaisanterie.

Ingrid avait trouvé un abribus à une dizaine de mètres de chez Paulin. De ce confortable poste d'observation, et grâce au zoom de l'appareil numérique de Lola, elle bénéficiait d'une vue épatante sur les allées et venues dans le pavillon. Le hic, c'est que personne ne s'était présenté depuis l'appel de Paulin. Le caniche avait changé de style. Fini les jappements ininterrompus. Depuis un bon moment, et entre deux périodes silencieuses, il hurlait comme un loup sous la pleine lune ; dans une version plus modeste bien sûr, une version louveteau caniche nain, mais ces tourbillons sonores avaient un côté sépulcreux.

Ingrid se demanda si l'adjectif existait bel et bien dans la langue de Molière et de Lola Jost, puis se dit qu'il faudrait de toute manière le faire entrer de force dans le dictionnaire car il disait bien ce qu'il avait envie de raconter. Ingrid trouvait la course au lièvre asthmatique et commençait à s'ennuyer ferme. Elle décida d'inventer d'autres qualificatifs pour tuer le temps. *Affrolant* sonnait très bien et *sinistrosé* n'était pas mal non plus. Il y avait également *grondinquiétant* et aussi *mortélique*. Le bruit d'un moteur l'extirpa de son dictionnaire imaginaire. Elle reconnut le casque bleu de Maxime et sa moto. Le restaurateur transportait un passager. Maxime se gara. Son passager enleva son casque. Ingrid reconnut Sacha Klein.

– Sacha déjeunait chez moi avec Lady quand tu as appelé, expliqua Maxime. Elle a tenu à venir.

– Marre de votre cinéma. Si vous savez quelque chose à propos de Louis, je veux le savoir aussi.

Le regard était moins rouge mais le ton plus autoritaire. En l'absence de Lola, la voyante reprenait de l'aplomb. Ingrid la calma en lui expliquant la situation. Agathe Nodier avait envoyé une photo d'épave à son frère pour l'inciter à récupérer un objet mystérieux. La quête d'Agathe l'avait menée jusqu'à Saint-Mandé, sur les traces d'un bateau de guerre japonais. On venait de rencontrer un néonazi vivant avec un caniche et des tonnes de bazar. Ce personnage nauséabond avait soudoyé une documentaliste pour qu'elle lui signale la visite d'Agathe. La boucle était bouclée mais on ne savait pas où se trouvait l'entrée du labyrinthe.

– Si je comprends bien, Louis n'a pas arrêté de faire des cachotteries, dit Sacha.

Ingrid lui donna une tape fraternelle sur l'épaule tout en observant le restaurateur. Il fixait le pavillon d'un air inquiet.

– À quoi penses-tu, Maxime ?

– Je n'aime pas beaucoup la chanson de ce caniche.

– Et tu trouves bizarre que personne ne soit venu ? Oui, moi aussi. Je propose d'entrer. Sacha, il vaut mieux nous attendre ici.

– Pas question. J'en ai ras la casquette d'attendre que Louis veuille bien réapparaître. Cette fois-ci, je le cherche avec vous.

– Il n'est pas chez ce Paulin. On a fouillé la maison.

Mais Sacha gardait son air têtu. Ingrid haussa les épaules et traversa la rue. La porte du pavillon était ouverte. Pénétrant dans le vestibule, elle nota une nuance inédite dans le remugle ambiant.

– Ça schlingue inquiétant, fit d'ailleurs remarquer Sacha. À mon avis, il y a une fuite d'essence.

Ingrid s'attendait à un jappement du caniche mais l'animal reprit sa triste rengaine lunaire. Maxime s'engagea dans l'escalier. Malgré les émanations, le caniche était calfeutré sous un guéridon. Il n'était pas attaché et attendait. Repérant le trio, il détala dans l'escalier et quitta le pavillon. Ingrid mena Maxime vers la pièce où elle avait assommé Paulin. Elle était vide. Mais on l'avait aspergée d'essence ; un jerrycan renversé en témoignait.

– On dirait que quelqu'un n'a pas eu le temps de finir sa besogne, dit Maxime en entrant prudemment dans la pièce.

Ingrid suivit mais Sacha resta dans le couloir. Interloquée par la tenture rouge, blanche et noire du bureau mitoyen, qui lui apparaissait aussi renversée que renversante, Sacha s'avança telle la taupe fascinée par les phares d'un monstrueux véhicule. Elle poussa la porte du bout du doigt jusqu'à l'ouvrir en grand et fit un pas en avant malgré les vapeurs d'essence. Elle vit des chaussures sales, un pantalon sale, une veste rougeâtre, et un visage d'homme qui souriait. Sa tête était à moitié séparée de son cou, son cou dégoulinait de sang. Sacha poussa le cri le plus long et le plus brûlant de sa jeune existence. Mais ce hurlement ne réussit pas à la soulager et elle tomba comme un sac.

Ingrid et Maxime arrivèrent en courant. Le restaurateur enjamba Sacha et poussa un juron.

– C'est le brocanteur Paulin, articula Ingrid.

Elle remarqua alors le couteau ensanglanté sur le bureau. C'était un couteau de plongée. Maxime repéra autre chose.

– BOMBE ! hurla-t-il.

Il prit Sacha dans ses bras et dévala l'escalier, Ingrid sur ses talons. Ils volèrent à travers la porte et vers la grille du jardin. Ils coururent jusqu'à la moto. Maxime allongea Sacha toujours évanouie sur le trottoir, avec délicatesse. Ils fixèrent le pavillon en silence.

Au bout de quelques longues minutes, Ingrid osa parler.

– Tu es sûr que c'était une bombe ?

Maxime se tourna vers elle et leva un doigt pour appuyer sa confirmation : grand reporter à Beyrouth, il avait vu des bombes artisanales du même genre. La détonation fit éclater les vitres du premier étage, déclencha des alarmes de voitures, fit hurler les chiens du quartier. Un automobiliste dévia de sa route et emboutit une Renault garée sur un passage piétons. Ingrid se serra contre Maxime. Maxime passa un bras autour des épaules d'Ingrid.

– Comprends pas, bredouilla-t-elle. Personne n'est entré.

– Faut croire que si, répondit Maxime d'une voix rauque.

Il se pencha vers le trottoir parce qu'une main lui agrippait le mollet gauche. C'était celle de Sacha. Il aida la jeune fille à se redresser et l'épaula de son bras libre. La voyante restait chancelante. Elle regardait le pavillon les yeux exorbités. Les flammes embrasaient les fenêtres et léchaient déjà la façade. Des riverains étaient sortis de chez eux et commençaient à se regrouper. Tout en appelant les pompiers avec son portable, une vieille dame étudiait tantôt l'incendie, tantôt le trio affectueux mais étrange que formaient Maxime et ses deux compagnes. Le restaurateur réalisa qu'il ne serait pas de retour en temps voulu aux *Belles* pour cuisiner le dîner. Il fallait dire adieu à une douzaine de réservations. Les pompiers arriveraient avec la police.

– Les Frères du Feu ! lâcha Ingrid qui venait enfin de se souvenir de l'endroit où elle avait vu deux avant-bras musclés se croiser sur fond d'incendie. *What a fucking brotherhood !*

Elle entendit une sirène et vit débouler une voiture. Deux hommes en descendirent. Même sans la sirène, leur air d'autorité trahissait les officiers en civil. Elle pria pour que ces hommes aient une mentalité différente de celle du Nain de jardin ou de l'Igloo du quai Saint-Bernard.

– Je vois le pavillon dans le bon sens, articula Sacha d'une petite voix. Tout est à l'endroit ! Les voitures. La rue. Les gens.

– Et les flics, soupira Maxime.

Ingrid sortit en vitesse son téléphone de sa poche. Il fallait prévenir Lola avant l'embarquement au poste. Maxime sortit le sien et appela sa femme pour qu'elle annule les réservations.

38

Lola interrompit sa communication et garda un visage impassible. Les téléphones portables présentaient un intérêt majeur. On pouvait s'en servir d'une main et braquer tranquillement de l'autre.

– Changement de programme. Direction le 5e et les quais de Seine.

– Quoi ! glapit Quesnel. Vous m'aviez promis…

– Ça tourne au Vigipirate. Tout est permis. Surtout l'abus de pouvoir. Allez, moteur.

– Et puis d'abord, qu'est-ce qui me prouve que votre vieille pétoire est chargée ?

– Je viens de l'emprunter à Paulin. Quelque chose me dit qu'il ne garnit pas son flingue avec du nougat dur. Assez tergiversé, Quesnel. En route.

Lola suivit les manœuvres de la documentaliste tout en réfléchissant. Pierre-René Paulin et son vieux barda venaient de se faire nettoyer dans le même mouvement. Le ou les assaillants étaient-ils déjà dans le pavillon quand elle y avait pénétré avec Ingrid ? Improbable. On aurait entendu une sonnerie et une voix quand Paulin avait téléphoné. Difficile de croire que l'assassinat et l'incendie avaient été déclenchés par quelqu'un d'autre que l'interlocuteur du vieux. Lequel interlocuteur savait qui elles étaient. *Oui, une volumineuse… dans les 65… Non… seule… pourquoi ?* Et devait être un habitué du pavillon de Saint-Mandé et des réserves d'essence de Paulin. Lola réfléchissait mais l'exercice n'empêchait pas une petite boule couleur d'angoisse de s'épanouir entre ses côtes. Ingrid affirmait avoir vu un couteau de plongée ensanglanté sur le bureau de Paulin. Et s'il s'agissait de celui de Louis ? Lola avait du mal à imaginer le jeune homme embarqué dans la même confrérie d'allumés que le vieux nazi entweedé.

Pour une femme qui n'avait pas envie d'aller là où on l'emmenait, dame Quesnel ne remplissait pas trop mal son office. Bien sûr, elle tenta de prendre un rallongis par ici, et d'emboutir une camionnette de livraison par là, mais Lola et son Browning eurent raison de ces enfantillages. Et la documentaliste finit par garer sa Fiat sur le parking de la Fluviale. À deux doigts de la Seine et de sa belle indifférence gris-bleu. Les yeux du commandant étaient assortis aux vagues du fleuve. Il les écarquilla un peu.

— Vous ne doutez de rien, madame Jost.

— Commandant, le temps nous est compté.

— Pourquoi ?

— Pour éviter un nouvel homicide.

— Et qui va se faire occire d'après vous ?

— Le jeune Nodier.

— Vos obsessions sont solides.

— Cette documentaliste a beaucoup à vous apprendre. Et pour vous prouver que je n'exagère pas la gravité de la situation, je vous suggère de passer un coup de fil au commissariat de Saint-Mandé.

— Vraiment ?

— Au moment où nous parlons, un brocanteur et son pavillon disparaissent en fumée. Le problème, c'est que le brocanteur a d'abord été égorgé. Avec un couteau de plongée.

— Et ?

— Ce couteau pourrait être celui de Louis Nodier. Le frère d'Agathe, la jeune fille remontée de la Seine par Charly Borel.

– Merci pour ce résumé, mais je suis au courant. Rien ne ressemble plus à un couteau de plongée qu'un autre couteau de plongée, madame Jost.

– La coïncidence est trop troublante.

– Vous êtes en train de me dire que Louis Nodier a égorgé un brocanteur avant de mettre le feu à son pavillon, c'est bien ça ?

– Non, commandant. Je suis en train de vous dire que celui qui a égorgé le brocanteur a probablement mis la main sur Louis juste avant.

– Vous êtes invraisemblable.

– C'est bien vrai ! glapit Pierrette Quesnel. Elle est invraisemblable. Et dangereuse !

Le commandant se tourna vers Quesnel comme s'il la découvrait pour la première fois.

– Vous, taisez-vous.

– Bon. Trêve de parlotes. Vous voyez ça, commandant ? demanda Lola en agitant la médaille des Frères du Feu.

– Elle vient de Lourdes et vous a fait des révélations ?

– Non, elle est muette mais je sais où trouver une jumelle plus causante.

Ingrid avait mis son portable sur mode silencieux. Elle le sentait vibrer en vain dans la poche de son short. Deux officiers du commissariat de Saint-Mandé l'interrogeaient, dans une pièce exiguë et à l'atmosphère étouffante, tandis que Maxime et Sacha subissaient sans doute le même sort dans d'autres bureaux aussi mal aérés. Ingrid avait décidé de dire la vérité. D'une part parce qu'elle pensait que c'était la meilleure méthode pour quitter un jour ou l'autre ce commissariat. D'autre part parce qu'elle craignait de s'égarer dans un scénario qu'elle n'avait pas eu le temps de peaufiner, et qui serait de toute manière en contradiction avec celui de Sacha et de Maxime. Les officiers avaient commencé par la considérer d'un air méfiant. Ingrid leur avait révélé qu'elle travaillait avec l'ex-commissaire Lola Jost, et la réputation de Lola avait adouci le ton de l'interrogatoire. Ingrid n'avait qu'une peur : qu'un des officiers ait l'idée, pour vérifier ses dires, d'appeler le commissariat de la rue Louis-Blanc, et le successeur de Lola. Mais pour l'instant, la question la plus urgente pour la police de Saint-Mandé était de savoir si, par le plus grand des hasards, Ingrid et ses deux compagnons n'avaient pas eu l'idée de jouer aux égorgeurs pyromanes. Ingrid avait beau jurer qu'elle ne connaissait rien à la fabrication des bombes, l'ambiance demeurait suspicieuse.

La mésaventure s'étira sur de longues heures. Mais elle fut interrompue par le témoignage de la vieille dame qui avait prévenu les pompiers et qui affirmait avoir vu Ingrid en station prolongée devant le pavillon, avant l'arrivée de ses deux compagnons à moto. De plus, de l'entrée du trio à sa sortie du pavillon de Paulin et à l'explosion, le temps avait manqué pour égorger un homme. Qui plus est pour répandre de l'essence, placer une bombe à minuterie, et le tout sans se mettre du sang partout. Et pourquoi trois terroristes attendraient-ils benoîtement sur le trottoir qu'une maison explose ? La logique de la dame avait eu raison de l'acharnement policier. Acharnement tout relatif parce que l'un des officiers avait passé un coup de fil à la Fluviale et semblait rassuré par sa conversation. Ingrid se demandait comment Lola s'y était prise pour rallier à sa cause le sévère Brière.

Ingrid, Sacha et Maxime quittèrent le commissariat

à la nuit tombée. La voyante était épuisée mais avait bel et bien recouvré une vue normale. Pour autant, elle affichait une mine préoccupée. Ils marchèrent en silence jusqu'à la moto.

– Il faut tout de même que je vous avoue un truc, lança Sacha.

Décidément cette filoute est toujours prête à sortir une nouvelle carte de sa manche, pensa Ingrid avec une certaine tendresse.

– C'est au sujet de Louis ?

– Oui. Il est passé au *Café du Canal*.

– Quand ça ? demanda Ingrid sur un ton nettement moins tendre.

– Hier.

– Et tu nous dis ça maintenant ! grogna Maxime.

– Mais je ne l'ai su que ce matin. En allant travailler. C'est pour ça que je t'ai cassé les pieds pour que tu m'emmènes. Après avoir entendu ta conversation téléphonique avec Ingrid, au sujet de Louis.

– Louis a parlé à ton patron ? demanda Ingrid.

– Il lui a dit qu'il allait aussi bien que possible. Et que je lui manquais. Et que tout finirait par s'arranger. Mais Bernard lui a trouvé l'air ravagé.

– Mais pourquoi diable n'est-il pas passé chcz toi après le *Cufé du Canal* ? reprit Maxime.

– Parce qu'il ne voulait pas l'impliquer, dit Ingrid en pensant à voix haute. Louis était harassé, il se sentait perdu. Il avait besoin de voir Sacha, ne serait-ce qu'un moment. Et puis, il voulait sans doute la rassurer. Il s'est dit que dans ce café toujours plein, on ne le remarquerait pas. J'espère qu'il ne s'est pas trompé.

Sacha éclata en sanglots. Maxime la réconforta du mieux qu'il put puis déclara qu'il était temps de regagner enfin Paris. Ingrid resta seule et pensive. Elle espérait que la médaille de Pierre-René Paulin avait inspiré le commandant Brière autant que Lola. Elle héla un taxi. Une fois à bord, elle remit son téléphone sur mode sonnerie et écouta ses messages. Le plus inattendu était celui de la vendeuse du magasin de plongée de l'avenue Bolivar. Le plus attendu était celui de Lola, qui voulait qu'on la rejoigne à la Fluviale, pour une conférence au sommet. Ingrid demanda au chauffeur de changer d'itinéraire pour prendre la direction du quai Saint-Bernard. Elle passa ensuite un coup de fil à Bernard, le patron du *Café du Canal*, et eut une intéressante conversation avec lui.

39

La péniche cernée d'étoiles bleues dansait toujours sur son sombre velours liquide, mais pour Ingrid, l'image avait perdu de sa poésie. La pancarte annonçait « Soirée Sirènes et Tritons » et un DJ au fier patronyme de Jacno Master Chakra. Lola poussa un soupir navré et salua le portier sumo. Cette fois, il lui sourit.

– La prochaine fois, je lui fais un bisou, murmura-t-elle.

La première sirène qu'elles rencontrèrent ne portait que deux coquilles Saint-Jacques en guise de soutien-gorge, et la suivante, deux palourdes. Un homme d'une cinquantaine d'années exprimait sa vision du triton au moyen d'une peinture corporelle bleue, d'un string en camaïeu et d'une crête pleine d'écailles scintillantes collée sur son crâne rasé. Il avait aussi un trident qu'il semblait s'être confectionné en retravaillant un râteau de jardinage.

– Ce n'est toujours pas Beverly Hills, mais c'est Las Vegas, dit Lola.

– Il y a des jours où je préfère Bécon-les-Bruyères, répliqua Ingrid. On nage jusqu'au bar ?

– Et comment.

– Salut les laiderons, dit Lola aux poissons koï.

Arthur faisait mine de ne pas les avoir remarquées et continuait sa conversation avec une ondine pudique dont la queue de poisson démarrait au-dessus de la poitrine. Elle réclamait un cocktail Splash avec double dose de curaçao. Cette fois, il n'utilisa pas le téléphone mural mais tenta une sortie directe vers le bureau. Lola lui barra le passage.

– Je veux un Splash avec quadruple dose de curaçao. Et une ombrelle sur le dessus avec un dessin du mont Fuji au printemps.

– Ta gueule, morue !

– Tu confonds, Arturo. Ce soir, c'est Sirènes et Tritons. Tu devrais être au courant.

Ingrid s'était rapprochée. Grâce au flot des clients, son mouvement paraissait très naturel. Lola profita du corps-à-corps pour coller le mufle du Browning contre les côtes du barman.

– Où est Louis ?

– De qui vous parlez ?

– Du garçon avec qui tu discutais, hier soir, devant le *Café du Canal*.

– J'y ai jamais mis les pieds.

– Le patron t'a reconnu. Il t'a croisé un jour à un concours de cocktails. Ton frère et Ermeling sont peut-être plus que des patrons de boîte mais toi, tu es barman dans l'âme. La conscience professionnelle, c'est bien, mais moins dans ton cas. Au fait, où sont tes deux Frères du Feu ? J'aimerais leur dire un mot ou deux.

Arthur était très fort pour agiter ses cocktails mais moins pour ralentir ses émotions. Lola vit qu'elle lui avait secoué les bonnes synapses et que la fraternité des pyromanes lui parlait très fort, lui évoquait quelques souvenirs précis. Mais il se reprit vite.

– Je vous vois mal me descendre devant deux cents personnes.

– Tu as raison, dit Lola.

Et elle tira dans le bar. Quelques sirènes et un banc de tritons reconnurent la détonation pour ce qu'elle était et s'écartèrent en poussant des cris. Les autres continuèrent de danser. Le trou dans la paroi de verre s'était transformé en une fissure qui se propageait à vive allure. Ingrid empoigna deux seaux à champagne et les colla dans la main de l'ondine pudique et d'un type qui avait l'air trop défoncé pour avoir remarqué un changement d'ambiance. Elle leur ordonna de sauver les poissons.

Le bar éclata. Des hectolitres d'eau se répandirent sur le sol. Arthur se fraya un chemin vers le bureau à contre-courant d'une marée humaine qui fuyait vers la sortie. Lola fila dans son sillage. Arthur s'engouffra dans le bureau et referma la porte. Lola l'activa, constata qu'elle était fermée et tira dans la serrure. Cette fois, c'est Ermeling qui occupait l'œuf. Il avait son look grand blanc tropical, tunique et catogan de mage à la manque, pantalon de marinier de luxe, tongs à pierreries et cigare offensif. L'arrivée de Lola ne troubla pas son calme, il avait l'attitude décontractée de qui est au spectacle. Et le maître de cérémonie était Léonard, vêtu de noir et pieds nus comme à l'accoutumée, maintenant interrompu dans une beso-gne écœurante. Louis Nodier vêtu de son seul caleçon était ligoté par deux cordes passées dans une boucle de fer fixée au plafond. Léonard tenait un cigare dans la main gauche et ce qui ressemblait à un rasoir électrique dans la main droite. Lola reconnut le knout électrique, un outil de torture très efficace. Pour le moment, Louis Nodier était incapable de révéler le moindre secret. Il paraissait évanoui. Du moins, c'est ce qu'espérait Lola. Elle décida d'interpréter au mieux le scénario élaboré avant de débarquer sur le *Fuego*. Elle maintint son Browning en bonne position.

– Vous nous avez manqué, dit Ermeling. Sans votre numéro de zouaves, c'est moins sympa.

– On veut 40 %, dit Lola.

– 40 % de quoi ? De rabais sur le billet d'entrée ?

– De la cargaison de l'*Ikari Maru*.

– Tu comprends de quoi elle parle, Abel ?

– Non, et toi Carl ?

– Absolument pas.

– Nous sommes en train de donner une leçon à ce pauvre type, reprit Ermeling. Il a tué sa sœur et Abel n'aime pas qu'on lui abîme ses petites amies. N'allez pas chercher midi à quatorze heures, madame l'ex-commissaire.

– Pierre-René Paulin portait la même médaille que Léonard.

– De qui et de quoi tu parles ? demanda Léonard en écartant sa chemise noire.

Sa poitrine était aussi nue que possible.

– Une médaille, ça se jette à la baille ou ailleurs. J'imagine que vous n'avez plus intérêt à ce qu'on fasse le rapprochement entre Paulin et vous. Et maintenant que vous savez où est l'*Ikari Maru*, vous n'avez plus besoin ni de lui ni de ses documents. Ni surtout de son côté vieil alcoolo qui cause trop. Mais trêve de bavardages, je me fous de tout ça comme je me fous du môme avec lequel vous êtes en train de perdre votre temps.

– On a vraiment du mal à te suivre, dit Léonard. (Et, s'adressant à Ingrid) : Toujours aussi séduisante. Tu t'es enfin décidée à venir me voir. J'aime. Mais tu vois, là, je suis un peu occupé.

– *Fuck you, ass-wipe*, dit Ingrid.

– Adorable.

Lola se tourna une nouvelle fois vers Ermeling.

– Et si je te dis où est le GPS, tu es d'accord pour 40 % ? Parce que sans ça, tintin l'*Ikari Maru*. C'est vaste, la mer des Célèbes.

Arthur s'était rapproché à pas lents, mais sûrs, du bureau. Ermeling finit par le remarquer et lui ordonna de rester tranquille. Le barman interrogea son frère du regard avant d'obéir.

– Ce sera 10 %, dit Ermeling.

– 30.

– Où est le GPS ?

– Au chaud, chez un ami.

– Pourquoi ne pas en profiter avec ta copine ?

– Parce que nous avons besoin de sérieux mécènes. Une chasse à l'épave nécessite de l'investissement. Surtout si on ne compte pas prévenir les autorités locales. De plus, je crois qu'on a tout intérêt à s'associer. Sinon, vous finiriez par nous créer des ennuis. Je me trompe ?

Ermeling se contenta de sourire et de décroiser les jambes. Ses tongs lâchèrent quelques étincelles, son oreille diamantée aussi.

– Bien, parlons peu mais soyons efficaces. Qu'est-ce que t'a raconté Louis Nodier ? reprit Lola.

Ermeling hésita encore un peu et sortit un boîtier gris de sa poche.

– Des conneries. Ce GPS est vide. Il le portait attaché à la cheville gauche.

– Et son couteau de plongeur à la droite, continua-t-elle. Je n'ai pas trop bien compris le coup de l'égorgement avec ce même couteau.

Ermeling regarda Léonard en riant.

– Une lame, ça résiste aux incendies, c'est ça ? demanda Lola. Et vous aviez l'intention de coller la mort de Paulin sur le dos du môme Nodier.

– On aime bien le travail soigné, dit Ermeling.

– Brillant, dit Lola.

C'était le signal convenu pour l'intervention. La porte du bureau s'ouvrit à la volée sur le brigadier Chalais et trois de ses collègues. Les hublots volèrent en éclats et deux fusils-mitrailleurs pointèrent en direction d'Ermeling et de son associé. Mais Léonard avait été plus rapide. Il avait sortit un revolver de sa ceinture. Et en pressait le mufle contre le cou d'Ingrid.

– Écartez-vous !

Il partit vers la sortie avec Ingrid en bouclier humain.

– Réfléchis, Léonard, dit Lola. Si tu la relâches, tu peux négocier. Sinon, ce sera le trou. À perpette.

– Vingt ans de paillasse à puces, c'est déjà perpette.

Arthur avait les mains en l'air. Ermeling n'avait pas bougé et continuait de tirer sur son cigare.

– Abel, fais pas le con ! cria Arthur.

– Ciao, frangin !

Il y avait deux hommes de la Fluviale de chaque

côté de l'entrée et deux seaux à champagne au milieu de la pièce.

– BOUGEZ-VOUS ! hurla Léonard.

Les gars de la Fluviale restèrent immobiles.

– Faites ce qu'il vous dit ! ordonna Brière.

Les hommes s'écartèrent. Léonard poussa Ingrid. Elle le sentit se raidir, vit qu'il s'était ouvert le pied sur un débris de verre. Il continua d'avancer en laissant des traces sanglantes derrière lui.

– Personne ne peut aller loin avec un pied entaillé, dit-elle de la voix la plus calme.

– Ta gueule.

– C'est déjà fini le yin et le yang, l'eau et le feu, le blanc et le noir ? C'était cool pourtant.

– Ta gueule, je te dis.

– Ils n'ont rien contre toi dans le fond. Qui peut prouver que tu as tué Paulin, Agathe, José, Mounier et tiré sur Charly Borel ?

– La bande que ta copine porte à coup sûr sous ses fringues. Et Ermeling quand il se mettra à table. Et négociera.

– Parce que c'est son genre et pas le tien ?

– Tu sens bon, petite conne. C'est dommage. Avance.

Le sumo avait déguerpi tout comme les sirènes et les tritons. Il n'y avait plus que les gars de la Fluviale déployés sur le parking où subsistaient une Mercedes blanche, la Twingo de Lola et la Harley.

– La clé dans ta poche, c'est celle de ta bagnole ?

Avant qu'elle réponde, il l'avait extirpée du short d'Ingrid. Et la poussait vers la Twingo.

– Comment tu peux rouler dans pareil tas de boue ?

– Tu préfères la Mercedes ?

– C'est celle d'Ermeling. Il a les clés.

– J'aurais dû me douter que la Harley était à toi.

Il la força à ouvrir la portière, la fit entrer dans la voiture en la gardant en joue, se glissa sur le siège passager.

– Démarre.

– Où va-t-on ?

– Dans un endroit où je vais te descendre. T'es belle mais tu m'as assez fait chier.

– J'ai mieux à te proposer.

– Surprenant.

– Je sais où est le GPS.

– Tu te fatigues pour rien. Démarre.

Ingrid obéit. La Twingo passa au ralenti, les gars de la Fluviale s'écartèrent. Ingrid vit Lola et Brière, leurs visages de pierre. Pendant deux secondes, elle s'imagina écrasant l'accélérateur et précipitant la voiture dans la Seine. Mais il tirerait avant.

– Accélère !

Elle pensa aux flammes sur le réservoir de la Harley, à l'incendie sur la médaille, à Saint-Mandé. Elle pensa à Agathe dans sa voiture, à Charly flottant dans l'Arsenal. Elle tendit la main vers le pic à glace trouvé dans un des seaux à champagne, et qu'elle avait coincé dans sa chaussette gauche.

– Le GPS de Louis est en consigne dans un magasin de plongée. On le récupère, Abel. Et on file en Indonésie.

– Main dans la main. Je suis un romantique, baby, c'est sûr. Décolle-moi cette poubelle de là.

À droite la rampe d'accès au quai, à gauche la Seine.

Ingrid vira à gauche. Pied sur l'accélérateur. Elle plongea le pic dans la main armée de Léonard. Il poussa un hurlement, lâcha l'arme. Il la rattrapa avec

la main gauche. Ingrid maintint le pied sur l'accélérateur, agrippa le bras de Léonard. Il tira. Balle dans la
toiture. Ingrid pensa que ses tympans avaient éclaté.
La voiture bascula, frappa l'eau. Ingrid fut projetée
contre le pare-brise. La voiture commença à s'enfon-
cer dans l'eau noire.

40

Pour la première fois depuis des mois, elle avait
froid. Son amant essayait de la réchauffer. Son amant
l'embrassait. Leurs bouches étaient soudées l'une à
l'autre et c'était, pour elle du moins, le seul organe
dans lequel un sang chaud et nourrissant circulait
encore. Il lui semblait que ce baiser était plus qu'un
baiser, et c'était aussi le plus étrange baiser qu'on lui
ait jamais donné. Mais ce baiser s'arrêta et son amant
appuya ses mains sur sa poitrine. Cette caresse était
aussi étrange que le baiser, cette caresse était bien trop
violente. Son amant n'était peut-être pas l'homme
idéal.
    Ingrid ouvrit les yeux et crut voir Abel Léonard
penché sur elle. Mais il s'agissait du brigadier Martin
Chalais qui venait de la ranimer. Il lui sourit. Et
s'écarta. Ingrid put voir les étoiles. C'était une de ces
nuits, une de ces nuits où Paris s'offrait des étoiles.
    – Ingrid, dis quelque chose.
    Lola maintenant. Lola. Elle avait son air abatristé.
Un mot inconnu, Ingrid n'était pas dupe. Mais il allait
si bien avec la tête de Lola, alors pourquoi s'en pri-
ver ? Elle essaya de se redresser et d'articuler un mot,

Pour une fois que sa vieille copine d'ex-commissaire lui demandait de causer. Mais c'était impossible, du moins pour le moment. Elle se rallongea sur le bitume et réalisa qu'elle avait très mal à la tête. Elle porta sa main à son front et récupéra du sang.

– Laissez ça, dit doucement Chalais. On s'en occupe.

Lola entendit des voix et se tourna avec prudence vers une des estafettes. Avec prudence, car en se précipitant vers la Twingo qui sombrait, elle avait réveillé une vieille sciatique, et la douleur féroce lui irradiait la jambe gauche et l'intégralité du dos. On faisait monter Carl Ermeling et Arthur Léonard dans l'estafette. Lola eut l'impression qu'Arthur pleurait. Elle alla à pas lents voir Brière, qui se tenait au bord du quai. La Twingo avait été engloutie. Un projecteur braqué sur le point de chute ne laissait même pas voir le début d'un fantôme de carrosserie. Le commandant cria un ordre dans un porte-voix à l'intention d'une équipe sur un Zodiac. Puis il s'intéressa à des bulles qui grossissaient en surface. Un plongeur émergea bientôt. Il enleva son détendeur et dit qu'on n'avait toujours pas retrouvé Léonard. Brière lui ordonna de continuer à quadriller la zone.

Évanouie, Ingrid n'avait rien pu faire mais Léonard avait eu le réflexe de tirer dans le pare-brise juste avant que la voiture ne coule, pour pouvoir dégager une issue et s'échapper. Un homme avec son entraînement pouvait nager en apnée pendant longtemps. Mais il fallait qu'il soit sacrément fort pour échapper aux équipages des Zodiac.

– Je sais ce que vous pensez, dit-elle en se frottant les reins.

– Ah oui ?

– J'ai fait prendre des risques inutiles à Ingrid. Et je ne suis pas près de me le pardonner.

– Et moi, je ne suis pas prêt à jouer les confesseurs. Vous m'excuserez.

Il prit son porte-voix et jappa un autre ordre. Lola releva la tête, étudia deux secondes le profil d'aigle de Brière et s'en retourna cahin-caha vers Ingrid et Martin Chalais. Louis Nodier était sauvé. Il avait été évacué au Val-de-Grâce. Ingrid était sauvée. Chalais lui confectionnait un énorme pansement à la Guillaume Apollinaire. La discussion enregistrée dans le bureau d'Ermeling ne laissait aucun doute quant à la culpabilité des patrons du *Fuego*. Il ne restait plus qu'à les cuisiner pour comprendre dans le détail leurs charmantes motivations. Pour la Brigade, le bilan n'était pas si catastrophique.

On avait perdu la face et une Twingo. On avait récupéré un tour de dos. Mais on n'en mourrait pas. Surtout pour une grande armoire condescendante qui avait grillé sa fonction dégivrage.

La rencontre eut lieu quelques jours plus tard, aux *Féeries de Dakar*. Pour la circonstance, Lady Mba avait revêtu un boubou qui la faisait ressembler à un soleil et s'était confectionné une admirable pyramide capillaire pleine de tresses, de perles et d'effluves suaves. Et elle avait passé des heures au-dessus de ses marmites pour faire mijoter un ragoût moelleux et capable de rassasier une tribu d'affamés. La tribu se résumait à la cousine Céline, à Ingrid, Yvette, Lady Mba, Lola et Sacha. Et le seul homme autorisé à partager le repas de ce gynécée était bien sûr Louis Nodier. Le jeune rescapé était pâle hormis les traces carmin que le knout de Léonard avait laissées, entre autres, sur sa figure, ses yeux étaient cernés, ses lèvres boursou-flées mais il parvenait tout de même à sourire, et même à rire aux histoires de Lady Mba, lorsque ses côtes oubliaient quelques secondes le traitement infligé sur le *Fuego*.

On se restaura dans la bonne humeur et en musique, on dégusta de bons cafés, percolés avec toute la ten-dresse nécessaire, puis Céline fut la première à s'éclipser. Les clientes arrivaient déjà. Les derniers événements avaient créé une dynamique et le chaland se pressait pour respirer l'odeur du mystère. Les *Fée-ries* ne désemplissaient pas et Louis était devenu, jus-qu'à nouvel ordre, la star du quartier.

Sacha fut la seconde à se lever de table. Sa séance de divination démarrait dans quelques minutes au *Café du Canal*. Elle embrassa Louis en essayant de lui faire le moins mal possible et salua l'assistance avant de partir vaquer, d'un pas désormais droit, à ses occupations. Son évanouissement, provoqué par la découverte trau-matisante du corps de Pierre-René Paulin, avait eu un étrange effet positif. Il lui avait remis le monde à l'endroit. Personne n'y comprenait rien. Même pas Antoine Léger. Le psy s'était contenté de décréter que le cerveau restait l'objet le plus mystérieux de l'uni-vers, et que c'était très bien ainsi.

– Ah, mon Louis, tu en as de la chance de plaire tant aux filles, lança Lady Mba. Vois un peu comment on s'est décarcassées pour toi. Madame Lola a une affreuse sciatique, qui ne lui laisse pas de répit malgré les massages dévoués de son amie Ingrid. Et Ingrid, observe donc son front et sa coiffure. Mais heureuse-ment, ça va déjà mieux et elle pourra faire toutes les danses qu'elle voudra, à la nuit tombée, et mettre mes perruques par-dessus ses sparadraps. Ah, la, la, j'espère que tu es reconnaissant. Car quelquefois, « le singe épargné par les crocodiles oublie trop vite que l'hippopotame lui a prêté son dos pour quitter la rivière ». Et bien sûr, je ne dis ça ni pour madame Lola, ni pour moi. Je nous trouve très bien comme nous sommes, avec toutes nos rondeurs. Et le poids de nos souvenirs.

Louis se lança dans une nouvelle série de remerciements. Lola lui trouvait la voix plus forte que ce qu'elle avait imaginé. Mais il est vrai que son enfance entre Agathe et leur mère, et son séjour dans la rue, aux côtés du père de Vincent Majorel, avaient dû lui renforcer le cuir pour toujours.

– Mais comment avez-vous su que Louis était séquestré sur cette péniche de malheur ?

– Je n'avais aucune certitude. Le frère d'un des patrons a été repéré surveillant le *Café du Canal*. Et la péniche était un excellent endroit pour séquestrer et interroger à la dure. Insonorisation impeccable. Et un écran idéal avec cette agitation permanente, ces soirées, ces danseurs. Et le culot des patrons est de taille. Ils se croyaient presque invulnérables. L'orgueil est un puissant moteur, Lady.

– Quand même, vous n'avez pas eu peur de vous jeter dans la gueule du tigre !

– On est ravies d'avoir pu te tirer de là, Louis. Mais je crois tout de même que tu nous dois quelques explications.

– Je vous approuve à mille pour cent, intervint Lady Mba. Et n'oublions pas d'ajouter que si certains avaient été moins cachottiers, on aurait pu éviter bien des malheurs, et de trop nombreux déplacements, et des heures à trembler sur nos canapés comme des pleureuses d'occasion, et quelques nuits à compter des gros moutons trop bêtes pour nous bercer correctement. Et des cheveux gris dont on n'avait pas besoin, et des jérémiades, et quelques arrestations dans des commissariats habités par des petites personnes à grande méchanceté que je n'inviterai jamais aux *Féeries* à venir déguster du poulet à la sauce arachide. Vous voulez encore un peu de vin de palme ?

– Oui, merci, Lady, il est délicieux.

Louis donna les explications qu'on attendait de lui. Et Lola constata que l'opération semblait le soulager. Ses déclarations confirmaient une partie des théories qu'elle avait envisagées. Louis était rentré d'Indonésie avec un cafard profond comme une fosse marine. Il se sentait en partie responsable de la mort de Vincent Majorel. Il avait tenté de se débarrasser de ses souvenirs indonésiens en même temps que de son matériel. Il n'avait pas eu le cœur de se séparer de son GPS, un petit objet qui ne prenait pas de place mais représentait tout ce qui restait de Manta Corridor, un site qu'il avait découvert et qu'il n'oublierait jamais. Quant au couteau de plongée, c'était utile quand on envisageait de vivre un temps dans la rue.

– Mais tu n'avais pas coupé les ponts avec tout le monde, tu revoyais Charly. Tu es venu à la Fluviale.

– Ah, vous savez ça aussi ?

– On a rencontré du monde, figure-toi. Dont Martin Chalais, le partenaire de Charly. Vous n'avez pas parlé des conséquences de Manado, Charly et toi ?

– Je n'arrivais pas à en parler. Et face à Charly, c'était pire.

– Quand t'a-t-il demandé de te cacher ?

– Le jour où il a remonté Agathe de la Seine.

– Mais tu ne l'as pas écouté ?

– Non. J'étais tranquille dans la rue. Personne ne pouvait m'y retrouver.

– On en a fait l'expérience, soupira Lola. Mais c'est ta rencontre avec Sacha qui t'a fait sortir de ton errance ?

Louis se contenta de sourire. On voyait bien que la petite voyante était ce qui lui était arrivé de meilleur depuis bien longtemps.

– Tu avais revu José. Il travaillait au noir pour Lady. Tu as décidé de faire pareil. D'autant que l'ambiance était bonne aux *Féeries*.

– Et l'ambiance, c'est très important dans l'existence, ajouta Lady Mba. Les ambianceurs aussi.

– Ça existe, ce mot ? demanda Ingrid.

– Bien sûr que ça existe, déclara Lady Mba d'un ton sans appel. Tout comme les danseurs, les chanteurs et les sapeurs. D'ailleurs c'est la même chose.

– Tu t'es décidé à te cacher parce que Charly insistait et qu'il avait mis Massa dans le coup.

– Oui, Gabin me proposait de m'héberger en attendant que Charly y voie plus clair. Ça ne m'éloignait pas trop de Sacha. J'ai accepté.

– Et quinze jours plus tard, Charly s'est fait agresser. Tu as cru que ça pouvait être Mounier ?

– Je ne savais plus quoi penser. D'autant que ma sœur avait essayé de convaincre Mounier et Charly de repartir avec elle en Indonésie. Elle leur avait raconté l'histoire du croiseur japonais *Ikari Maru*. J'ai d'abord imaginé que Mounier avait éliminé Charly pour partir avec Agathe, mais ça ne collait pas avec le caractère du yacht-man.

– Pourquoi lui avait-elle parlé du croiseur ?

– Parce que c'était un brave type. Il avait financé le club de Charly. Agathe voulait qu'il investisse dans son expédition. Elle ne doutait de rien. En plus, elle oubliait déjà Vincent avec un autre.

– Avec Abel Léonard. Tu le savais ?

– Non. Je ne voulais plus rien avoir à faire avec elle.

– C'est pour ça que tu n'as pas répondu à ses mails ?

– Oui. Elle me bombardait de photos. Je me fichais pas mal de son histoire d'épave.

– Tu n'y croyais pas ?

– Agathe avait toujours été très forte pour embobiner le monde. Je n'avais plus envie de fonctionner comme ça.

– Il y a eu sa mort, ensuite l'agression de Charly, la mort de Mounier, de José, et là, tu as commencé à y croire.

– Oui. Ma sœur m'avait demandé de récupérer le GPS. C'était le seul moyen de retrouver un récif immergé en pleine mer.

– Sans le savoir, tu avais découvert un site magnifique. Et en cherchant plus profond encore, un trésor. Agathe t'avait dit ce que contenait l'épave ?

– Une tonne d'or et une statue de Bouddha. Elle avait fait des recherches.

– Oui, et elle était tombée sur un certain Paulin. Il a parlé d'elle à ses Frères du Feu.

– Qu'est-ce que c'est que ça ?

Lola expliqua qu'il s'agissait d'une confrérie néonazie dont faisaient partie Ermeling, Léonard et Paulin. Le brocanteur avait sûrement parlé de ses épaves aux patrons du *Fuego*. Le sujet l'obsédait. Quand Agathe avait débarqué dans le paysage avec une preuve tangible, Léonard et Ermeling avaient senti l'aubaine.

– Léonard s'est empressé de séduire ta sœur, de la faire parler. Elle ne lui a peut-être pas tout dit mais elle a révélé les noms des Borel et de Mounier. Ermeling et Léonard ont réalisé que pour que l'épave reste un secret, il leur fallait éliminer les quatre plongeurs de Manta Corridor. Et le copain yachtman qui en savait trop. Ils ont fait d'une pierre deux coups avec Charly et Mounier. En tant qu'officier de la Fluviale et policier, Charly était le maillon fort.

– Il fallait le supprimer vite fait, ajouta Ingrid. Il n'avait pas d'appartement et logeait à la Fluviale. La seule solution était de l'abattre pendant une de ses interventions.

– Tout juste, reprit Lola. Restait José. Ils lui ont fait avouer que c'était toi qui détenais le GPS.

– Ils ont eu du mal à te dénicher, ajouta Ingrid. Si tu n'étais pas revenu du côté du *Café du Canal*, ils ne t'auraient sans doute pas retrouvé.

– Et si tu n'avais pas planqué le bon GPS en lieu sûr, continua Lola, ils l'auraient récupéré et t'auraient achevé sans pitié.

Lola avança le bras, mais le mouvement fut trop brusque et la douleur lui cisailla le dos. Elle se recula prudemment dans sa chaise. Personne n'avait remarqué sa crispation. Agathe, Yvette et Lady étaient sans doute trop occupées avec les mêmes questions. Où était le bon GPS ? Et l'épave du croiseur *Ikari Maru* n'était-elle pas un rêve ? Un rêve dangereux pour lequel des hommes sans scrupules n'avaient pas hésité à en massacrer d'autres.

– J'ignorais à qui j'avais affaire mais je savais que c'étaient des gens diaboliques. Ils avaient tué ma sœur…

Il était devenu livide. Lola lui expliqua qu'elle était au courant des problèmes entre Agathe et leur mère. Il cacha son visage dans ses mains un long moment.

Quand il releva la tête, Lola constata qu'il avait les yeux secs mais semblait vidé.

– C'étaient plus que des problèmes. C'était l'enfer. Mais il y a une chose que je n'oublierai jamais. C'est que ma mère n'a pas pu me faire vraiment du mal…

– Parce que ta sœur veillait.

– Oui, Agathe était mon bouclier. Et elle s'en est pris plein la figure. Dans tous les sens du terme.

Louis avait les yeux secs mais ceux de Lady Mba étaient chavirés. Elle vint se placer derrière son shampouineur et posa ses belles mains baguées sur ses épaules.

41

La canicule s'était dissipée mais, pour Lola, la torpeur persistait. Au point qu'elle quittait son appartement, chaque fin de journée, pour lutter contre l'engourdissement. Sa sciatique la faisait toujours souffrir, aussi procédait-elle par étapes, se déplaçant le long du canal Saint-Martin de banc en banc, d'arbre en arbre. Avec un rien d'énervement, parce qu'elle se faisait l'effet de ressembler un peu plus chaque jour à cette ancêtre que Barthélemy, Yvette, Ingrid et consorts voulaient hydrater à tout prix. Ils voulaient l'hydrater et ils voulaient lui administrer un lavement mental. Même Lady Mba y allait de ses visites attendries. L'ex-commissaire savait bien ce qu'ils pensaient : Lola Jost a beau être une vétérante de la police, elle a failli provoquer la mort de son amie américaine avec ses plans fumeux, et elle ne s'en remettra pas comme d'une cuite au champagne millésimé. Lola Jost a besoin de nous pour oublier les algues noires qui ont failli saucissonner Ingrid pour mieux l'entraîner vers le large. Pour le moment, elle se demandait ce qu'elle fuyait le plus : les algues ou les apitoiements ?

Lola fit le calcul. Il lui restait quatre bancs avant de rallier l'écluse du Temple. Quatre étapes avant la frontière au-delà de laquelle disparaissait le canal, escamoté par le macadam des boulevards Jules-Ferry et Richard-Lenoir qui s'étiraient jusqu'à la place de la Bastille. Et au-delà de la Bastille s'ouvrait le port de l'Arsenal. Et au-delà du port de plaisance, la Seine reprenait ses droits et bordait et caressait tout ce qui lui plaisait. Les pontons de la Fluviale, par exemple.

Lola extirpa son téléphone cellulaire de sa poche et composa le numéro de Jacques Brière.

Il préférait faire tourner entre ses doigts une innocente salière plutôt que de déguster quelques croûtons tartinés d'une tapenade maison. Dès son arrivée aux *Belles*, il avait bien précisé qu'il ne resterait que quelques minutes, et la proposition de Lola de se sustenter en duo avait glissé une nouvelle fois tel un gros œuf de manchot empereur sur une banquise nacrée. Le commandant était là par sens du devoir, il mettait un point d'honneur à remercier une ex-commissaire ayant donné de sa personne, maintenant que Carl Ermeling et Arthur Léonard s'étaient copieusement mis à table. Après tout, sa partenaire et elle avaient risqué leur vie pour sauver un jeune homme et permettre d'arrêter des criminels récidivistes.

– Nous les aurions coincés de toute façon, madame Jost. Mais vous nous avez permis de gagner du temps. Je dois quand même vous dire que, au-delà de votre courage, vous avez agi de manière inconsidérée. Il était question de repérer la présence éventuelle de Louis Nodier. Pas de semer la panique.

Il reposa la salière sur la table. On entendit un *toc* sec et bref mais qui ne découragea pas Lola.

– Avons-nous affaire à une juste répartition, ou est-ce Abel Léonard qui est derrière tous les meurtres ? demanda Lola.

– C'est ce que Carl Ermeling aimerait nous faire croire. Mais Arthur Léonard défend son frère, bec et ongles. Ce gamin voue une admiration sans borne à son aîné.

– On a les idoles qu'on mérite. Qui a tué Agathe ?

– Pas mal de gens. Léonard l'a fait boire. Monter dans sa voiture. Ermeling prétend que Léonard s'est chargé de dévier la trajectoire du véhicule. Mais Arthur assure que tout le monde s'y est mis. Le portier, Ermeling, Abel Léonard et lui. Mes collègues du 13e sont en train de cuisiner le portier et c'est le scénario d'Arthur qui semble le plus réaliste.

– Mounier et Charly ?

– Sur ce coup-là, Arthur Léonard manque d'informations. Et Carl Ermeling argumente à mort. Abel Léonard a séduit Agathe Nodier, laquelle fréquentait Joachim Mounier.

– Pour le convaincre de financer sa quête du croiseur japonais.

– Je constate que vous êtes comme d'habitude bien renseignée, madame Jost. Léonard a fraternisé avec Mounier qui ouvrait son pont à n'importe qui. Et donc forcément au petit ami d'Agathe. Il l'a invité à bord du *Fuego*. Léonard a découvert l'amitié qui liait le yachtman à mon brigadier. La suite demandait de l'organisation et du nerf. Je penche pour une intervention de

Léonard. Il allait et venait sur le *Marsouin* à son aise, et passait inaperçu dans la meute des joyeux drilles qu'invitait Mounier.

– José ?

– Là encore, il semblerait que ce soit Abel Léonard. Ermeling est un ancien mercenaire, tout comme son associé, mais il a pris de la bouteille. En revanche, Léonard est en pleine forme. Et il a peut-être même un certain goût pour les interrogatoires musclés.

– Il est toujours en fuite ?

– Ou toujours noyé. On le retrouvera peut-être un jour dans l'hélice d'une péniche.

– Charmante image.

– Pardonnez-moi. Déformation professionnelle.

– Et Paulin ? Je suppose qu'ils ont agi à deux.

– C'est exact. Ils connaissaient le pavillon et sont entrés par la grille arrière.

– Quelle grille arrière ?

– Elle était invisible parce qu'envahie par la broussaille.

– Tout a flambé mais je suppose que le brocanteur disposait d'un dossier sur l'*Ikari Maru* ?

– Arthur Léonard affirme que Paulin avait récupéré des lettres échangées entre le chef d'état-major d'un haut gradé nippon et un officier de la Wehrmacht. Elles évoquaient un splendide Bouddha d'or, chargé sur l'*Ikari Maru*. Le croiseur était en mission secrète. Parce que le chef d'état-major comptait faire cadeau du Bouddha au sanctuaire de sa ville natale. Paulin savait par ailleurs que le croiseur avait sombré, non pas sous le coup des bombes américaines, mais dans un typhon. Ce qui explique qu'il a dévié de sa route pour se retrouver dans la mer des Célèbes. Et sombrer sur le récif immergé de Manta Corridor.

– Et la bombe ?

– Les explosifs étaient la spécialité d'Ermeling quand il était mercenaire. Paulin l'avait prévenu de votre visite. La bombe à retardement devait laisser le temps à Ermeling et Léonard de quitter le pavillon avant l'incendie. Mais je crois aussi qu'elle vous était destinée, madame Jost.

– Délicate attention.

– Comme vous dites.

– Mais pourquoi égorger Paulin avec le couteau de Louis ? S'il s'agissait de lui coller le meurtre sur le dos, la bombe rendait l'idée moins crédible.

– Je pense que leur premier but était de faire disparaître la preuve de leurs liens avec Paulin ainsi que les documents concernant le croiseur. Pour avoir écouté attentivement Carl Ermeling, je crois pouvoir affirmer que la personnalité d'Abel Léonard n'est pas simple à analyser. Mais ce qui semble émerger, c'est son goût pour la mort. Il apprécie de changer d'arme pour changer de sensations.

– Raffiné.

– Bien, il ne me reste plus qu'à vous remercier une dernière fois, madame Jost. Et à vous suggérer plus de prudence, à l'avenir.

– J'aimerais autant que vous m'appeliez Lola.

– Et à vous souhaiter un prompt rétablissement. Comment va votre dos ?

– Il est sous contrôle.

– Je suis ravi de l'entendre. De votre côté, vous n'avez aucune nouvelle de ce GPS mythique ?

– Aucune. Mais il vous suffit de questionner Louis. Sans knout électrique bien sûr. Le GPS vous intéresse à titre privé ?

– Et vous ?

– Pas particulièrement.

– Parfait. Le devoir m'appelle.

– À cette heure-ci ? La nuit tombe. Et en août, chacun sait qu'elle prend tout son temps.

– Portez-vous bien, madame… Lola.

– Vous ne sentez rien, commandant ?

Il venait de se lever et la considérait avec un air d'incompréhension totale.

– Je devrais ?

– Je parlais de ce délicieux fumet de canard rôti. Maxime est un artiste. Vous devriez vraiment vous laisser tenter.

– Une autre fois, peut-être.

Il la salua d'un coup de menton avant de quitter le restaurant. À travers la vitrine, elle le vit s'éloigner vers la sortie du passage Brady.

– Qui était-ce ? demanda Maxime.

– Quelqu'un que j'aurais aimé croiser il y a une trentaine d'années. Il apprécie le sport mental. Moi aussi.

Maxime sourit. Elle lui sourit en retour. Ce n'était pas difficile. Maxime Duchamp avait le sourire le plus craquant du faubourg Saint-Denis.

– J'ai rentré un petit vin du Jura qui ne manque pas de conversation, dit-il. Tu veux lui dire deux mots ?

– Ça ira avec le canard ?

– On verra bien.

– Bon. Alors un vin du patron, un !

Maxime s'éloigna vers ses réserves, et Lola médita en regardant la porte des *Belles*. Cette nuit, Ingrid dansait au *Calypso*. L'enquête était bouclée. Le monde se remettait doucement à l'endroit, comme dans la tête de Sacha. Ça durerait ce que ça durerait. En attendant, il prenait son temps, la vache.

Elle avait le plus grand mal à se détourner de cette porte. Il arrivait que certaines personnes fassent demi-tour au bon moment. Ça s'était déjà vu. La porte des *Belles* resta tranquille un certain temps et finit par s'ouvrir sur Antoine Léger et son chien. Le psy lui adressa un signe de connivence avant de se diriger vers sa table habituelle, où l'attendait son épouse. Lola répondit à son salut. La porte s'ouvrit une nouvelle fois. Lola prit une grande inspiration.

– Finalement, je vais dîner avec vous, dit le commandant de la Fluviale d'un air dégagé.

– Avec plaisir. Vous aimez le jura, Jacques ?

– Je ne sais pas. Je n'y ai jamais mis les pieds. Et vous, Lola ?

– Non, moi non plus. Mais je parlais du vin.

– Ah, très bon choix. Vous ne connaissez pas la dernière ?

– Non.

– Le brigadier Charly Borel vient de me demander une nouvelle mise en disponibilité. Il veut repartir plonger dans les mers du Sud.

– Et ça vous énerve ?

Il se mit à sourire. Lola réalisa que c'était le premier sourire qu'il lui adressait. Avec un peu de chance, ça ferait reculer les algues.

– Non, plus maintenant.

Épilogue

Lola avait détesté le voyage en avion. Après un décollage trop matinal, on avait dû passer la journée coincée dans un siège exigu, entre une amie américaine trop réveillée et un brigadier tout endormi. Ingrid avait enchaîné les vidéos de la sélection cinéma les unes derrière les autres. Son enthousiasme inoxydable avait mis à mal les côtes de Lola. Chaque morceau de bravoure de chaque film d'action avait été l'occasion de bourrer la cage thoracique de sa voisine pour lui faire partager son plaisir. Lola regrettait de lui avoir révélé que sa sciatique était vaincue. Ingrid confondait une amie réparée avec un sac de frappe flambant neuf.

Ce brave brigadier Borel avait donc dormi tout son saoul, les bruits suspects de carlingue, les trous d'air intempestifs et les salamalecs du chef d'équipage ne troublant en aucune façon son repos. Incroyable mais vrai, l'homme-grenouille, pourtant fraîchement sorti de son coma, n'avait eu d'autre idée que d'y replonger. Et c'était frustrant. Lola aurait eu des questions pertinentes à lui poser s'il avait voulu lui accorder son attention. Et puis le ciel s'était mis de la partie, en délirant sans retenue. La lumière du jour s'était d'abord étirée d'une manière inconsidérée, un peu comme dans ces contrées inuites où l'on n'avait jamais pu expédier Clarisse Rengwa et ses minijupes. Au moment où l'on s'était habitué à son absence au point de ne plus avoir envie d'elle, la nuit avait tendu son chiffon violet sur les hublots, se gaussant de l'horloge biologique de Lola. Et le pire de l'histoire, c'est que l'ex-commissaire n'avait eu droit qu'à un quart de bouteille de champagne.

De leur côté, Louis et Sacha avaient passé douze heures à se bécoter et à se raconter leurs émois. Impossible de les utiliser pour une bonne conversation civilisée, du type qui vous occupe l'esprit et vous fait oublier les trous d'air et les craquements de carlingue.

Lola n'avait guère aimé Jakarta. Cette ville ne sentait ni la fleur de vanille, ni le lait de coco, cette ville sentait la fumée. Ses habitants cultivaient la fâcheuse habitude d'incinérer leurs tas d'ordures, et le résultat, combiné à la destruction en continu d'hectares de forêt tropicale, produisait un remugle désastreux. Un emploi du temps spartiate avait ruiné tout espoir de découverte de la cuisine locale. On avait un nouvel avion à prendre à destination de Manado, et il n'était pas question de baguenauder.

Lola avait encore moins apprécié ce deuxième décollage. Ses muscles étaient tétanisés mais ses yeux papillotaient : il était hors de question de s'abandonner au sommeil dans cet environnement hostile, dans cet avion qui ressemblait à celui du stupide puzzle canadien. Les ceintures étaient trop ajustées pour un confort ne serait-ce que décent. Les moteurs produisaient un vacarme d'enfer, et les hélices étaient prêtes à rompre dans le premier tourbillon venu. La chaleur était suffocante. Et lorsque le système d'air conditionné archaïque s'était enfin déclenché, de gros nuages de vapeur étaient descendus du plafond comme des menaces bibliques, et le corps chétif de ce zinc de seconde main s'était métamorphosé en un sauna tremblotant.

Le pire de l'histoire, c'est que chacun semblait content. Des hôtesses en costumes fleuris aux passagers vêtus de ridicules tenues d'explorateurs et ravis de confier leur vie à deux pilotes trop décontractés pour être honnêtes. Ingrid était bien sûr en parfait état de marche. Ce coucou de seconde zone ne disposait pas de système vidéo, mais l'Américaine ne s'en plaignait pas et écoutait de la musique au moyen d'un walkman bizarre, tout plat et tout blanc ; elle souriait comme tous les autres innocents volants, alors qu'on survolait des kilomètres de jungle noire et drue s'étirant à l'infini. On aura l'air malin s'il faut se poser en catastrophe, pensait Lola. Elle préféra fermer les yeux pour évacuer cette ambiance de torpeur précédant la catastrophe, et le sommeil qui rôdait depuis des heures réussit à l'estourbir en même temps que ses crampes et ses craintes.

Elle rêva de choses très agréables, son cerveau faisant un travail du tonnerre pour compenser. Et lorsqu'elle se réveilla, l'avion survolait un paysage dont elle se souviendrait longtemps. À partir de là, Lola Jost tomba amoureuse de l'Indonésie.

Pour la première fois de sa vie, elle portait un tee-shirt imprimé. Il représentait une grenouille en tenue de plongeur. Elle portait également un paréo habité par des bananes et des toucans, et une paire de jumelles autour du cou. Elle était allongée sur un transat à rayures, installé en oblique dans l'ombre de la grand-voile, et pouvait voir un formidable volcan grossir droit devant. Le brigadier Borel, Sacha et Ingrid se

tenaient près de la proue et discutaient avec engoue-
ment. Quant à Louis Nodier, il était sans doute dans la
cabine de pilotage, avec le capitaine indonésien, son
précieux GPS bien en main.

Lola sourit toute seule. Elle n'était pas mécontente
d'elle. Avant que Louis ne lui fasse des révélations,
aux *Féeries de Dakar*, elle avait deviné où était caché
le bon GPS : au chaud dans le port de l'Arsenal, et à
bord du *Marsouin*. Elle n'avait pas oublié sa conversation avec le maître de port Pierre Dujardin. Ce brave
Joachim Mounier, tout le monde le tenait pour un inoffensif accessoiriste. Pour un marin à quai. Que faisait-il
d'un GPS flambant neuf, lui qui ne s'éloignait jamais
des rives parisiennes ? Louis avait fini par comprendre
qu'Agathe disait la vérité. Et que son GPS, avec les
points de longitude et de latitude qu'il recelait, était
infiniment précieux. Il avait réalisé que quelqu'un
cherchait à s'en emparer. Et que le meilleur moyen de
détourner l'attention de ce prédateur en cas de pépin
majeur était de transporter sur soi un autre GPS. Mais
Louis n'avait pas d'argent. Il avait donc eu l'idée
d'échanger son boîtier contre celui du yachtman. Un
boîtier à peu près identique, repéré lors des fêtes sur le
Marsouin avec Mounier et les Borel. Et les Frangins de
la Fournaise n'y avaient vu que du feu.

On avait retrouvé le bon GPS, on voguait sur la mer
scintillante des Célèbes, on dépassait des îles d'une
rare beauté, on croisait de tranquilles bateaux de
pêche, on filait droit vers Manta Corridor. Lola n'arrivait pas à imaginer le volume d'une tonne de lingots
d'or. Vu la densité du précieux métal, ce ne devait pas
être si impressionnant. De toute manière, rien ne prou-
vait que ces lingots étaient toujours dans la cale de
l'*Ikari Maru*. Pendant que Léonard et Ermeling massa-

craient tout sur leur passage, un des chasseurs d'épaves dépeints par feu Pierre-René Paulin, le brocanteur du diable, avait pu piller le croiseur nippon et ne laisser que des cales vides derrière lui.

Mais évidemment, si on retrouvait cette parcelle du trésor du pendu, la joie serait à son comble. Louis affirmait qu'on pourrait négocier dans les 10 % du montant avec les autorités indonésiennes. Le jeune homme était optimiste, et passait sur le fait qu'une loi protégeait les épaves militaires, garantissant leur appartenance et celle de leurs cargaisons à leur pays d'origine. Mais les militaires japonais n'avaient peut-être pas intérêt à rappeler les pillages de leurs aînés, en Asie du Sud-Est, à l'opinion publique internationale. Tout restait possible. Lola fit le vide et se noya dans le paysage et dans la brise marine. La chaleur caressant sa peau était d'une douceur qu'elle n'aurait jamais imaginée.

Bien plus tard, elle sentit le bateau ralentir et le moteur hoqueter avant de s'éteindre. Elle quitta son transat et suivit ses amis. Les bouteilles de Trimix fixées aux combinaisons étaient bien alignées. Lola en compta cinq. Louis allait descendre en compagnie de quatre officiels indonésiens. Le brigadier Borel était encore trop faible pour effectuer une plongée profonde, mais Lola constatait qu'il en mourait d'envie. Il aida néanmoins Louis à enfiler son équipement. Ingrid semblait passionnée par les préparatifs ; on la sentait à deux doigts de demander à Louis de l'initier aux joies de la plongée récréative.

Un pilote fit démarrer le canot à moteur. Les Indonésiens montèrent à bord. Le capitaine interrogea le pilote et celui-ci lui répondit dans leur langue. Le capitaine traduisit : le courant était fort et la visibilité excellente, avec plus de vingt-cinq mètres. Charly donna une tape affectueuse à Louis. Et le jeune homme monta à son tour à bord du canot. Le pilote mit les gaz et le canot bondit dans une gerbe d'écume. Lola imita le geste de ses camarades et salua Louis et ses compagnons. Louis était grave. Lola l'imagina pensant à Vincent Majorel.

Elle s'approcha de Charly Borel. Le brigadier suivait le sillage du canot qui rapetissait à vive allure, filant droit vers une tache vert clair sur le bleu-noir de la mer. Peut-être pensait-il à son frère, lui aussi.

– S'ils le remontent, qu'est-ce que vous ferez ? demanda-t-elle.

– Qu'ils le remontent ou pas, je resterai ici. J'aime ce pays.

– Moi aussi, dit Ingrid. C'est trop beau, le Sulawesi. Vous êtes sûr que je ne peux pas enfiler des palmes et un tuba pour admirer le récif et les poissons en surface ?

– Sûr, répondit Borel. Le courant est trop fort.

Lola se tourna vers le large. Le canot avait atteint la tache verte et opérait un demi-cercle. Elle prit ses jumelles et suivit la scène.

Les plongeurs se laissèrent partir en arrière et disparurent, un à un, dans Manta Corridor.

Baka !
Viviane Hamy, 1995, 2007
et « Points Policier », n° P2158

Sœurs de sang
Viviane Hamy, 1997
et « Points Policier », n° P2408

Travestis
Viviane Hamy, 1998
et « J'ai lu », n° 5692

Techno Bobo
Viviane Hamy, 1999
et « J'ai lu », n° 6114

Vox
prix Sang d'encre, 2000
Viviane Hamy, 2000
et « J'ai lu », n° 6755

Strad
prix Michel-Lebrun, 2001
Viviane Hamy, 2001

Cobra
Viviane Hamy, 2002

Passage du Désir
Grand Prix des lectrices de « Elle »
Viviane Hamy, 2004
et « Points Policier », n° P2057

Les Passeurs de l'étoile d'or
(photographies de Stéphanie Léonard)
Autrement, 2004

La Fille du samouraï
Viviane Hamy, 2005
et « Points Policier », n° P2292

Mon Brooklyn de quatre sous
Après la Lune, 2006

L'Absence de l'ogre
Viviane Hamy, 2007
et « Points Policier », n° P2058

Régals du Japon et d'ailleurs
Nil, 2008

La Nuit de Géronimo
Viviane Hamy, 2009

Guerre sale
Viviane Hamy, 2010

RÉALISATION : IGS-CP À L'ISLE-D'ESPAGNAC
CPI BRODARD ET TAUPIN À LA FLÈCHE
DÉPÔT LÉGAL : JANVIER 2011. N° 98995-2 (67178)
IMPRIMÉ EN FRANCE